AF272054

Ich widme dieses Buch Sandra, Henning, Max, den beiden Jan's und Malte, ohne euch wäre Rudinia nie das geworden, was es heute ist.

Bibliografische Information der Deutschen Nationalbibliothek: Die
Deutsche Nationalbibliothek verzeichnet diese Publikation in der
Deutschen Nationalbibliografie; detaillierte bibliografische Daten
sind im Internet über http://dnb.dnb.de abrufbar.
Die automatisierte Analyse des Werkes, um daraus Informationen
insbesondere über Muster, Trends und Korrelationen gemäß §44b
UrhG („Text und Data Mining") zu gewinnen, ist untersagt.
© 2025 Yannick Potthoff
Verlag: BoD · Books on Demand GmbH, In de Tarpen 42,
22848 Norderstedt, bod@bod.de
Druck: Libri Plureos GmbH, Friedensallee 273, 22763 Hamburg
ISBN: 978-3-7693-7652-4

Yannick Potthoff

Rudinia – Saga, Band 1

Flammen & Blut

Yannick Potthoff, *geboren 1996 in Unna, hat schon früh eine Leidenschaft für Geschichten entwickelt, die sich mit der menschlichen Psyche und den Abgründen der eigenen Ängste und Hoffnungen auseinandersetzen. Nach seinem Abitur im Jahr 2015 schlug er eine Laufbahn im Gesundheitswesen ein und absolvierte das Staatsexamen als Notfallkrankenpfleger. Diese intensive Arbeit mit Menschen in Extremsituationen prägte Potthoffs Sicht auf innere Konflikte und Resilienz, die in seinen Erzählungen oft zentrale Rollen einnehmen.*

Das Pseudonym Potthoff wählte er bewusst als Hommage an seine Großmutter, die ihn bis zu ihrem Tod im Jahr 2011 liebevoll in seiner Kreativität bestärkte. Durch sie lernte er früh, Geschichten zu schätzen und seine eigenen

Ideen zu entwickeln, eine Förderung, die er in seinem Schriftstellerleben stets in Ehren hält. Im Jahr 2022 begann Potthoff mit der Entwicklung von Rudinia, einer facettenreichen Fantasywelt voller Magie, Konflikte und moralischer Grauzonen. Rudinia ist nicht nur der Schauplatz seines Romans Rudinia: Flammen & Blut, sondern auch der Ort, an dem sich seine Pen-&-Paper-Kampagne Rudinia – Die Heilerin des Gottkönigs entfaltet.

Mit Rudinia hat Yannick Potthoff eine Welt geschaffen, die sich durch psychologische Tiefe und düstere, moralische Fragestellungen auszeichnet.

Prolog

Der blonde Mann lag unnatürlich gekrümmt auf dem hölzernen Boden der düsteren Kajüte. Seine Augen waren weit aufgerissen, als hätten sie den Schrecken des Todes in all seiner Grausamkeit gesehen. Sein Gesicht verzerrt zu einer grotesken Grimasse des Entsetzens, die in der flackernden Dunkelheit maskenhaft erschien. Blut, dunkel und zäh, sickerte zwischen die Planken, wie ein stummer Zeuge des brutalen Endes, das ihn hier ereilt hatte.

Doch es waren nicht das Blut, die gebrochenen Knochen oder der metallische Geruch von Tod und Verfall, die mir die Kälte bis ins Mark trieben. Es war die Stille. Eine unnatürliche Stille, die so schwer in der Luft hing, als hätte der Raum selbst den Atem angehalten. Die Kälte, die wie ein unsichtbarer Schleier alles umhüllte, hatte nichts Menschliches.

Im Zentrum dieser unheimlichen Kälte

stand der Junge. Er schien der Ursprung dieser eisigen Leere zu sein, die jeden Zoll des Raumes ausfüllte. Ich blickte auf ihn herab, unfähig, den Blick abzuwenden, als wäre seine bloße Präsenz ein dunkler Sog, der mich in die Tiefe ziehen wollte. Etwas an ihm war zutiefst falsch – und doch konnte ich es nicht benennen. War es die Art, wie er darstand, völlig unbeteiligt ? Oder war es der Ausdruck in seinen Augen, der nichts von der Angst widerspiegelte, die ich in mir spürte?

»Junge, was ist passiert?«, fragte ich tonlos.

Langsam hoben sich die Augen vom Leichnam des Mannes und trafen meinen Blick. Sie waren so leer, so ausdruckslos, wie zwei schwarze Löcher in seinem bleichen, blutverschmierten Gesicht.

»Er... er ist weg«, flüsterte er schließlich so rau und gebrochen, wie es nur jemand tun konnte, der sein Leben lang nach unerhörter Hilfe geschrien hatte.

»Wer ist weg?«, hakte ich nach, obwohl ich die Antwort bereits ahnte.

»Der Bootsmann«, sagte er und senkte den Blick erneut auf den leblosen Körper zu seinen Füßen.

»Was hast du getan, Junge?«, fragte ich, doch meine eigene Stimme klang dumpf in meinen Ohren.

Langsam hob er den Kopf, und in seinen Augen flackerte etwas auf, ein orangefarbener Schimmer, der meinen Körper fast zwang, reflexartig in eine Kampfhaltung zu gehen.

»Er kann mich nicht mehr anfassen«, murmelte er leise, fast ehrfürchtig, während er auf seine blutigen Hände starrte. »Ich lasse ihn mich nie wieder anfassen.«

Ein Schauer durchfuhr mich. Als erster Maat des berühmten Kapitän Dumond hatte ich in all den Jahren viele Dinge auf See gesehen, doch dieser Junge war anders. In ihm schlummerte etwas, etwas, das mich gleichermaßen faszinierte und mit einer fremden, unerklärlichen Angst erfüllte.

»Komm mit mir, Junge«, sagte ich langsam und musste all meine Willenskraft aufbringen, um ihm meine Hand zu reichen. »Du bist jetzt in Sicherheit.«

Er zögerte einen Moment, dann ergriff er meine Hand. Seine Finger waren eiskalt und klebrig, doch sein Griff war fest. Wieder spürte ich diese unheimliche Angst, doch ich führte ihn aus der dunklen Kammer hinauf an Deck, wo Kapitän Dumond und die anderen bereits warteten.

»Wen hast du da gefunden, Urian?«, fragte Dumond, seine sonst so hellen Augen zu Schlitzen verengt.

Spürte er etwa dasselbe, das auch mir Unbehagen bereitete?

Ich schaute auf den Jungen an meiner Seite, auf seine blutverschmierten Hände und fühlte erneut diese unnatürliche, glühende und gleichzeitig eisige Aura.

»Einen Überlebenden, Kapitän«, antwortete ich knapp.

Dumond musterte den Jungen, dann nickte er zögerlich, und seine Gesichtsmuskeln entspannten sich. »Er wird auf der *Perla* willkommen sein«, sagte er. »Wir könnten einen Schiffsjungen gebrauchen.«

Der Junge blickte zu Dumond auf, und ein Schauer durchfuhr ihn. Angst flackerte in seinen Augen. »Bursche, es ist alles gut.

Hier wird dir niemand mehr etwas tun«, versuchte ich ihn zu beruhigen, auch wenn es mich alles kostete, selbst Ruhe zu bewahren. Hatten wir ihn wirklich gerettet, oder hatte ich etwas an Bord gebracht, das wir eines Tages bereuen würden?

Dumond trat einen Schritt auf den Jungen zu, doch als er ihm väterlich eine Hand auf die Schulter legen wollte, machte der Junge erschrocken einen Schritt zurück. Er ließ meine Hand los und nahm sofort eine Abwehrhaltung ein, seine Hände vor sich erhoben, leicht versetzt, mit der linken Hand etwas vor der rechten. Seine Hände, beinahe auf meiner Augenhöhe, fielen mir durch ihre unnatürlich spitzen, scharfen Fingernägel auf, fast wie die Klauen eines wilden Tieres.

Auch dem Kapitän fiel es sofort auf. Er zog die Hand zurück und sagte: »Beruhige dich. Es fasst dich niemand an, wenn du das nicht möchtest.«

In dem Moment, als der Kapitän einen Schritt zurücktrat, entspannte sich der Junge etwas. Der Junge ließ die Hände sinken, doch seine braunen Augen blieben wachsam.

»Wir sind Dumonds Piraten«, prahlte der Kapitän mit einem breiten Grinsen, das er immer dann aufsetzte, wenn er eine Situation entspannen wollte. »Und du, mein Junge, bist jetzt einer von uns.«

Ein Zucken huschte über das Gesicht des Jungen.

»Wenn du das willst«, fügte Dumond hinzu, offensichtlich bemüht, seinen Drang zu unterdrücken, dem Jungen erneut die Hand auf die Schulter zu legen.

»Was auch immer du erlebt hast, Junge, ab heute spielt es keine Rolle mehr! Du gehörst nicht mehr in die Klauen dieser verdammten Admiralität. Ab heute bist du einer von uns!«

Der Junge nickte vorsichtig. Das Glimmen in seinen Augen war verschwunden, und ich sah, wie sich Tränen in seinen Augen sammelten. »Danke, Kapitän«, murmelte er leise.

Dumond winkte lächelnd ab. »Alles ist gut, Junge. Ab jetzt bist du Teil der Bande. Niemand wird es mehr wagen, dir etwas anzutun!«

Ich beobachtete, wie sich ein Lächeln auf dem blutverschmierten Gesicht des Jungen ausbreitete, ein Lächeln, das so echt und unbeschwert war, dass es mir fast das Herz brach. Ich wusste, dass er Unaussprechliches durchgemacht haben musste, doch in diesem Moment beschloss ich, dass ich derjenige sein würde, der dem Jungen beibrachte, sich zu verteidigen. Ich würde dafür sorgen, dass er nie wieder allein sein würde, dass er sich nie wieder vor jemandem fürchten müsste.

Mit diesem festen Entschluss wandte ich mich wieder dem Jungen zu. »Wie ist dein Name, Bursche?«, fragte ich ihn.

Mit großen, braunen Augen schaute er mich an. Ein Hauch von Unsicherheit mischte sich in seine Dankbarkeit, als er flüsterte: »Finn. Mein Name ist Finn.«

10 Jahre Später..

Mitten in der Nacht wurde er von einem merkwürdigen Geruch aus dem Schlaf gerissen: *Feuer!* Er sprang aus dem Bett, seine Augen mussten sich erst an die Dunkelheit gewöhnen. Rasch erkannte er Flackern vor dem Bullauge seiner Kajüte.

Finn rannte durch den dunklen Raum, vorbei an zusammengerolten Tauen und Bierkrügen, die am Boden lagen.

Als er die Tür aufriss, schlugen ihm panische Schreie entgegen: »Sie greifen an!«, »Wer greift an?!«, »Es brennt!«.

Überwältigt von dem plötzlichen Ansturm an Eindrücken stolperte Finn über etwas am

Boden, es war kein Gegenstand, sondern eine Person. Kurz sah er hinunter, erkannte im trüben Licht aber nur, dass es sich um einen der Kappa handelte, die sich vor kurzem der Bande angeschlossen hatten. Der Pirat kämpfte sich weiter durch den Strom seiner Gefechtsbereiten Kameraden, bis ihn ein bärtiger Zwerg, mit einem breiten Grinsen, aufhielt: »Finn! Wo willst du ohne Säbel hin?«.

Der Bruchteil einer Sekunde den er brauchte um Urians Worte zu verarbeiten war schon zu lang.

Bumm eine Explosion fegte den Zwerg fort und riss auch Finn von den Beinen.

Er schlug hart auf dem Schiffsboden auf und konnte sich gerade noch zur Seite rollen, bevor ihn eine Gruppe Matrosen überrannte. In einem Anflug von Panik lies Finn das Schwert fallen, sprang auf und rannte davon.

Unfähig zu begreifen, was gerade passiert war. Urian, der Erste Maat, der ihm so viel beigebracht hatte, war er tot?

»*Keine Zeit dafür!*«, zuckte ein

lebensrettender Gedanke durch ihn hindurch.

Er sprang auf und rannte in Richtung der großen Treppe, die zum Frachtraum der Perla führte, dem großen, angeblich unsinkbaren Schiff von Kapitän Dumond.

Wo, bei den Göttern, war der Kapitän?

Finn erreichte schnaufend das Deck des Schiffes, das sich von dem Ort an dem er sich zum ersten Mal zuhause gefühlt hatte, in ein Schlachtfeld verwandelt hatte. Dumonds Piraten kämpfen gegen einen unsichtbaren Feind.

Im Schein des Feuers und der Fackeln konnte Finn nicht erkennen, wer oder was die Bande angriff.

»Leute?! Was passiert hier?!«, rief er, doch seine Stimme wurde vom Wind verschluckt.

Plötzlich tauchte ein dunkler Schatten vor ihm auf, und ehe er reagieren konnte, spürte Finn schon einen schneidenden Schmerz quer über der Brust, er durchdrang seinen Körper und ließ ihn rückwärts in Richtung der Reling taumeln.

Er spürte etwas warmes über seine Brust und Panik in ihm auf steigen und es blieb keine Zeit, um zureagieren, denn der Schatten stand schon wieder über ihm.

Im Flackern der Flammen, die überall um ihn heraum auf dem Deck der Perla loderten, erkannte er einen grünhäutigen, vernarbten Ork, der ihn fast um drei Köpfe überragt. »Das ist ja noch fast ein Welpe«, knurrte er und verzog das Gesicht zu einem hämischen Grinsen.

Von plötzlicher Wut gepackt, nahm Finn seinen ganzen Mut zusammen und brüllte: »Ich bin kein Kind mehr! Ich bin einer von Dumonds Piraten!«

Der Ork blickte mit seinem narbigen, vom feuerschein erleuchteten Geischt, auf ihn herunter und fing an zu lachen, ein tiefes, grollendes Lachen, das Finn bis ins Mark erschauern lies. »Mut hast du ja, Kleiner. Schade, dass du keiner von uns bist. Der Kaiser sagt: Keine Überlebenden.«

Mit der letzten Silbe noch auf den Lippen spürte Finn die festen, schwieligen Hände des Orks auf seinem schmerzenden Brustkorb. Ein Schrei der Angst entfuhr seiner Kehle, als er das Gleichgewicht verlor und der Schwärze des Hafenbecken entgegenfiel.

»*Dieser Hurensohn!*«, dachte Finn noch, bevor er den Aufprall auf dem kalten Wasser spürte und die Dunkelheit der See ihn verschlang.

***

Das nächste, an das sich der junge Pirat erinnern konnte war das Gefühl von rauem Holz unter seinen Händen und das brennende Salz in seinen Lungen.
Er hustet, würgt Meerwasser hervor und hob den Kopf: Nebulosia, die Festung der Piraten, stand in Flammen. Ein Inferno aus Flammen und Blut, das den Nachthimmel in ein unheilvolles glühen tauchte.

Es brauchte alle seine Kraftreserven, um sich aus dem blutigen Wasser zu hiefen und als er es irgendwie schaffte wackelig auf seinen Beinen zu stehen, tat sich die Katastrophe, die die Stadt heimgesucht hatte erst in ihrem gesamten Ausmaß vor ihm auf.

Wo einst prächtige Piratenschiffe vor Anker gelegen hatten, türmten sich nun verkohlte Wracks auf.
Die Luft war erfüllt von einer ohrenbetäubenden Kakophonie: das Knarren brennenden Holzes, das Kreischen von Möwen, das Stöhnen Verletzter.

Verzweifelte Gestalten irrten durch die Trümmer, ihre Gesichter verzerrt von Schmerz und Entsetzen.
Überall lagen versprengte Habseligkeiten, zerbrochene Fässer und verkohlte Tauwerke, Zeugnisse eines brutalen Sakrilegs. Wer war Wahnsinnig und skruppelos genug gewesen die Stadt der Piraten anzugreifen?

Finn schleppte sich schwerfällig den Steg hoch, die Hand auf die schmerzende Wunde gepresst, das dunkle Haar klebte ihm im Gesicht. »Was bei den Göttern ist hier passiert?«, fragte er mit presste er zwischen zwei schweren Atemstößen heraus. »Wer greift denn Nebulosia an?«

Die Frage hing in der Luft, unbeantwortet, während um ihn herum das Chaos tobte.

Nebulosia, die Stadt der Piraten, die vollständig aus aneinander befestigten Schiffen bestand. Die Schiffe, die einst die Weltmeere durchstreiften, dienten als Gebäude, Tavernen, Wohnhäuser und sogar als Gefängnis.

Von Stegen, die die Schiffe miteinander verbanden durchzogen, hatte die Stadt Menschen, Orks, Elfen und anderen Rassen ermöglicht ihr Leben als Piraten zu führen und doch fast nicht auf die Vorzüge der imperialen Städte zu verzichten.

Der Junge zwang sich weiter in Richtung der Stadt, vorbei an toten und sterbenden Kappa, Zwergen und Halbdrachen. Urplötzlich spürte er eine Hand an seinem Knöchel: »Lauf weg, Bursche! Nebulosia ist gefallen!«

Vor Schreck und aus Reflex trat Finn nach der Stimme und spürte, wie seine Fußspitze etwas Hartes traf. In der Dunkelheit hatten seine Augen Mühe zu sehen, was er

getroffen hatte, bis er einen alten, bärtigen Zwerg auf dem Boden endteckte. Finn dachte er läge bis zur Hüfte im Wasser, bis ihm klar wurde, dass von der Hüfte abwärts nichts mehr von dem Zwerg übrig war.
»Urian!«

Doch sein Freund reagierte nicht, sein Brustkorb hob und senkte sich ein letztes Mal.
Verzweiflung überkam ihn. »Nein, bitte. Urian, bitte. Steht doch auf!«
Tränen liefen ungehämmt Finns Wangen herunter, als er auf Knien an dem Zwerg rüttelte. »Bitte Urian, du darfst nicht tot sein. Bitte.«
Er schrie und weinte, doch der Mann, der wie ein großer Bruder für ihn gewesen war, bewegte sich nicht mehr.

Der Junge wusste, dass sein Freund tot war, doch sein Geist war nicht im Stande den Schock zu verarbeiten.
Während er dort auf dem Boden, schluchzend neben dem toten Zwerg hockte, merkt er nicht, wie sich von hinten eine Gestalt näherte. Erst als eine Hand auf

seiner Schulter gelegt wurde, zuckte er zusammen und sprang auf.

Noch im Sprung drehte Finn sich in Richtung der unerwarteten Berührung und sah auf den zierlichen, nur von einem weißen Leinenkleid bedeckten Körper einer Elfenfrau.
»Bleib ruhig mein Junge, ich werde dir nichts tun. Man nennt mich Deana, ich bin Priesterin von Lirian« Ihre Stimme war ein zärtliches Flüstern. Er konnte fühlen, wie ihr Blick ihn von oben bis unten musterte und auf seinem blutigen Hemd hängen blieb.

»Du bist ja verletzt. Bitte lass mich die Wunde sehen. Vielleicht kann ich sie heilen.« Fürsorglich, beinah liebevoll sah sie Finn an, als sie sein zerschnittenes Hemd über die Brust schob. »Ja,« murmelte sie. »die Wunde ist weder tief noch war die Waffe vergiftet. Ich kann sie heilen.«

Noch bevor er wiedersprechen kann, überfordert von der Situation, spürte Finn die weiche, zarte Hand der Priesterin auf seiner Brust. Ein Leuchten erfüllte ihre Hand und seinen Brustkorb, als sie in einer

Sprache zu singen begann, die er nicht verstand.

Für ihn klang es wie klickende, zischende Laute, nicht wie eine Sprache.
Er versucht einen Schritt zurückzumachen, doch die Hand der Priesterin war wie festgewachsen. Es gelang ihm nicht sich zu bewegen, doch bevor Panik in ihm aufkommen konnte, war das Leuchten schon wieder verschwunden.
Die Hand der Elfe löste sich von seiner Brust und ein erleichterndes Gefühl durchfuhr seinen Körper.
Finn sah in die grauen Augen der weißhaarigen Elfe. »Danke, Frau Deana. Vielen Dank. Sie können meinem Freund doch sicher auch helfen, oder?« Er zeigte auf Urians Leiche.

Sie lächelte ihn wieder an, wieder liebvoll, doch mit einem Hauch von Bedauern in den Augen, als sie den Kopf schüttelte: »Nein, mein Kind. Seine Seele hat den Körper schon verlassen. Nicht mal die größten Werkmeister Orions könnten ihm noch helfen.«

»Frau Deana, aber warum nicht? Ich verstehe das nicht, bitte helft meinem Freund. Ihr seid doch Priesterin, ihr könnt Wunder vollbringen!« Finns Stimme zitterte vor Verzweiflung, als er an ihrem Kleid zerrte, auch wenn er wusste, dass die Elfe recht hat, trotzdem hätte er in diesem Moment alles dafür getan, dass es nicht so wäre.

»Sag mir, Junge, wie ist dein Name?«

»Finn.«

»Finn. Was macht jemand wie du in Nebulosia?«

»Ich bin Schiffsjunge und bald Pirat auf dem Schiff von Kapitän Dumond!« Ein weiteres Mal lächelte sie ihn an.

»Ach, wenn das so ist, Finn, Schiffsjunge von Kapitän Dumond, dann habe ich es ja mit einem richtigen Mann zu tun!«
Deana griff seine Hand: »Ich habe dich aber nicht gerettet, damit du jetzt hier stirbst. Komm, wir müssen gehen, wir müssen raus aus der Stadt.«

»Frau Deana, ich danke Ihnen, dass Sie

mich gerettet haben, aber ich kann die Stadt nicht verlassen. Ich muss Kapitän Dumond und meine Freunde finden. Man darf seine Kameraden nie im Stich lassen!« Finns Stimme schwoll vor tiefer Überzeugung an und ließ keinen Zweifel an seiner Aufrichtigkeit. Doch als er in den Augen der Priesterin blickte konnte er sehen, dass er auf Granit stieß.

»Finn, jeder Pirat, der sich den Angreifern widersetzt hat, ist tot. Das gilt wahrscheinlich auch für deine Freunde. Du kannst nichts mehr für sie tun, wir können nichts mehr für sie tun. Glaub mir, mein tapferer Pirat. Auf meinem Weg aus der Stadt kam ich an vielen sinkenden, brennenden und zerstörten Schiffen vorbei. Wer auch immer diesen Angriff befohlen oder durchgeführt hat, hat keinen Zweifel daran gelassen, dass er die Stadt von den Landkarten streichen wollte.«

»Nein! Nein! Das kann nicht sein! Kapitän Dumond würde niemals so einfach sterben und unser Schiff ist unsinkbar. Die *Perla* ist das beste Schiff in ganz Rudinia.« Finn spürte wieder, wie glühendheiße Tränen seine Wangen herunterliefen.

»Ach, mein tapferer Junge, mein mutiger, junger Pirat. Ich schwöre bei meinem Herrn, dass ich dir die Wahrheit sage. Vielleicht kannst du eines Tages zurückkehren und deine Freunde rächen, doch jetzt ist nicht die Zeit dazu. Es ist ein Wunder, dass du lebst, es ist ein Wunder, dass ich dich gefunden habe.« Deana bewegte ihre Hände in einer fließenden Bewegung, die so hypnotisierend war, dass Finn mit den Augen einfach folgen musste.
Er spürte wie ihn eine plötzliche Müdigkeit überkam und ihm die Lieder schwer wurden.

»*Nein!*«, dachte er und wollte noch einen Schritt auf Deana zu machen. In dem Augenblick in dem er sein Bein hob um los zu laufen, wurde die Welt um ihn herum schwarz. Verschwunden waren die Bilder der brennenden Stadt, fort das bedrückende Gefühl der Hilflosigkeit. Nur noch Leere. Schwarze, alles verschlingende Leere.

Das Schiff der Priesterin

Als Finn die Augen wieder öffnen konnte, lag er in einem, weichen, mit Kissen ausstaffierten Bett und blickte auf die hölzerne Decke einer Schiffskabine.

Das Sonnenlicht fiel durch ein einzelnes Bullauge und tauchte den Raum in Sonnenlicht.

»Wo bin ich?«, murmelte er vor sich hin.

»Das ist definitiv nicht Kapitän Dumonds Schiff«

Er schwang die Beine aus der Bett und sprang auf den hölzernen Boden. Seine nackten Füße spürten das kalte, kratzige Holz, ein vertrautes Gefühl.

Intuitiv lief er zum Bullauge und sah hindurch: weites, offenes Meer. »Was zum..?«, stotterte er, dieses Mal etwas lauter. Langsam Wuchs in ihm die Gewissheit, dass das Schicksal von Nebulosia und seinen Freunden kein schlimmer Traum gewesen war.

Die See war ruhig und das Schiff bewegte sich in moderater Geschwindigkeit. Er konnte kaum das vertraute Schaukeln unter seinen Füßen spühren, auch wenn es optimales Wetter zum segeln war, konnte er das taube Gefühl, das sich mit den Erinnerungen in ihm festgesetzt hatte, nicht los werden.

Er drehte sich hektisch um und stand vor einer geschlossene Tür. Sie war aus demselben Holz gefertigt wie der Rest des Schiffes, ein dunkles Braun, das allem eine nicht bedrohliche, aber doch leicht düstere Note verlieh.

Mit ein wenig Druck ließ sich die Tür öffnen und schwang mit einem dezenten Quietschen auf um den Blick auf einen dunklen Frachtraum freizugeben.

Vorsichtig steckte er den Kopf durch die Tür und sah sich um: Einige Kanonen waren hinter den geschlossenen Geschützluken angebunden, die Kugeln daneben ordentlich sortiert und in Pyramidenform aufgestellt. »Das ist kein Piratenschiff«, stellte Finn fest. »So ordentlich wie hier alles ist, kann das nur ein Schiff der Admiralität von Sternenfall oder Silberhafen sein.«

Dunkle Erinnerungen, aus einer Zeit bevor er auf der Perla gelandet war, gruben sich den Weg aus einem Abschnitt seines Gedächtnisses, in das er sie in den letzten zehn Jahren verbannt hatte, um ihn mit einer härte zu treffen, die ihm beinah den Atem raubte.

»Los Junge, schrubb das Deck!«, die knochige Seite der Hand des Bootsmannes knallt gegen Finns Schläfe und lässt den Jungen taumeln. »Oh, willst du jetzt weinen?« höhnt der Mann mit den blonden Haaren, der sich wie ein Baum vor ihm aufgebaut hat. Er schlägt gleich nocheinmal zu, so dass der Junge wirklich zu weinen beginnt. »Hätte deine Hurenmutter dich einfach aus ihrem Bauch gesoffen, wäre jetzt weniger Platz auf meinem Schiff verschwendet!« Wieder schlägt er zu: »Hör auf zu flennen. Weniger heulen, mehr Putzen.«

Der Bootsmann tritt noch einmal nach Finn, als wäre er ein räudigen Hund. Durch den Tritt verliert er das Gleichgewicht, fällt auf dem nassen Deck hin und schlägt sich das Knie auf. Durch seine weiße Schiffsjungeinuniform bildet sich ein roter Fleck auf Höhe seiner Kniescheibe. Voller Angst schaut Finn zu dem blonden Mann hoch.

Der Junge schüttelte sich so heftig, so dass sein Nacken ungesund knackte. »Er kann mir nichts mehr tun, er ist tot! Er kann mir nichts mehr tun, er ist tot! Er ist tot!«, versuchte er sich zu beruhigen, während das boshafte Lachen des Bootsmannes immer noch in seinen Ohren hallte.

Durch die Düsternis im inneren des Schiffes, leuchtete eine in sonnenlicht getränkte Treppe, die wohl auf das Deck des Schiffes führen würde.
Mit zügigen Schritten lief er auf diese zu und stolperte dabei fast über eine der Kanonenkugelpyramiden, im letzten Moment blieb er jedoch stehen und stieß sich so nur den großen Zeh.
Der Schmerz raubte ihm kurzfristig die

Fähigkeit klar zu denken und ließen ihn laut aufschreien: »Verfluchte Scheiße!«, brüllte er, bevor er sich wieder auf seine aktuelle Lage besann.

Humpelnd lief er die Treppe hinauf: »Ist hier jemand? Frau Deana?«

Doch als er das Ende der Treppe erreichte, sah er nicht die Priesterin, sondern einen der froschartigen Humanoiden, die gemeinhin als »Kappa« bekannt waren.

»Hallo Junge«, sagte er mit dem harten Akzent der Einwohner Sumpfkaps. »Lange genug geschlafen?«

»Was um Lirians willen mache ich auf einem Schiff, mitten auf dem Meer?«, Finn versuchte die Angst in seiner Stimme so gut es ihm möglich war zu unterdrücken, doch aus der Reaktion des Kappa konnte er schließen, dass es ihm nicht sonderlich gut gelang. »Was habt ihr mit mir vor?«

»Junge, entspann dich. Wir haben dein Leben gerettet, jetzt bringen wir uns alle in Sicherheit und verschwinden aus diesem von den Göttern verlassenen Land.«

»Sag mir nicht was ich tun soll! Ich bin Pirat! Ich muss meine Freunde retten!«, Finn versucht selbstsicher zu klingen, doch unter dem glubschäuigen Blick des Frosches gelang ihm das genau so wenig, wie seine Angst zu unterdrücken.

»Frau Deana betet im Quartier des Kapitäns; in meiner Kajüte.«, er rollt genervt die großen Augen, was dafür sorgte, dass sein amphibienartiges Aussehen noch deutlicher wurde.

Der Kappa winkte in Richtung des Steuerrades, damit Finns Blick seinem behandschuhten Finger folgte.

Hinter dem Steuerrad stand eine riesige, von einem dunklen Umhang bedeckte Gestalt. Eine schwarze Stoffmaske verdeckte den Großteil seines Gesichtes, nur Nüstern und Maul waren frei, so dass Finn schließen konnte, dass es sich bei dem Steuermann um einen Halbdrachen handeln musste.

Aus der Ferne konnte er es nicht genau sagen, doch irgendetwas schien mit der Gestalt nicht zu stimmen.

»Newi, ich übernehme das Steuer. Bring den Jungen zur Priesterin«, rief der Kappa. Stumm nickte Newi und kam mit schweren

Schritten die Brücke herunter gestapft, dabei wirbelte sein Umhang um seine Beine und entblößte darunter bronzefarbenden die von Brandnabrne übersäht waren.

Ein verbrannter Halbdrache wäre etwas gewesen, ganz nach Urians verkorkstem Humor, dachte er und unterdrückte die Tränen, die sich, bei dem Gedanken an seinen Freund, in seinen Augen sammeln wollten.

»Sag mal, wie heißt du eigentlich?«, fragte Finn den Kappa um sich von dem Gedanken abzulenken. »Mein Name geht dich zwar eigentlich nichts an, aber nenn mich Andrej.«

»In Ordnung, Andrej.« Bevor er dem Kappa noch weitere Fragen stellen konnte, verdeckte der Halbdrache die Sonne, die gerade noch auf Finn geschienen hatte und unterbrach seine unausgesprochenen Worte mit einem tiefen, rauchenden Luftstoß aus seine narbigen Nüstern.

Der riesige Halbdrache sah ihn aus goldfarbenen Augen an und deutete mit dem Kopf in Richtung der Treppe zum Frachtraum. Finn blieb nun nichts anderes übrig als sich in Bewegung zu setzen und stumm zu folgen.

»Wie lange kennst du Deana schon?«, fragte er in die Stille, die nur durch das rhytmische Stampfen seines Begleiters durchbrochen wurde. Stur lief dieser jedoch weiter, ohne den Jungen eines Blickes zu würdigen, bis er fest gegen eine Holztür klopfte.

Es dauerte einige Sekunden, bis die Tür einen Spalt breit geöffnet wurde und zwei graue Augen Newi wütend anstarren. »Ich habe darum gebeten, nicht gestört zu werden, wenn ich bete. Also, was willst du?« Der Halbdrache zuckte mit den Schultern, deutete auf den Jungen und entfernte sich mit einem weiteren tiefen Seufzer aus seinen Nüstern.

Deanas Blick war dem Fingerzeig gefolgt und fiel nun auf Finn. Ihre Züge entspannten sich und wichen einem weichen Lächeln. »Sag doch gleich, dass du dabei bist mein tapferer Pirat. Es ist so schön, dass du endlich wach bist. Bitte komm doch rein, du wirst Fragen haben und ich möchte dir gerne alle beantworten.«

Die Elfe öffnete die Tür komplett und ihre Erscheinung ließ den Jungen beschämt zu Boden schauen, denn sie trug einen hellen, fast schon durchsichtigen Bademantel, der ihre Blöße gerade so bedeckte. Ihre Wangen waren leicht errötet, ihr weißes Haar nicht wie bei ihrem ersten Treffen perfekt geglättet, sondern etwas zerzaust. Als Finn die Kajüte betrat lag in der Luft ein Geruch, der ihm auf merkwürdige Art vertraut, aber doch fremdartig vorkam. Eine Mischung aus Kerzenwachs, blumigen Parfum und etwas, dass er nicht zu ordnen konnte.

»Mein lieber Finn, zuerst muss ich mich bei dir entschuldigen. Es tut mir ehrlich leid, dass ich dich einschlafen lassen musste, nur manchmal muss man jemanden ein bisschen zu seinem Glück zwingen.«

Im Vorbeigehen schmiss sie eine auf dem Boden liegende Decke auf ihr Bett, von dem ein leichtes Schnarchen aus ging, doch mehr als einen dunkelhäutigen, behaarten Unterschenkel konnte er nicht erkennen.

»Was meinst du mit zu meinem Glück zwingen? Ich wollte nicht aus Nebulosia weg! Wir müssen zurück, bitte! Meine Freunde!«, der Junge hörte, wie seine Stimme mit jeder Silbe lauter wurde und er die letzten Worte fast herrausschrie.

Deana streckte die Hand aus und streichelte ihm liebevoll über die Wange: »Ach mein junger Pirat. Ich hab dir in Nebulosia schon erklärt, dass das nicht möglich sein wird. Die ganze Stadt, alle Anwesenden und auch deine Freunde sind nicht mehr. Wer auch immer diesen Angriff durchgeführt hat, war sehr sorgfältig. Wir sind mit der *Nela* nur entkommen, weil Andrej in der Lage ist Dinge und Personen vollständig unsichtbar werden lassen kann.«

Die Elfe strich sich ihr zerzaustes Haar aus dem makellosen Gesicht und formte es beiläufig zu einem lockeren Knoten auf ihrem Kopf.

»Wo habe ich denn diese Klammer hin getan?«, fragte sie in den Raum, mehr zu sich selbst als an ihn.

Etwas zerstreut lief sie durch die geräumige Kajüte, hob einige herumliegende Kissen auf der suche nach ihrer Haarklammer.

»Finn, wie ich dir in Nebulosia schon erzählt,

bin ich Priesterin. Meinen Eid habe ich Lirian, dem Gott der Sonne geschworen - ah, da ist sie ja!« Sie nahm eine schwarze Haarklammer auf und klemmte sie in den Knoten auf ihrem Kopf.

»Einst war ich die geliebte des höchsten Paladins, Imperator Valerius persönlich. Wie du ja bestimmt weißt, wurde mein geliebter heimtückisch von Attentätern ermordet. Direkt vor meinen Augen. Ich kann mich also sehr gut in deine Lage versetzen. Es hat meinen Geist gebrochen, und vor lauter Verzweiflung hatte ich die Verbindung zu Lirian selbst verloren. Auf der suche nach mir selbst führten mich meine Wege nach Nebulosia. Dort traf ich auf die Heilerin Morgana, die mir zeigte, dass ich die Verbindung zum Herrn nicht verloren hatte, sie war nur unter meiner Trauer verschüttet.«

Während Deana sprach, ließ sie sich in einen Sessel fallen und schlug die nackten Beine übereinander. »Nachdem ich, mit Morganas Hilfe, endlich wieder zu mir gefunden hatte, kamen die Attentäter nach Nebulosia und sogar bis ins Haus meiner

Retterin. Morgana versteckte mich in einem ihrer vielen Zimmer, und so konnten die Meuchelmörder mich nicht finden. Sie wimmelte sie ab, und als sie verschwunden waren, kam sie zu mir und erklärte, dass sie sie ablenken würde, damit Edward und ich genug Zeit haben uns vollends auf unsere Genesung zu kontrollieren.«

Aus ihren grauen Augen starrt sie Finn an, offensichtlich gespannt auf seine Reaktion.

»Wer ist Edward?«, fragte er.

Deana zeigte, mit einem verschmitzten Grinsen auf das Bein in ihrem Bett.

»Ich fasse das mal zusammen: Du bist eine Priesterin, die ehemalige Geliebte des toten Imperators, hast deinen Glauben verloren, dann wieder Gefunden und einen neuen geliebten gleich mit?«

Sie strahlte ihn an: »Ganz genau.«

»Frau Deana, bei allem nötigen Respekt und bei aller Dankbarkeit, dass du mein Leben gerettet hast: Das, was du sagst, klingt absolut verrückt! Wenn Du wirklich die Geliebte des Imperators wärst, warum bist du dann auf einem Schiff mit einem Schiffsjungen, einem Kappa und einem

Halbdrachen und nicht in der Sicherheit der Mauern von Sternenfall?«

Deana sah ihn ungläubig an und lachte laut auf: »Du bist doch Kind mehr, Finn, denk doch mal darüber nach: Ich war nicht die Frau des Imperators, sondern seine Geliebte. Am Hof würde ich schneller meinen Tot finden, als ein Kappa in der Wüste.« Bevor sie weiter sprach, wechselte sie die Position ihrer Bein: »Eines Tages, während ich in Morganas Haus gebetet habe, erschien mir Lirian selbst. Er gab mir den Auftrag, so viele Leute wie möglich vor diesem Krieg zu retten, ich soll sie alle auf die fernen Inseln in die Stadt Orion führen.«

Er starrte entgeistert in ihre Augen : »Ein Gott hat persönlich mit dir Gesprochen um dir einen Auftrag zu geben. Merkst du nicht, wie komplett Verrückt sich das anhört?«

Das erste Mal schwand das Lächeln von ihrem Gesicht. »Wie sprichst du mit einer Priesterin! Wie sprichst du mit der Frau, die dein Leben gerettet hat?«, fauchte sie ihn an.

Ob ihres plötzlichen Ausbruchs zuckte er erschrocken zusammen und ist sich nicht sicher, ob seine Sinne ihn täuschen, doch glaubte er, einen orangenen Schimmer über die Augen der Priesterin flimmern zu sehen. Instinktiv machte er einen Schritt zurück, nur weg von ihr.

Sein Blick wanderte durch die Kajüte. Außer Kissen und Mobiliar konnte er nichts zu Verteidigung, keinen Fluchtweg oder eine Möglichkeit, Deana zu überrumpeln finden.

»Frau Deana, ich wollte nicht respektlos sein, tut mir leid«, brachte er stockend hervor. »Ich war nur so überrascht«

Sofort lächelt ihn die Priesterin wieder an: »Ach mein Kind, du bist einfach überfordert, das ist ja auch verständlich, so viel wie in letzter Zeit passiert ist. Wir sprechen morgen weiter. Gehe jetzt an Deck, Newi wartet mit deiner ersten Lehrstunde auf dich.«

»Meiner ersten Lehrstunde?«, wiederholte er irritiert.

»Du wirst verstehen, mein Junge. Orion wartet auf uns.«

Es war, als wäre ihr Ausbruch nie passiert, als wäre es ein Tagtraum gewesen.

Beim Heraustreten konnte er noch hören,

wie Deana etwas sagt, wahrscheinlich zu Edward, gefolgt von einem Schmatzenden geräuscht, in dem Moment als er die Tür schloss.

Mit der geschlossenen Türe hinter sich stand er nun wieder im Frachtraum des Schiffes.

Was war gerade passiert? Deana soll die Geliebte des toten Imperators gewesen sein?

Finn wusste zwar, dass die Geschichte um seine Ermordung der Wahrheit entsprach, denn er erinnert sich an mehrere Steckbriefe, die in der Taverne von Nebulosia gehangen hatten. Auf alle vier war ein enormes Kopfgeld ausgesetzt, so enorm dass es ihm im Gedächtnis geblieben war.

1000 Platinmünzen pro Kopf, so viel hatte die Admiralität nicht mal auf Kapitän Dumond ausgeschrieben.

Die Namen der Gesuchten wollten ihm nur nicht mehr einfallen, er konnte sich jedoch daran erinnern, dass unter ihnen eine Frau mit weißem Haar gewesen war.

Lehrstunden

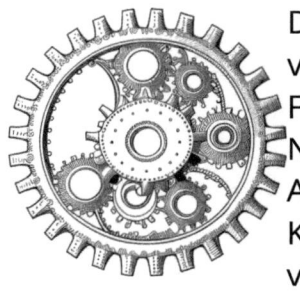 Die Tage auf der Nela
vergingen wie im Flug,
Finn lernte von Newi
Nahkampftechniken und
Andrej versucht ihm die
Kunst der Werkmeister
von Sumpfkap
nahezubringen.

Doch besonders Andrejs Übungen
gestalteten sich als schwierig, da Finn nicht
viel magisches Talent besaß.

»Nein, Junge, die Schraube muss nicht
einfach in das Holzbrett!«, blaffte ihn der
Frosch zum dritten Mal an.

»Aber du hast doch gesagt, dass ich das
Gelenk an dem Brett anbringen sollen. Wie
soll ich das denn ohne eine Schraube
schaffen?«, erwiderte Finn, bebend vor
Frustration.

Ebenso frustriert schlug Andrej sich mit
seiner vierfingerigen Hand direkt zwischen
die großen Augen. »Bursche, was habe ich

dir über magische Verbindungen erzählt? Du nimmst deine Hand, konzentrierst dich auf die Finger und stellst dir vor, dass Klebstoff aus der Spitze kommt. Dann gehst du dahin, wo du das Gelenk haben möchtest, und steckst es einfach daran. So einfach.«

Während Andrej sprach, führte er alle Bewegungen in Perfektion aus, ohne den Blick von dem Jungen zu nehmen. »Hier siehst du, es hält!«, grunzte er und hielt ihm das Brett mit dem angehefteten Gelenk hin.

»Ja, Meister Andrej, aber es kommt kein Klebstoff aus meinen Händen. Das klappt einfach nicht, ich kriege das nicht hin!«, protestierte er. »Außerdem sollst du mich nicht Bursche nennen! Ich habe einen Namen!«

Dieses einfache Wort löste in Finn die Trauer aus, die er seit dem Inferno von Nebulosia zu verdrängen versucht hatte. »Bursche!« so hatte Urian ihn immer genannt, niemand anders sollte ihn so nennen, dafür waren die Erinnerungen an seinen Mentor zu schmerzhaft.

»Wir lassen es für heute gut sein. Morgen

früh wirst Du direkt weiter machen und so lange versuchen die Verbindung üben, bis es funktioniert!« Der Kappa schaute ihn aus seinen Froschaugen an und quakte einmal laut auf: »Deana will noch mit dir reden, habe ich vergessen dir auszurichten, du lässt sie besser nicht noch länger warten.«

Seit ihrem Gespräch hatte er die Elfe kaum gesehen. Entweder war er zu beschäftigt mit dem Training, von dem er immer noch nicht verstand, wozu es eigentlich dient oder die Priesterin war in ihrer Kajüte. »Vertieft ins Gebet«, sagte Andrej immer, bevor er laut loslachte.
Verlegend grinsend verstand er nicht wirklich, was an einem Gebeten so lustig war, wollte es bei dem Gedanken an Edward aber auch nicht so genau wissen.
»Bevor fragst: Ich habe keinen Schimmer, was sie will«, griff Andrej Finns Frage vor.

Einen verwirrten Blick später, begab er sich langsam in Richtung des Schiffsinneren, wo er auf Newi traf, der gerade eine komplizierte Abfolge von Schlägen und Tritten ausführte.

Wie jedesmall, wenn Finn ihn bei seinen Übungen sah, war er tief beeindruckt von der Anmut, mit der der große Halbdrache seinen massiven Körper bewegen konnte.

Der nickt dem Jungen lässig zu, ließ sich aber nicht aus dem hypnotiesierenden Rhythmus der Sequenzen bringen.

Das Herzen schlug ihm bis zum Hals, als Finn an die schwere Holztür klopfte, die nach einem kurzen Moment nach außen schwang.

Deana blickte argwöhnisch auf ihn herab, diesmal trug sie das weiße Gewand einer Priesterin. Ihre Haare waren zu einem strengen Zopf gebunden und ihr Gesicht war ernst. Die Augen funkelten in kühlem grau und auch der seltsame Geruch, der bei seinem letzten Besuch in der Luft hing war verschwunden, abeglößt von einem intensiven Duft nach Weihrauch.

»Hallo, Finn.«, begrüßt sie ihn mit einem kurzen Kopfnicken.

Ihre Augen musterten ihn, als würde sie

nach einer Veränderung an ihm suchen. »Hast du in letzter Zeit Fortschritte in deinen Studien gemacht?«

Er zögerte einen Moment, bevor er antwortete, denn das unangenehme Gefühl unter ihrem Strengen Blick nahm weiter zu: »Frau Deana, im Nahkampf mache ich Fortschritte, aber mit dem was Meister Andre zu lehren versucht komme ich einfach nicht zurecht. Magie lag mir nie. Einmal, als wir eine Gruppe Magier von Silberhafen nach Nebulosia brachten, bot mir einer von ihnen an, mir etwas Magie beizubringen. Aber irgendwie hat es einfach nicht funktioniert.«

Sie nickte nachdenklich, ihre Augen ruhten auf einer kleinen, gelben Flamme, die in einer Öllampen auf ihrem Schreibtisch flackerte.

»Magie ist Kunst und keine Wissenschaft. Ähnlich wie der Kampf erfordert sie Geduld und Disziplin, aber viel mehr noch eine gewisse Offenheit.«, murmelte sie so leise, das Finn sich nicht sicher war, ob sie mit ihm oder mit sich selbst sprach.

Langsam stand sie auf und schritt in

Richtung des riesigen Fensters, dass den ganzen Raum in das dämmerige Licht des Abends tauchte. Sie deutete auf das endlose Meer, in dem sich die Abendsonne reflektierte und fragte: »Siehst du das Meer, Finn? Du weißt, wie mächtig und unberechenbar es ist. Aber mit der richtigen Technik und dem richtigen Wissen kannst du seine Kräfte nutzen, um über seine Wellen zu gleiten.«

Sie drehte sich wieder zu ihm um. »Selbiges gilt für alle Arten der Magie. Aus diesem Grund bist Du heute bei mir, denn auch ich werde Dich Unterrichten.«

»Ja Frau Deana, das Stimmt.«

»Deana reicht völlig«, antwortete sie beiläufig, bevor sie mit ihrem Unterricht begann: »Wir wollen heute mit einer einfachen Übung beginnen, einer Meditation. Setz dich bitte, mein Junge.«

Sie lächelte sanft und deutete auf ein weiches Kissen auf dem Boden.

Finn folgte ihrer Aufforderung und ließ sich vorsichtig auf das weiche Federkissen, das von einem ihm unbekannten Stadtwappen geziert wurde, sinken.

Sie verdunkelte den Raum, sodass er nurnoch in warmes, gedämpftes Kerzenlicht getaucht war.
Die Kerzen flackerten an den Wänden und warfen tanzende Schatten auf die bunten Wandteppiche, die Szenen aus längst vergangenen Zeiten zeigten, die Krönung einer Königin von Altenberg und den Sklavenaufstand im Orkviertel Sternenfalls.

Der intensive Duft von Weihrauch erfüllte den Raum mit einer hypnotischen Intensität und schuf eine Atmosphäre der Ruhe und Konzentration. Mit jedem Atemzug nahm Finn mehr von dieser Ruhe in sich auf, bis Deanas sanfte Stimme ihn, im Einklang mit seinem Atemrhythmus, immer tiefer in die Meditation führte.
»Gut so, Finn. Halte deine Augen geschlossen, atme tief ein und aus.
Versuche, deinen Körper zu entspannen.
Konzentriere dich nur auf deinen Atem.«
Auch die Priesterin schloss die Augen und atmete hörbar durch die Nase aus.

Nach wenigen Augenblicken synchronisierten sich ihre Atemzüge mit denen von Finn, und langsam spürte er, wie sich seine Muskeln lockerten.

Der Raum um ihn herum begann sich aufzulösen, getragen von Deanas ruhigem Atemrhythmus.

Finn ließ sich fallen, tiefer und tiefer, bis eine Stimme die Stille durchbrach.

Er hörte zwar wie die Priesterin sagte, doch war es, als käme ihre Stimme von der anderen Seite eines großen Schiffes: »Konzentriere dich auf dein Innerstes. Auf die Stimme deines Herzens.«

»Auf die Stimme meines Herzens?«, fragte er verwirrt, ließ die Augen jedoch geschlossen.

»Es ist ganz einfach«, erklärte die Priesterin sanft. »Konzentriere dich auf das, was dein Herz antreibt. Es kann alles sein: deine Freunde, die Liebe, Rache oder Hass. Du musst es nur zulassen.«

Finn versuchte, seine Gedanken zu sammeln und sich auf die Worte der Elfe zu fokussieren. Zuerst tauchten Bilder von seinem Zuhause und seinen Freunden vor

seinem inneren Auge auf. Erinnerungen an vergangene Abenteuer.
Er spürte den rauen Wind der See und das Gefühl, auf dem Deck der *Perla* zu stehen. Das vertraute Bild von Urian, dem ersten Maat, erschien vor ihm, doch plötzlich ging es in Flammen auf. Ein Gefühl von Zorn und Hass schoss durch seinen Körper, als wäre ein Blitz in ihn gefahren.

Er riss die Augen auf: »Zuerst sah ich die *Perla* und meine Freunde. Ich dachte, sie wären mein Antrieb. Aber dann wurde mir klar, dass nicht sie es sind, die mich antreiben. Es ist der Hass auf denjenigen, der Nebulosia angegriffen hat und mir alles genommen hat.«

»Sehr gut. Konzentriere dich auf diesen Gedanken, dieses Gefühl, und manifestiere es in Form eines Symbols vor deinem inneren Auge!«, sagte Deana, ihre Stimme vor Begeisterung förmlich überschäumend. Der Junge schloss wieder die Augen.
Nach und nach, langsam, aber sicher, kristallisierte sich in Finns Geist die Form

eines Schwertes heraus. Es war zu groß, um es in einer Hand zu halten, doch auch zu klein, um es beidhändig zu führen.

»Ein Schwert!«, rief er.

»Ausgezeichnet, Finn. Konzentriere dich nun auf das Bild des Schwertes und zeichne es mit deinem Finger auf den Boden. Spüre, wie die Magie in deine Finger fließt. Lasse es zu.«

Er folgte ihrer Anweisung, ließ die Magie durch seine Fingerspitzen fließen und zeichnete die Umrisse des Schwertes auf den rauen Holzboden.

Mit jedem Strich glitt er tiefer in Trance und spürte eine immer stärkere Verbindung zu dem Bild in seinem Kopf.

»So ist es richtig. Deine Konzentration ist beeindruckend.«, sagte Deana, ihre Stimme warm und anerkennend, doch schien sie sich immer weiter von ihm zu entfernen.

»Zeichne weiter, bis du das Gefühl hast, dass dein Schwert vollkommen ist«

»Ja, Deana«, flüsterte Finn, doch selbst seine eigene Stimme klang, als käme sie aus weiter Ferne.

***

»Das reicht für heute, mein Lieber.«, erreichte Deanas stimme ihn und er fühlte ihre weichen Lippen auf seiner Wange, als sie ihm einen zarten Kuss gab.

Erschrocken zuckte Finn zusammen und runzelte die Stirn. War das alles?

Er hatte das Gefühlt, als hätte er gerade erst das Schwert vor seinen Augen manifestiert. Viel Zeit konnte nicht vergangen sein.

Langsam öffnete er die Augen. Das gedämpfte Kerzenlicht warf immer noch tanzende Schatten an die Wand und Weihrauch erfüllt immer noch den Raum. Nur ein leichtes Brennen hinter seinen Lidern erinnert ihn an das intensive Bild des Schwertes, doch als er seine Augen fokussiert, atmete er scharf ein.

Vor ihm auf dem Boden war ein dunkles, fast verkohltes Bild eines Schwertes eingebrannt.

Die Holzmaserung war an den Rändern verkohlt und verlieh dem Schwert eine fast dreidimensionale Wirkung.

»Großer Lirian...«, hauchte Finn ungläubig, die Augen vor Staunen weit aufgerissen. Deana lächelte ihn an, ihr Blick leuchtete vor Begeisterung. »Das mein Held, das warst Du. Du hast Potential dein Seelenfeuer zu entfachen. Du hast nicht nur ein Bild gezeichnet, du hast es erschaffen. Wenn du dich darauf einlässt, könntest Du ein Magier von phänomenaler Größe werden!«

Finn ließ seinen Blick auf seine Finger fallen, überzeugt das auch sie voll Ruß sein müssten, doch an ihnen konnte er nichts erkennen, keine Schwielen und keine Verfärbung.

»Was soll denn Seelenfeuer sein?«

»Es ist die ursprünglichste Form der Magie. Sie basiert auf deinen Emotionen.«, erklärte sie ruhig und erhob sich langsam.

»Glaubst Du, dass ich so stark werden könnte, dass ich meine Freunde retten kann?«, Hoffnung keimte in Finn auf.

»Vielleicht. Wenn Du in der Lage bist dein Potential auszuschöpfen.«, sie lächelte ihn an, weniger liebevoll eher höflich.

»Wenn du keine weiteren Fragen hast, würde ich dich bitten zu gehen. Es ist schon spät und wir müssten Morgen in Silberhafen ankommen.«
»Silberhafen?«, seine Stimme wurde brüchig. »Was machen wir denn da?«
Sie reicht ihm die Hand um ihm aufzuhelfen: »Einen Freund von mir besuchen. Harrus und ich kennen uns schon ewig.«
»Darf ich dann bitte auf dem Schiff bleiben?«, Finn fleht beinah.
Deana lächelte ihn an, als sie ihn in Richtung der Tür und durch sie hindruch schob, ein leichtes Funkeln in ihren Augen. »Bis morgen früh.«

Mit einem lauten knall ließ sie die Tür hinter ihm zu fallen.
Finn blieb stehen, sein Atem ging schneller, als die Dunkelheit des Schiffsinneren ihn umschloss wie ein Mantel. Zügig machte er sich auf den Weg zu seiner Kajüte, den

ganzen Weg über das Hämmern seines Herzens in den Ohren, wie die Kriegstrommeln der Orkstämme aus den alten Legenden.

Silberhafen. Der Name Stand für all das, was er zu vergessen versuchte: Seine Kindheit, die ständige Angst, die Admiralität und vor allem: Den Bootsmann.

In seinem Zimmer angekommen, sprang er in sein Bett, zog sich unter die Decke zurück und rollte sich zusammen, wie ein Streuner. Trotz seines anstregenden Tages wollte der Schlaf nicht kommen. Die Schatten an der Wand tanzen als wären es die Geister seiner Vergangenheit selbst, und mit jeder Woge hört er das Knarren des alten Schiffes, das ihn an die Schreie der Schlacht erinnerte. Nach einer Zeit, die sich wie Stunden anfüllten, überkam ihn dann doch Müdigkeit und Erschöpfung und ließen ihn in einen Unruhigen Schlaf fallen.

»Du unnützes Stück Dreck! Sei froh, dass wir deine Hurenmutter alle mal geliebt haben. Zeig mal etwas Dankbarkeit«
Finn hört ein ekelerregendes Geräusch, als der Bootsmann den Speichel im Mund sammelt und spürt den klebrigen Schleim den der Mann ihm ins Gesicht spuckt.

»Ich danke euch, Bootsmann. Danke, dass ich auf diesem Schiff leben darf.«, wimmert der verängstigte Junge. »So ist es gut«, grunzt er, lacht und schließt seinen Gürtel.
»Geh jetzt. Wir legen gleich in Silberhafen an. Sorge dafür, dass das Schiff sauber ist, wenn uns der Ratsherr begrüßt!«
»Ja, Bootsmann. Danke, dass ich der Admiralität dienen darf.«
Finn wimmert, macht eine Tiefe Verbeugung und verlässt die Kabine des Bootsmannes.

Silberhafen

Sein Körper war schweißgebadet und er zitterte, ein eisiger Schauer kroch ihm den Nacken hinauf, während er die Worte flüsterte, die ihm Trost spenden sollten: »Er kann mir nichts mehr tun. Nie wieder.« Doch der Schauer ließ ihn nicht los.

Doch das beruhigende Mantra wurde jäh von einem harten Klopfen unterbrochen. Andrejs Stimme, rau und ungeduldig, drang durch das dunkle Holz der Tür: »Komm, Junge, wir sind in Silberhafen.«

Die Panik, die ihn durchzuckte, steigerte sich ins Unermessliche. Silberhafen. Mit zitternden Händen griff er nach seiner Kleidung. »Ja«, presste er zwischen seinen klappernden Zähnen hervor, »lass mich nur kurz etwas anziehen.«

»Du klingst ja schon fast wie Deana!«,
dröhnte Andrejs Lachen durch die Tür,
dumpf und spöttisch zugleich.

Finn versuchte, sich zu sammeln, das
Zittern seiner Hände zu stoppen. Die
braune Leinenhose schmiegte sich
unangenehm an seine Beine, als er sie
hochzog und den Hanfgürtel festzurrte. Das
ungute Gefühl kroch ihm bis in die
Knochen. »Andrej«, rief er unsicher, »muss
ich wirklich mit in die Stadt? Mir ist nicht
wohl bei dem Gedanken...«

»Ach, hör auf zu jammern!«, folgte sogleich
die schroffe Antwort. »Zieh dich an und
komm endlich.«

Der Schiffsjunge schlüpfte barfuß in seine
Stiefel und öffnete die Tür. Vor ihm stand
der Kappa in einer seltsamen Ledermontur,
die aussah, als wäre sie eine Mischung aus
der Arbeitskleidung eines Schmieds und der
Ausrüstung eines Alchemisten.

Das dunkle, glänzende Leder war mit
metallischen Schnallen und Taschen
übersät, die überall an seiner Jacke
befestigt waren. Einige davon wirkten
schwer, als wären sie voller Werkzeuge oder

seltsamer Tränke. Seine abgenutzte, flammenbeständige Schürze hing schief über seiner Hüfte und reichte bis zu den Kniehohen, mit Nieten besetzten Stiefeln. Andrej kniff die braunen Froschaugen, die von einer getönten Fliegerbrille bedeckt waren, zusammen, als er den Jungen musterte: »Du siehst vorzeigbar aus, gut. Jetzt aber los, wir sollen für Deana Besorgungen machen, und wir brauchen noch Utensilien für deine Übungen. So schlimm wird es schon nicht werden.«

***

Das Trio, bestehend aus dem Jungen mit dem gequälten Blick, dem Kappa in der sonderbaren Montur und dem schweigsamen Halbdrachen in schwarzer Robe, betrat die Planke, die sie von der Nela in die silberne Stadt der Elfen führen sollte. Kaum hatten sie diese überquert, erstreckte sich der Hafen in seiner ganzen Pracht vor ihnen: Ein Meer aus Masten und Segeln, darüber thronend die blendend weißen Marmorbauten der Admiralität, die das dunkle Braun der Lagerhäuser und Tavernen beinahe zu verschlucken schienen

Der Anblick des gleißend weißen Hauptquartiers ließ Finns Magen rebellieren und verstärkte das beklemmende Gefühl, das ihn die ganze Zeit begleitete, zu einer Übelkeit, die so heftig war, dass er sie nicht länger unterdrücken konnte.

Gerade noch rechtzeitig drehte er sich von seinen Kameraden weg, als die Magensäure brennend durch seine Kehle aufstieg und spritzend im Wasser neben der Nela landete.

»Was ist denn mit dir los, Junge?«, fragte Andrej besorgt, während er ihm auf den Rücken klopfte.

Finn versucht die dunklen Erinnerungen dorthin zu verdrängen, wo er sie bis zum vergangenen Abend, aufbewahrt hatte.

»Warum siehst du aus, als hättest du Lirian persönlich gesehen?«, fragte der Kappa, die braunen Augen fest auf ihn gerichtet.

»Wie würdest du denn schauen, wenn du gerade deine Freunde und deine Heimat verloren hättest und jetzt mit Fremden durch Rudinia reist, nur um in einer Stadt anzukommen, die du am liebsten aus aus deinem Gedächtnis löschen würdest«

Der Junge spürte die schwere Hand des Halbdrachen auf seiner Schulter. Zweimal klopfte sie verständnisvoll, begleitet von einem zustimmenden Grunzen.
»Ach, Finn. Mach dir keine Sorgen, wir sind nur kurz hier. Deana will sich mit irgendjemandem treffen, der sich unserer Crew anschließen soll«, sagte Andrej, während sein großes Auge zu dem Jungen wanderte. »Mach dir keine Sorgen, wir passen schon auf dich auf. Wir sollen nur zur Markthalle und ein paar Sachen besorgen. Dann geht es sofort zurück zur Nela.«
Etwas an der Art, wie der Kappa das sagte, ließ Finn hellhörig werden, doch erneut grunzte Newi zustimmend, und Finn schob seine Zweifel beiseite.
Die Gruppe bahnte sich ihren Weg durch den geschäftigen Hafen, vorbei an den schiefen Fachwerkhäusern, immer weiter

weg von der bedrohlich leuchtenden Admiralität.

Der Strom aus Menschen, Elfen und vereinzelten Kappa floss unaufhörlich an ihnen vorbei, doch in der Hektik fiel das ungleiche Trio kaum auf.

Vor ihnen erstreckte sich die lange Straße, die vom Hafen ins Stadtzentrum führte. Weitere Fachwerkhäuser säumten den Weg, der nun noch belebter war als der Hafen. Die Straße war schmal und uneben, gepflastert mit unregelmäßigen Steinen, zwischen denen sich Rinnsale aus Schmutz und Abwasser ihren Weg bahnten. Die Luft war schwer von einem Gemisch aus Salz, Fisch, brennendem Holz und dem Dunst der Tavernen.

Finn, Andrej und Newi mussten sich dicht aneinanderdrängen, um durch die Menschenmenge zu gelangen.

Elfen mit langen, geschmeidigen Bewegungen, grobschlächtige Seeleute und ein paar vereinzelte Kappa strömten unaufhörlich an ihnen vorbei, doch in der Hektik fiel das ungleiche Trio kaum auf.

Die Straße vor ihnen führte weiter in das

Herz der Stadt.

Überall drängten sich Markthändler, die ihre Waren lautstark anpriesen. Ihre Stimmen vermischten sich mit dem Lärm der Käufer und dem Klappern von Wagenrädern, die schwer über das Kopfsteinpflaster rollten. Die hölzernen Stände der Händler standen dicht gedrängt aneinander, und bunte Stoffbahnen, die als provisorische Dächer dienten, flatterten im Wind.

Häuser mit schiefen Giebeln, die sich fast über die Straße beugten, drängten sich dicht aneinander und warfen lange Schatten auf die Gassen.

Finn musste den Kopf einziehen, als er an einem besonders tief hängenden Balken vorbeiging.

Newis Hand lag immer noch schwer auf seiner Schulter; die Schwielen des Halbdrachen drückten durch sein dünnes Hemd, doch diese kleine Geste gab ihm ein Gefühl von Sicherheit und ließ ihn etwas entspannen.

Der Junge hatte das Stimmengewirr der Stadt fast vergessen, das Durcheinander unzähliger Sprachen, die Menschenmassen, die allgegenwärtige Hektik.

Auf der *Perla* oder in Nebulosia war nur die vertraute Gemeinsprache Rudinias zu hören gewesen.

Hier aber prasselte ein sprachliches Gemisch auf ihn ein: Elfisch mischte sich mit der Gemeinsprache und dem melodischen Drakonisch der Priesterschaft. Es war ein überwältigendes Konzert der Sprachen, das Finns Sinne verwirrte und allein durch seine Lautstärke überforderte.

Den ganzen Weg über ruhte die Pranke des Halbdrachen auf seiner Schulter, während sie an Geschäften vorbeikamen, die Waren, Waffen und Rüstungen in allen Variationen anboten. An Bordellen, Tavernen und Barbieren, deren Schilder über den Eingangstüren baumelten.

Dampf und Rauch quoll aus den Schornsteinen, und überall drängten sich Menschen in den schmalen Gassen.

Schließlich erreichten sie die große Markthalle von Silberhafen.

Vor dem Eingang der Halle hatte sich eine große Menschenmenge gebildet, die sich um die Eingangstüren drängte.

Finn erkannte einige Personen mit Körben in der Hand, die wohl ihren Einkauf erledigen wollten, aber auch Abenteurer, die in zerschlissenen Mänteln und schweren Stiefeln gekleidet waren, ähnlich denen, denen die Piraten von Zeit zu Zeit begegnet waren.

»Immer wieder beeindruckend, wie viele Leute es in dieser Stadt gibt. Es sieht fast so aus, als wären es seit Beginn dieses verdammten Krieges noch mehr geworden«, raunte Andrej ihm ins Ohr.

Finn konnte nur nicken, völlig überwältigt von der Reizüberflutung, beim erneuten eintauchen in die Menschenmenge.

Doch als sie schließlich das Innere der riesigen Markthalle betraten, blieb ihm der Mund offen stehen.

In all seiner Zeit auf See war er nie hier gewesen und die schiere Dimension der Halle war atemberaubend.

Gewaltigen Streben stützten das Dach, verloren sich in der Höhe und waren an ihrem höchsten Punkt kaum mehr zu erkennen.

Die Decke selbst wirkte, als würde sie sich endlos in die Ferne erstrecken.

Vor ihm erstreckte sich ein scheinbar unendliches Labyrinth aus Gängen und Ständen, an denen Waren in allen Farben und Formen feilgeboten wurden.

Von exotischen Früchten über glänzende Waffen bis hin zu feinsten Stoffen, alles schien hier seinen Platz zu haben.

Über allem hing der schwere Geruch von Gewürzen, Schweiß und frischem Brot, der in der stickigen Luft beinahe erdrückend war.

Die Lautstärke in der Halle war mit nichts zu vergleichen, das Finn in seinem Leben je erlebt hatte.

Das Durcheinander von Rufen der Händler, das Klirren von Münzen und das Poltern von Wagenrädern auf Steinboden verschmolz zu einem lärmenden Konzert, das Finns Kopf fast schwindeln ließ.

Es war, als würde die Halle selbst pulsieren, lebendig durch das Treiben der Menschen.

Plötzlich spürte er, wie die Hand auf seiner

Schulter fester zupackte.

Finn drehte sich um und sah, wie Newi ihm mit einem kurzen Nicken bedeutete, dass er beinahe in die falsche Richtung gelaufen wäre.

»Meister Andrej, wo wollen wir eigentlich hin? Was sollen wir hier?« Finn musste schreien um sich über den Lärm verständigen zu können.

»Junge. Wir müssen noch ein paar Vorräte kaufen, wir werden schließlich einige Zeit unterwegs sein.«, rief der Werkmeister zurück. »Außerdem brauchen wir noch das Trainingsmaterial für dich, vielleicht ein paar Waffen und vernünftige Rüstungen. Sollte es zu einem Kampf kommen, können wir schließlich nicht in unseren Klamotten kämpfen«

Newi drückte die beiden durch die Masse, denn mit seiner riesigen Statur war es für ihn ein leichtes, eine kleine Schneise in die Menge zu drängen.

»Da vorne.«, Andrej zeigte auf einen Stand hinter dem eine ältere Frau steht. »Als ich letztes mal hier war, hatte sie die besten Materialien die ein alter Werkmeister sich wünschen konnte«

Es dauerte noch eine Weile, bis die Gruppe den Stand der Frau erreichte.

Andrej drängte sich an einigen Passanten vorbei und sprach sie sofort an: »Ah, Thea meine alte Freundin!«

Sie schien Andrejs Stimme zu erkennen, denn sie drehte sich sofort zu ihnen um und als sie spricht, klappte Finn vor Überraschung erneut der Mund auf.

Er hatte eine zittrige, gebrechliche Stimme erwartet, doch die Worte die aus ihrem Mund kamen, taten dies mit einer Intensität und einer tiefe, die der Junge vielleicht von einem Halbdrachen oder einem Ork erwartet hatte: »Andrej du alter Gauner. Ich hatte gehofft Du wärst endlich in deinen Froschteich zurück gekrochen!«

Der Frosch lachte laut auf, bevor er ebenso spöttisch dagegenhielt : »Nicht bevor ich dich überlebt habe, du alte Schachtel«

Jetzt bekam er den Mund vor entsetzen nicht mehr zu.

Wie redete Andrej mit der Frau?

Selbst von einem ungehobelten, kauzigen Kappa hatte er etwas Anstand erwartet.

Doch bevor er sich einmischen konnte, lachte auch die Alte. »Lass dich ansehen, mein lieber alter Kröterich«

Thea lehnte sich über ihren Stand und warf mit ihren massiven Brüsten beinah ihre halben Waren um, nur damit sie Andrej in die Wange kneifen konnte.

Was in Lirians Namen war denn nun los?

»Andrej, du isst wieder zu wenig. Gibt dir deine Frau etwa kein Essen?«, wollte sie wissen, nach dem sie seine Wange los gelassen hatte.

»Ach, bleib mir doch weg mit der!«, quakt Andrej zurück. »Nach dem sie damals Laich mit Boran… Thea, ich würde gerne weiter mit dir in Erinnerungen schwelgen, aber ich habe es leider eilig. Ich brauche einige Materialien für meine Werkstatt und meinen Schüler«, während er sprach, zeigte er auf Finn. »Ja, ja. Nur für das Geschäft ihr. Keine Zeit für die alte Thea.«, grummelte sie vor sich hin. »Junge. Mach den Mund zu, sonst fliegen dir Fliegen rein«, rief und klang dabei, fast so krötenartig wie Andrej.

Plötzlich aus seiner Trance gerissen, jener dumpfen Umnebelung, die sich während des Gesprächs zwischen seinem Meister und der Alten schleichend über ihn gelegt hatte, stotterte er: »Es ... es tut mir leid, Frau Thea, ich wollte nicht ...«

»Ach, komm her.« Ihre Stimme klang wie trockenes Holz im Dämmerlicht. »Lass mich sehen, was dieser verrückte Frosch diesmal angeschleppt hat.«

Völlig eingeschüchtert, nicht wagend, dem Befehl zu trotzen, setzte Finn sich in Bewegung, schob sich, so klein er konnte, näher an ihren Stand heran. Ihre Hände, rau wie rissiges Leder, packten sein Gesicht, glitten über seine Oberarme, tasteten sich hinab bis zu seinen Fingern.

»Wo kommst du her, Junge?« Ihr Blick ruhte schwer auf ihm, eine Schneide aus Misstrauen und abschätziger Neugier.

»Ähm ...«, murmelte Finn.

»Wo du herkommst, habe ich gefragt.« Ihre Stimme wurde schärfer, das Knacken darin gefährlich nah an einem Bruch. »Bist du taub oder dumm?«

»Ich … ich komme aus …« Er versuchte sich zu erklären, doch sein Mund gehorchte ihm kaum.

»Sprechen kannst du also auch nicht.« Ihr Schnauben war kaum mehr als ein Windstoß in der Stille.

Dann wandte sie sich abrupt von ihm ab, fixierte seinen Meister mit einem Blick, der weniger fragte als forderte. »Andrej, mit was für Leuten gibst du dich diesmal ab? Hattest schon immer ein Herz für die, die man sonst übersieht.«

»Thea, reiß dich zusammen. Er ist noch ein Junge und reist erst seit wenigen Tagen mit uns!«, schnauzte er sie an, seine Stimme hart, aber nicht ohne einen Hauch von Nachsicht. »Also, kommen wir endlich zum Geschäftlichen. Ich brauche zwei Feinhämmer, nicht größer als drei Zentimeter an der breitesten Stelle. Außerdem einige Kerne von Sternenfallkürbissen und eine Flasche deines besten Schmieröls.«

Die Worte kaum verklungen, begannen die beiden wild um den Preis zu feilschen, ihre Stimmen überschlugen sich, ein hartes Hin und Her aus Forderung und Gegenwehr, doch der Trubel um ihn herum ließ Finns Gedanken treiben, riss sie fort wie Herbstlaub im Sturm, zu wirr, zu laut, als dass er der Frau oder dem Kappa noch folgen konnte.

Sein Blick wanderte, blieb an Newi hängen, dessen ruhige Gestalt sich wie ein Fels inmitten der flackernden Unruhe der Gasse behauptete. Ohne weiter nachzudenken, drehte Finn sich zu ihm um und fragte direkt: »Warst du schon mal hier, Meister Newi?«

Der Halbdrache schüttelte den Kopf, zog die vernarbten Lefzen hoch, ein Ausdruck, den Finn längst als Lächeln kannte, der jedoch auf andere eine ganz andere Wirkung hatte. Hätte der Junge es nicht besser gewusst, hätte er wohl ebenso erschrocken reagiert wie jene Passanten, die mit einem hastigen Schritt zurückwichen, als sie die gebleckten Zähne des bronzenen Drachens erblickten.

»Warst du denn schon mal in einer der anderen großen Städte?«, fragte Finn weiter. Dieses Mal erhielt er ein knappes Nicken zur Antwort.

»Goldhaus?« Ein Kopfschütteln.

»Altenberg?« Wieder nichts als die Bewegung seines Kopfes von einer zur anderen Seite.

»Sternenfall?« Ein kurzes Innehalten, dann ein langsames Nicken.

»Ist die Stadt wirklich so prächtig, wie alle immer erzählen?«, wollte Finn wissen, doch Newi zuckte nur mit den Schultern, als wäre die Antwort auf eine solche Frage zu groß, zu schwer, um sie in bloße Worte zu fassen.

Etwas enttäuscht von der kargen Reaktion seines Kampfmeisters ließ der Junge jedoch nicht locker. »Hat es dir denn dort gefallen?«

Wieder nur ein Zucken, kaum mehr als ein Hauch von Bewegung.

»Du möchtest scheinbar nicht darüber reden, habe ich recht?«

Ein Nicken, langsam, bedächtig, als sei dies

die einzige Antwort, die er ihm geben konnte.

»So, ihr zwei, ich habe die alte Schachtel ordentlich runtergehandelt, wir können weiter«, hörte Finn die quakende Stimme des Werkmeisters, ein zufriedenes Grollen in seinem Ton.

Also setzten sie sich wieder in Bewegung, tauchten tiefer ein in das Wirrwarr der Stände und Wesen, wo der Boden unter ihren Schritten uneben wurde und der Geruch nach fremden Gewürzen, Metall und Staub schwer in der Luft lag. Je näher sie dem Zentrum der Markthalle kamen, desto lauter schwoll das Tosen der Massen an, ein drängendes Meer aus Stimmen, aus Geschrei, aus feilschendem Lachen und zischenden Flüchen.

Die Händler riefen ihre Waren aus, die Käufer stritten um den besten Preis, und mitten in diesem Chaos hob Finn die Stimme, um sich gegen den Lärm Gehör zu verschaffen: »Was müssen wir jetzt noch besorgen?«

»Jetzt kommt endlich der spannende Teil«, entgegnete der Kappa, während seine runden, glitschigen Finger eine Münze spielerisch durch die Luft wandern ließen. »Einige Schwerter und ein paar Utensilien für deine Übungen mit Newi. Dafür müssen wir zu einem Freund von mir, Kalayci. Wir haben zusammen gedient im Kampf gegen die Grasfresser, damals, als es noch keinen Friedensvertrag zwischen Sumpfkap und Schattenruh gab. Ein Söldner war er, bevor einer dieser Druiden ihm die Beine abgerissen hat. Seitdem verkauft er hier das Beste, was du an Waffen außerhalb der Kriegsakademien von Sternenfall und Goldhaus bekommen kannst.«

Während der Kappa sprach, huschte ein Lächeln über sein breites, grünes Gesicht.

»Ach, wir haben Dinge erlebt, Finn ...« Seine Stimme klang plötzlich entfernt, als könnte er die Bilder seiner Erinnerung bereits sehen. »Dinge, die du nicht glauben würdest, selbst wenn ich sie dir direkt in den Kopf malen könnte.«

Eine Weile verging, in der sich die drei durch

das wogende Meer aus Stimmen und Körpern schoben, vorbei an Ständen, die in buntem Chaos Waren feilboten, durch enge Gassen, die nach Gewürzen, Öl und kaltem Eisen rochen, bis Andrej schließlich rief: »Ah, da vorne ist der alte Haudegen doch!«, und mit ausgestrecktem Arm auf einen gewaltigen Stand deutete, der vor einem Plateau aus quadratischen Steinen stand, akkurat angeordnet in einem noch größeren Quadrat, als hätte jemand mit bedachter Hand ein Fundament inmitten des lärmenden Treibens geschaffen.

»Hat er sich wirklich eine Übungsarena mitten in die Markthalle gestellt? Unglaublich, der Kerl!«

Die Freude war dem Kappa deutlich anzumerken. Mit neuem Elan beschleunigte er seine Schritte, drängte sich rücksichtslos durch die Menge, schubste einige Passanten zur Seite, die ihm mit lauten Protesten hinterherriefen, doch Andrej beachtete sie nicht einmal, riss stattdessen den Kopf in den Nacken und schrie über den Platz hinweg:

»Ich hab hier ein paar Beine gefunden! Gibt's hier jemanden ohne?«

Hinter dem Stand regte sich etwas, eine Bewegung, ein Schatten, doch Finn erkannte zunächst nichts als einen Kopf, der merkwürdig schwerelos hinter der Auslage vorbeiglitten zu sein schien. Was war das schon wieder für eine Magie?

Er blinzelte, versuchte die Illusion zu durchdringen, bis sich die Gestalt deutlicher formte. Der Kopf gehörte zu einem bärtigen Mann, dessen Gesichtsbehaarung so ungepflegt und strubbelig war, dass sie beinahe mit der rauen Struktur des dunklen Holzes hinter ihm verschwamm. Oberhalb des Barts lagen tiefe Narben, gezeichnet wie alte Karten auf wettergegerbter Haut, darunter eine große, rote Nase, deren feine blaue Äderchen sich wie Wurzeln darin verzweigten. Und dann die Augen, dunkel und schwer, von so tiefen Ringen unterlegt, dass Finn nicht sicher war, ob es wirklich ihre Farbe war, die sie so düster wirken ließ, oder ob der Schatten der Markthalle sie einfach verschluckte.

Als der Mann sprach, musste Finn seine ganze Konzentration aufbringen, um ihn zu verstehen, so stark war sein zwergischer Akzent, so rau die Worte, die mit einem kehligem Brummen aus seiner Kehle drangen.

»Andrej, lange nicht gesehen.« Die Stimme trug eine Schwere, die nicht nur vom Alter herrührte. »Ich soll dich von deiner Mutter grüßen.«

Ein Schmunzeln zuckte für einen Moment um die Bartstoppeln, doch die dunklen Augen verrieten nichts.

»Was verschafft mir die Ehre?«

»Wie immer kommst du gleich zum Punkt.« Andrej verschränkte die Arme, ließ den Blick über die Auslage wandern. »Ich brauche einiges von dir. Mindestens zehn Schwerter wären das Erste. Was hast du da?«

Finn beobachtete, wie ein Arm neben dem Kopf auftauchte, kräftig, sehnig, die Finger schwielig vom Schmieden, und auf ein Schwert wies, das an der Wand hing, halb im Schatten, halb im flackernden Licht der nahen Laternen.

»Geschmiedet aus Stahl, der in den Bergen um Altenberg gewonnen wurde«, erklärte Kalayci, seine Stimme nun ein wenig geschäftsmäßiger, aber nicht minder kratzig. »Da wir von dort erstmal keinen Stahl mehr bekommen werden, haben sie natürlich ihren Preis. Aber da du schon immer ein Mann warst, der Qualität zu schätzen weiß, ist dir das natürlich recht. Oder?«

Ein Funkeln blitzte in seinen Augen auf, das nicht nur von den tanzenden Reflexen des Metalls herrührte.

»Und ich weiß, dass Du ein Mann bist der viel erzählst, wenn der Tag lang ist. Zeig mir lieber etwas, das mich nicht mein letztes Hemd kostet.«, hielt Andrej dagegen, ohne mit der Wimper zu zucken.

»Qualität hat nun mal ihren Preis, alter Freund. Nimm zehn dieser Schwerter und ich werde dir einen passenden Preis machen. Was brauchst Du noch?«, überging Kalayci den Kappa.

»Ich brauche keine teuren Schwerter, nur

weil du sie sonst nicht los wirst. Gib mir etwas, das hier geschmiedet wurde, das wird ausreichen.«

»Wie du willst, gib mir nicht die Schuld, wenn du stirbst, weil dein Schwert bricht.«, die raue Stimme des Zwerges schwoll vor unterdrücktem Zorn leicht an. »Was willst du noch?«

»Wir brauchen Holzschwerter. Eins für den einhändigen Kampf und eins für beide Hände.«, er deutete mit dem Kopf in Finns Richtung.

»Kein Problem. Was noch?«

»Eine Trainingspuppe aus Holz. Wie du sie dahinten stehen hast.«, Andrej zeigte mit dem Finger drauf.

»Die sind nicht zu verkaufen!«, schnauzte der Zwerg.

»Kalayci, für die richtige Summe würdest du sogar deine Großmutter verkaufen.«

Der Zwerg lachte auf. »Vielleicht. Aber die würde mir niemand abkaufen. Sei es drum, langsam wird es teuer für dich.«

»Außerdem brauchen wir einige Lederrüstungen und alles muss zu meinem Schiff in den Hafen gebracht werden.«, fuhr

Andrej fort, als hätte er die letzten Worte überhört.

»Alles eine Frage des Preises.« Kalaycis Stimme war ein tiefes Grollen, während seine knorrigen Finger über das Metall der ausgestellten Waren strichen, als könne er allein durch die Berührung ihren Wert bemessen. »Für das ganze Paket? Rüstung, Puppe, Schwerter und Lieferung … für dich, mein Freund: 700 Goldmünzen.«

Andrej riss empört die Arme hoch. »So viel ist dir unsere Freundschaft also wert? Dafür habe ich dein verfluchtes Leben gerettet? Willst du mich verarschen?«

»Mein Leben gerettet?« Kalaycis Lachen war nicht mehr als ein trockenes Schnauben. »Meine Beine liegen immer noch irgendwo in diesem von Kaelen verfluchten Sumpf.« Seine dunklen Augen funkelten unter buschigen Brauen hervor, doch in ihnen lag keine Bitterkeit, nur das resignierte Wissen eines Mannes, der seinen Verlust längst zu seinem eigenen Vorteil zu nutzen wusste. »Letzter Preis, Andrej. Für weniger kann ich dir das Material nicht geben. 600

Goldmünzen und du lässt deinen Jungen schleppen.«

Sein schrumpeliger Finger schnellte vor, zeigte direkt auf Finn.

Andrej drehte sich mit theatralischer Entrüstung zu den anderen um. »Kommt, wir gehen. Ich lasse mich doch von einem senilen Zwerg nicht verarschen. Ich kenne da noch einen Händler, bei dem wir das gleiche Material günstiger bekommen.«

Finn blinzelte verwirrt, spähte zu Kalayci, dann zu Andrej, dessen Blick jedoch keinen Zweifel ließ, das war Teil des Spiels, eines ausgeklügelten Plans, bei dem der Werkmeister längst wusste, wie er mit dem Zwerg umzugehen hatte.

Nur wenige Sekunden verstrichen, in denen sie sich langsam vom Stand entfernten, da gellte hinter ihnen ein Ruf über die Marktstände hinweg, scharf wie geschliffener Stahl: »Jetzt sei nicht so! Ich mache doch nur Spaß! Komm her, 500 Goldmünzen, und mein Lehrling läuft sofort los!«

Andrej warf Finn ein grinsendes Zwinkern zu, bevor er stehen blieb, sich lässig umwandte und betont nachdenklich sagte: »400 Goldstücke, und ich lasse den Jungen hier, bis ich mit den restlichen Besorgungen fertig bin.«

Finns Augen weiteten sich entsetzt. *Was bei Lirian?!*

Kalaycis Gesicht lief rot an, sein Bart zuckte, als er ansetzte zu fluchen. »Ich soll dir die Waffen unter Wert verkaufen und dann auch noch dein Kindermädchen spielen? Du Sohn einer elenden ...«

Er atmete scharf durch die Nase ein, zwang sich zur Ruhe, doch sein Blick blieb finster.

»Gib mir 500 Goldstücke und nimm das Balg mit!«

»Ja bitte, nimm mich mit!« Finns Stimme klang brüchiger, als er es erwartet hatte.

»Du hast so einen schönen Trainingsplatz, wäre doch eine Verschwendung, ihm nicht zu zeigen, wie er mit deinen Holzschwertern umzugehen hat.« Der Kappa feixte, während er mit einer betont gemächlichen

Bewegung einen schweren, ledernen Beutel aus seiner Tasche zog, dessen Inhalt dumpf gegen das grobe Material schlug.

»Finn, ich hab dir doch gesagt, dass Kalayci ein hervorragender Kämpfer war.« Andrejs Stimme klang übertrieben beiläufig, fast schon zu unschuldig, um nicht misstrauisch zu wirken. »Du bleibst einige Stunden bei ihm, er zeigt dir ein wenig von dem, was er noch kann, und dann holen Newi und ich dich wieder ab. Für mich klingt das nach einem fantastischen Plan.«

Finns Magen zog sich zusammen.

»Andrej, bitte.« Seine Stimme war leiser jetzt, flehender, die Worte drängten sich aus seiner Kehle, bevor er sie aufhalten konnte. »Ich will das nicht. Du hast versprochen, dass wir nur schnell die Sachen holen und dann wieder zu Nela zurückgehen.«

»So einem verweichlichten Knirps bringe ich bestimmt nichts bei.« Kalaycis Stimme fuhr wie ein Messer dazwischen, sein Blick abschätzig, seine Mundwinkel zu einem verächtlichen Schnauben verzogen. »Wenn er schon anfängt zu heulen wie ein Kind, das seine Mutter sucht, wird er keine halbe Stunde durchhalten. Vergiss es!«

»Finn, glaub mir, wenn ich dir sage, dass Kalayci dir einiges beibringen kann. Wenn du das hier ausschlägst, dann kannst du unser Training auch vergessen.«, er konnte in Andrejs Stimme erkennen, dass es ihm absolut ernst war.

Der bloße Gedanke, nach Silberhafen zurückzukehren, hatte Finns Brust zugeschnürt.

In dieser Stadt hatte er die schlimmsten Jahre seines Lebens verbracht, als Schiffsjunge der Admiralität, schutzlos und allein. Jede Ecke, jeder Geruch hier erinnerte ihn an die Qualen, die er durchgestanden hatte.

Er hatte geschworen, nie wieder einen Fuß in dieses verfluchte Loch zu setzen.

Andrej hatte ihm versichert, dass es nur kurz dauern würde. »Wir holen die Sachen und verschwinden sofort wieder.« hatte er gesagt. Er hatte ihm geglaubt und das gegen jede Vernunft, weil er nichts mehr fürchtete als diese Stadt.

Und jetzt stand er hier, mitten in Silberhafen, gefangen zwischen Angst und Enttäuschung.

»Also, Finn, entscheide dich: Entweder du gehst zu Kalayci oder unsere Übungen sind hier und jetzt vorbei. Newi und Deana werden dich nicht mehr unterrichten, und du bleibst als Schiffsjunge an Bord.«, sagte Andrej mit einer Kälte in der Stimme, die Finn erschütterte.

Er spürte, wie ihm der Boden unter den Füßen weggezogen wurde.

Als Schiffsjunge an Bord bleiben? Finn hatte sich überwunden, hatte seine Angst beiseite geschoben, nur um jetzt mit seiner Vergangenheit bedroht zu werden?

»*Wenn ich jetzt einfach weglaufe...*«, dachte er, doch die Angst lähmte ihn.

»Junge, bist du taub?«, zischte Andrej scharf. »Entweder du gehst zu Kalayci oder du gehst zurück zum Schiff. Da kannst du dann die Takelage schrubben, bis Newi und ich zurück sind.«

»Ich hab dir schon gesagt, dass ich dem Jungen nichts beibringen werde! Verpiss dich mit ihm!«, schrie der Zwerg voller

Verachtung.

»Kalayci, wenn ich sage, dass er Potenzial hat, dann vertrau mir«, entgegnete Andrej unbeirrt.

Finn kämpfte gegen die Tränen, die sich in seinen Augen sammelten. Er fühlte sich verraten, er hatte Andrej geglaubt und doch ließ er ihn im Stich, genau hier, wo sein Albtraum begonnen hatte.

»Potenzial? DAS Potenzial?« Kalaycis Stimme war ein tiefes Grollen, in dem sich Spott mit einer Spur von Neugier mischte, und doch hallte sie über den Lärm des Marktes hinweg, laut genug, dass selbst die nächststehenden Händler unwillkürlich verstummten. »Wenn du mich verarscht, Andrej, dann überlebt dein Junge die nächsten Stunden nicht. Ist dir das klar?«

Finns Körper fühlte sich mit einem Mal seltsam schwer an, seine Knie drohten nachzugeben, doch er zwang sich, stillzuhalten. Der Lärm um ihn herum, war er tatsächlich lauter geworden? Oder war es nur sein eigener rasender Puls, der in den Ohren dröhnte?

»So, Junge.« Andrejs Ton ließ keinen Widerspruch zu, fest wie Eisen, unnachgiebig. »Entweder du bleibst hier, oder du gehst zurück zum Schiff. Newi und ich werden jetzt weitermachen. Wir sehen uns.«

Und damit war die Sache entschieden.

Der Kappa schmiss den schweren Lederbeutel auf den Tresen, wo er dumpf aufschlug, das Gewicht des Goldes ein unausgesprochenes Abkommen. Einige der ordentlich gestapelten Pfeile gerieten ins Rutschen, kippten über den Rand und klackerten auf den Boden, doch Andrej kümmerte sich nicht darum.

Finn setzte zögerlich ein paar Schritte in Richtung des Standes, doch Kalayci schnappte nach ihm wie ein bissiger Hund:

»Knirps, guck nicht so.« Seine kleinen, dunklen Augen verengten sich. »Wenn Andrej sagt, dass du Potenzial hast, dann bleibt mir wohl nichts anderes übrig. Egal, wie dumm du dabei aus der Wäsche schaust.«

»Tut mir leid, Meister Kalayci.« Finns Stimme war kaum mehr als ein Murmeln.

»Hör auf, dich zu entschuldigen, und reiß dich zusammen!« Der Zwerg fletschte die Zähne, sein Blick schneidend, aber nicht ungeduldig. »Du bist hier, um zu lernen. Also los jetzt, geh zum Plateau und schnapp dir eine Waffe aus den Kisten. Such dir aus, was dir am besten liegt.« Er wandte sich ab, zog mit einem Ruck das grobe Tuch über die Auslage, während er noch knurrte: »Ich mach hier dicht und komm dann zu dir, Kleiner.«

Widerstandslos entschloss sich Finn, es einfach über sich ergehen zu lassen. Er machte sich auf den Weg, stieg die Treppe zum Übungsplatz hinauf und blieb schließlich vor mehreren Kisten stehen, die bis zum Rand mit den verschiedensten Waffen gefüllt waren.
Die Wahl fiel ihm schwerer, als er es erwartet hatte.
Zuerst griff er nach einer hölzernen Axt, hob sie an und ließ sie in seiner Hand

ruhen. Er führte einige Schläge aus, doch nach ein paar Schwüngen legte Finn die Axt wieder zurück, das fühlte sich nicht richtig an.

Dann nahm er einen Speer, drehte ihn über seinem Kopf und führte ein paar Stöße in die Luft aus. Besser als die Axt, aber immer noch nicht das Richtige. Auch den Speer legte er zur Seite, fuhr sich dann durch das braune Haar und band es zu einem festen Knoten.

Finn wandte sich erneut den Kisten zu, griff hinein und schob die Waffen beiseite.

Am Boden entdeckte er schließlich ein Schwert, das sofort seine Aufmerksamkeit erregte.

Es war weder ein Kurzschwert noch ein Zweihänder, sondern etwas dazwischen. ehrfürchtig, als wäre es ein Artefakt aus einem vergessenen Tempel, hob der Junge das Schwert aus der Kiste und hatte sofort das Gefühl, dass es genau für ihn gemacht war.

Ein, zwei, drei Schwünge durch die Luft.

»Das passt.«, murmelte Finn zufrieden und führte noch weitere Bewegungen aus, mal mit einer Hand, mal mit beiden am Griff. Dann nahm er einen festen Stand ein und führte siche eine kurze Abfolge von Schlägen, die Newi ihm vor Kurzem gezeigt hatte, um sie mit seiner neuen Waffe zu wiederholen.

»Das ist es! Das ist meine Waffe!«, rief Finn begeistert.

»Vielleicht. Benutzen kannst du sie auf jeden Fall noch nicht«, knurrte eine raue Stimme hinter ihm.

Als Finn sich umdrehte, sah er Kalayci, der in einem hölzernen Rollstuhl auf ihn zurollte, das Holz ächzend unter dem Gewicht des Zwerges. Die unzähligen Narben, die sich über sein wettergegerbtes Gesicht zogen, der wilde, graue Bart, die wirren Locken, all das wurde überstrahlt von seinen hellwachen, blauen Augen, die scharf und prüfend auf Finn ruhten.

»Stell dich erstmal ordentlich hin, Knirps«, befahl Kalayci, seine Stimme schneidend wie ein Peitschenschlag, durchdrungen von jenem militärischen Ton, der nur Gehorsam duldete.

Ohne langsamer zu werden, rollte er näher, dann ein plötzlicher, gezielter Schlag gegen Finns Kniekehle, so schnell, dass der Junge kaum reagieren konnte. Seine Beine knickten leicht ein.

»Immer leicht gebeugt, damit du wendiger bleibst. Arme locker nach vorne, beide Hände ans Schwert, bis du zuschlägst.«

Finn nickte hastig, versuchte, die Haltung zu halten, doch im nächsten Moment spürte er einen harten Schlag auf seine Arme. Kalayci hatte den Speer aufgehoben, den er achtlos beiseitegelegt hatte, und nutzte ihn nun, um Finn in die richtige Position zu zwingen. Der Schmerz jagte durch seine Unterarme, heiß und stechend, aber er biss die Zähne zusammen. Er würde sich nicht erneut wie ein Schwächling zeigen. Seine Finger krallten sich nur noch fester um den Griff des Schwertes.

Kalayci grunzte, als er die Verkrampfung in Finns Händen bemerkte.

»Nicht so steif, Knirps.«

Sein Griff um den Speer lockerte sich, mit

fließenden, präzisen Bewegungen demonstrierte er die Schläge.

»Zuerst von unten nach oben, beide Hände am Griff, dann ein einhändiger Schlag mit deiner starken Hand. Das machst du etwa 100 Mal. Anschließend nochmal 100 Mal in die entgegengesetzte Richtung.« Seine Stimme klang ruhig, doch in seinen Augen lag die unerbittliche Strenge eines Mannes, der wusste, dass wahre Kraft nicht aus Worten, sondern aus Wiederholung geboren wurde.

Finn schluckte.

»200 Mal?«, fragte er tonlos.

»200 Mal«, bestätigte Kalayci, ein bösartiges Grinsen auf den Lippen.

Als der Junge den ersten Schwung ausführte, umfasste er den Griff fest mit beiden Händen und führte das Schwert, wie der Zwerg es ihm gezeigt hatte, von unten nach oben. Am höchsten Punkt angekommen, ließ er seine rechte Hand los und schlug mit seiner starken linken Hand von oben nach unten.

Nach etlichen Wiederholungen spürte Finn, wie seine Oberarme vor Schmerz brannten. Jeder Schwung verstärkte den stechenden Schmerz, Schweiß lief ihm in die Augen, und der Knoten in seinem Haar begann sich zu lösen.

Kalayci bemerkte, dass Finn langsamer wurde, holte mit dem Speer aus und traf ihn hart an der Brust. »Ich habe nicht gesagt, dass du langsamer werden sollst. Du hast noch 20 Schläge vor dir! Weitermachen!«, grunzte er.

»Ich... ich kann nicht mehr«, keuchte Finn, doch er hörte nicht auf, die Bewegungen auszuführen.

Der Zwerg schlug erneut, diesmal härter, direkt auf die Brust. »Denkst du, der Feind fragt, ob du nicht mehr kannst? Du kämpfst, bis ich sage, es ist genug.«

Der dritte Schlag traf Finn zwischen die Schulterblätter. Vor Schmerz schrie der Junge auf, ließ das Schwert fallen und brach auf die Knie zusammen.

»Erbärmlich. Du hast es nicht mal bis zur ersten Stufe geschafft, Knirps!«, brüllte der Zwerg und spuckte vor Wut. »Nicht mal die

Grundübungen konntest du durchziehen. Welches Potenzial will diese alte Kröte in dir sehen?«

Finn spürte den harten Aufprall des Speers gegen seinen Körper und hörte, wie sich Kalaycis Rollstuhl knirschend und langsam entfernte. Sein Atem ging schwer, und der Schweiß lief ihm in Strömen den Körper hinunter, tropfte auf den kalten, steinernen Boden um ihn herum.

»*Versager!*«, halte die grausame Stimme des Bootsmanns in seinem Kopf und schnürte ihm augenblicklich die Kehle zu.

Doch Finn hatte sich geschworen, nie wieder schwach zu sein. Er sammelte all seine verbliebene Kraft, stemmte sich auf die Füße, griff nach dem Schwert und wischte sich den Schweiß aus den Augen.

»Ich schaffe das! Ich bin kein Versager!«, knurrte er entschlossen, mehr zu sich selbst als für jemand anderen und setzte die Schlagabfolge erneut an.

Das Brennen in seinen Armen loderte stärker und breitete sich bis in seine Schultern aus.

»200!«, rief Finn triumphierend.

»Mit Pausen, aber immerhin«, ertönte wieder die raue Stimme hinter ihm. »Der Knirps kann ja doch was.«

Finn stand schwer atmend vor dem Zwerg und versuchte, ihn anzulächeln. »Was machen wir jetzt?«

»Ganz einfach: Andersherum. Jetzt schwingst du von oben nach unten und dann mit der schwächeren Hand nach oben. Noch mal 100 Schläge in die eine und 100 in die andere Richtung. Wenn du das geschafft hast, sind wir für heute fertig.«

Enttäuscht blickte Finn auf den Boden, wagte es jedoch nicht, dem Zwerg zu widersprechen.

Wieder setzte er die Schläge an, und wie zuvor drohten seine Muskeln unter der Last des Schmerzes nachzugeben. Doch diesmal war es anders, diesmal würde er nicht aufgeben.

Er spürte, wie seine Arme schwerer wurden, das Schwert fühlte sich an, als wäre es aus den tiefsten Gesteinen des Altenbergs gemeißelt. Doch seine Entschlossenheit übertraf den Schmerz, brannte ihn einfach weg. Vor Finns innerem Auge erschien das

Bild des sterbenden Urians, das brennende Nebulosia und das hämische Gesicht des Bootsmannes.

***

»Das reicht, Knirps.« Der unverkennbare Stolz in der Stimme des Zwergs riss Finn aus seiner Trance. Sofort kehrten die Erschöpfung und der Schweiß zurück, der seinen ganzen Körper bedeckte.

»Vielleicht verstehe ich jetzt, was Andrej in dir sieht«, meinte Kalayci. »Du bist in Kampftrance gefallen, das ist ein gutes Zeichen. Wie lange glaubst du, hast du die Schläge ausgeführt?«

»Ich weiß es nicht, Meister«, murmelte Finn und legte die Hand auf seine Rippen.

»Hör auf mit dem Meister-Geschwafel. Ich bin Kalayci, nicht einer dieser schleimenden Armeefanatiker.«

»Ja, Kalayci«, sagte Finn.

»Du hast eine Stunde lang dieselbe Bewegung wiederholt. Das ist stark, darauf lässt sich aufbauen.« Das Lob kam unerwartet, und Finn ertappte sich dabei, wie ein Lächeln sein Gesicht überzog.

»Bild dir bloß nichts darauf ein, Knirps«, fauchte Kalayci bei diesem Anblick. »Keine Ahnung wo die Kröte bleibt, aber wenn du dazu in der Lage bist, kann ich dir noch eine Technik zeigen. Sag Andrej nur nichts davon.«, er sah sich verstohlen um.

Finn spürte die Erschöpfung tief in seinen Knochen, doch ihm war klar, dass nichts wichtiger war als das Schicksal seiner Freunde und herauszufinden, was in Nebulosia wirklich geschehen war.

»Zeig mir, was du mir beibringen kannst, bitte«, forderte Finn, während er entschlossen den Schwertgriff umfasste.

»Lass das Geschwafel, Knirps«, schnauzte Kalayci.

»Setz dich hin und konzentriere dich«, befahl er streng. »Was hast du gesehen, als du in Trance warst?«

»Gesehen? Was meinst du?«

Finn zuckte zusammen. *Wie viel wusste der Zwerg?*

»Wenn man in Trance fällt, konzentriert sich der Geist auf eine starke Emotion.« Kalaycis Stimme war ruhig, lehrend, doch in ihr lag ein Unterton von etwas Uraltem, etwas Rohes, das Finn eine Gänsehaut über den Rücken jagte. »Diese Emotion kann alles sein, von einem glücklichen Erlebnis, über das erste Mal bei einer Hure bis hin zu großer Wut und tiefem Hass.«

Seine blauen Augen funkelten, als er sich leicht nach vorne beugte.

»Also frage ich dich noch einmal, Knirps. Was hast du gesehen?«

Finns Atem stockte. »Meinen toten Freund, Urian.« Seine Stimme war kaum mehr als ein Flüstern, kaum mehr als ein Hauch, der zwischen ihnen in der Luft hing.

Kalayci nickte langsam, als hätte er es bereits geahnt. »Aha, also ist deine Emotion Trauer?«

»Nein.« Finns Brust hob sich, seine Kehle fühlte sich eng an, doch seine Stimme schwoll an, fester, schärfer. »Hass. Auf den, der ihn umgebracht hat.«

Der Zwerg lachte leise unter seinem struppigen Bart.

»Hass ist gut. Hass ist stark. Nutze diesen Hass, kontrolliere ihn, lege ihn in jeden deiner Schläge. Stelle dir vor, dass jeder Gegner vielleicht der ist, der deinen Freund umgebracht hat.«

Seine Worte sickerten in Finns Geist, schwer und eindringlich, zogen sich wie ein unsichtbares Band um seinen Verstand.

»Konzentriere dich jetzt nur auf den Hass, manifestiere das Bild vor deinen Augen. Lass den Hass in deine Waffe fließen. Und wenn du etwas spürst, dann öffne deine Augen und schau auf dein Schwert.«

Finn schluckte, schloss die Augen, zwang sich, das Bild heraufzubeschwören, das längst in ihm lauerte. Urian, tot, leblos, ein leerer Blick, der sich nie wieder mit Leben füllen würde.

Der Schmerz bohrte sich tief in seine Brust, doch er ließ ihn nicht los. Die Wut wuchs, schwoll an, der Hass brannte in seinem Inneren wie eine Feuersbrunst, heiß und verzehrend. Es loderte auf, durchfuhr ihn wie ein Sturm, zerrte an seinen Nerven, pulsierte in seinen Adern wie flüssige Glut.

Etwas veränderte sich.

Eine Kraft, fremd und doch vertraut, jagte durch seinen Körper, zuckte wie Blitze unter seiner Haut. Er spürte, wie sie sich ausbreitete, floss, sich einen Weg suchte, bis sie in seine Finger, in das Holz des Schwertes überging. Sein Blut begann zu kochen, ein Kribbeln breitete sich aus, kroch über seine Haut wie tausend unsichtbare Nadeln.

Und in diesem Moment wusste Finn, dass was auch immer Kalayci beabsichtigt hatte, funktionierte.

Er öffnete die Augen und blickte auf das Schwert in seinen Händen: Dunkle, blitzartige Ströme zuckten um die Klinge und bildeten etwas wie einen Strudel. »Genau das meine ich, Knirps.«, etwas wie Begeisterung schwang in der Stimme des alten Söldners mit. »Nimm die Klinge und zeige mir die Übung an einer der Puppen.«,

er zeigte auf eine der hölzernen Attrappen.
Finn stand auf, keine Spur mehr von der
Erschöpfung die ihn vorher übermannt
hatte. Die Waffe lag in seiner linken Hand
und hing locker neben ihm, als er sich in
Richtung der Puppe bewegte.

Mit einem inbrünstigen Schrei holte Finn
aus und lies die Klinge, mit all dem
kanalisierten Hass in die Attrappe fahren.
Er fühlte wie ihm Holzsplitter ins Gesicht
schlugen, hörte das Schmettern von Holz
auf Holz und spürte wie der Gegendruck
der Puppe nachgab.

Vor dem Jungen lag die zerschmetterte
Attrappe, doch der Fluss der Energie war
noch in seinem Körper, ungebrochen, als
wäre nichts passiert.

Völlig im Rausch gefangen wandte er sich
der zweiten Puppe die, die nur wenige
Meter neben ihm stand, zu.

Er wiederholte den Schlag und spürt wieder
die Explosion des Holzes unter der
Übungsklinge.

»Knirps! Es reicht!.«, brüllte Kalayci ihn von
hinten an, als er sich der dritten Puppe
zuwenden wollte. »Genug jetzt!«

Der Junge drehte sich um, hob das Schwert und drehte sich in Richtung der Stimme
»Reiß dich zusammen, Junge!«, schrie der Zwerg.
Finn bewegte sich langsam auf ihn zu, die Augen leuchtend von orangenem Glühen.
Kalayci griff seinen auf dem Boden liegenden Speer um den Schlag lässig mit der oberen Seite des Speeres ab zu wehren, als Finn zuschlug.
Mit einem Paradekonter schlug er dem Jungen mit der unteren Seite in Magengrube.
»Auuuuh!«, heulte Finn auf.
»Was war das denn ?!«, keuchte der Junge.
»Wieso konnte ich nicht aufhören?«
Kalayci musterte ihn eindringlich. »Das, Knirps, war die reinste Form von Magie die es gibt: Seelenfeuer!«

Die folgende Stille wurde erst unterbrochen von den stampfenden Schritten einer sehr schweren und den watschelnden Schritten einer leichten Person unterbrochen: Newi und Andrej waren zurück.
»Kalayci! Was hast du gemacht? Du solltest

dem Jungen einige Schläge und Kniffe beibringen, nicht diesen Hokuspokus!«

»Du hast doch gesagt, dass er das Potential dazu hat!«, bluffte der Zwerg zurück.

»Ich habe gesagt, dass er das Potential hat. Damit meinte ich aber, das er ein hervorragender Kämpfer werden könnte!«, Andrej musste sich zusammenreißen um nicht zu schreien. »Komm sofort mit Junge!«

»Meister Andrej, Kalayci hat mir doch nur..«, versuchte Finn den Kappa zu beschwichtigen, wurde aber barsch von ihm unterbrochen : »Der senile Alte hat dir etwas gezeigt, das aus gutem Grund verboten ist! Vergiss das bloß wieder!«

»Andrej, du und ich, wir wissen beide, dass du nicht immer so gedacht hast!« Nun war es Kalayci der sein Schreien zurück hielt. »Mit dieser Kraft könnte ich meine Freunde retten! Meister bitte, lasst mich weiter lernen. Ich bleibe auch noch bei Kalayci!«, das Funkeln in Finns Augen beim Gedanken an die Macht die ihm der Zwerg gezeigt hatte, überwog sein begeistertes flehen.

»Nein Finn. Ich weiß, dass Du das jetzt glaubst. Aber der verrückte Zwerg hat dir

nichts von dem erzählt, was mit dir passiert, wenn Du diese Kraft einsetzt. Oder?«
Er kniff seine großen Froschaugen zusammen, als er in Richtung des Söldners schaute.

Das Schweigen von Kalayci nutzte Andrej um weiter zu wüten: »Hast Du also wirklich nicht! Elender Bastard! Finn, zurück zum Schiff, sofort!«, der Kappa griff mit seinen vier Fingern grob den Oberarm des Jungen und versuchte ihn vom Übungsgelände weg zu zerren.

»Meister Andrej, bitte. Ich kann doch lernen, was das mit meinem Körper macht.«, bettelte Finn, machte aber trotzdem einen Schritt auf Andrej zu.

»Einen Scheiß wirst Du.« Er zog kräftiger an Finns Arm.

»Geh mit ihm Knirps. Du hast die Grundlagen begriffen, pass auf dich auf.«, zwinkerte ihm der Zwerg zu. »Andrej, sei nicht so spießig. Warst du früher doch auch nicht. Leb' wohl.« Kalayci dreht sich mit seinem Rollstuhl um und rollt von der Gruppe weg, zurück in Richtung seines Standes.

Finn spürt Zorn in sich aufsteigen: »Meister, er hat mir eine Technik beigebracht..«

»Die aus gutem Grund verboten ist, Junge.«, versuchte Andrej ihn zu beschwichtigen.

»Es sind alle Besorgungen erledigt, wir sprechen auf dem Schiff in aller Ruhe über die Technik, die der Alte dir gezeigt hat und warum er das nie hätte tun sollen«

Die Drei machten sich auf den Weg, zurück durch die Halle, vorbei und mitten durch die Massen.

Newi schubste die Leute achtlos zur Seite, völlig unbeeindruckt vom pöbeln der anderen.

Als sie wieder nach draußen traten, blendete das Licht der Sonne in Finns Augen und er fühlte die Erschöpfung in sich aufsteigen.

»Meister?«, wand er sich zögerlich an den Kappa »Das was Kalayci mir gezeigt hat, das war unglaublich. Ich habe mich noch nie so mächtig gefühlt.«

Andrej drehte den Kopf zu Finn, verlangsamte seine Schritte aber nicht . »Wir sprechen gleich. Aber ja, ich weiß, was du meinst.« Stoisch sah er wieder in Richtung der Straße.

Mittlerweile war der Abend angebrochen und die hinter dem Horizont versinkende Sonne tauchte den Hafen in ein leuchtendes Orange. Die marmorne Pracht der Admiralität zeichnete sich hinter dem Fachwerk der Lagerhäuser ab, leuchtete am hellsten und ließ das mulmige Gefühl in Finns Magengegend zurück kehren.
Die schnellen Schritte der Gruppe ließen sie bin kürzester Zeit den Kai erreichen, an dem die *Nela* vertaut war.
Als Finn gerade einen Fuß auf die Planke setzen wollte, die die *Nela* mit dem Steg verband, hörte er hinter sich eine lallende Stimme rufen: »Ey, bist Du nicht der Lustknabe von Bootsmann..« Gefolgt von einem lauten Aufstoßen.
Der Junge wirbelte herum und sah auf dem Kai einen offensichtlich betrunkenen, elfischen Seemann stehen.
Es dauerte nur den Bruchteil einer Sekunde, bis Finn ihn erkannte: »Jukub!«
Der betrunkene Elf war auf dem Schiff des

Bootsmannes einer seiner Speichelleckern gewesen, einer von denen die Finn zu ihm brachten, wenn er nach ihm verlange.

Sofort stiegen die Wut, der Hass und der Zorn in Finn auf, die Gefühle bei denen Dumond und seine Leute dafür gesorgt hatten, dass sie in die letzte Ecke seines Unterbewusstseins verdrängt wurden, die Gefühle, die Kalayci freigesetzt hatte.

Sein Körper begann zu Prickeln und noch bevor Newi oder Andrej reagieren konnten, stürzte der Junge mit einem Sprung nach vorne, der den Betrunkenen von den Füßen riss.

Jakub landete auf seinem Rücken, Finn auf dessen Brust.

Dann begann der Junge auf das Gesicht des Seemannes einzuschlagen. Immer und immer wieder.

Er merkte nicht, wie seine Hände von dem dunklen Wirbeln umgeben wurden, merkt nicht, wie Blut an seinen Händen klebte oder wie der Knochen unter seinen Fäusten immer weicher und matschiger wurde.

Erst als er den Zug von Newis harten schuppigen Arm um seinen Hals spürte, ließ er von dem Elfen ab. »Finn hör auf!«, brüllte Andrej, so heiser, dass der Junge begriff das er nicht zum ersten Mal schrie.

Finn blickte nach unten auf seine Hände, das Blut rann an ihnen herunter und tropfte auf den Boden. Sein Blick wanderte weiter nach unten und blieb auf seinem Gegner hängen, oder viel mehr, auf dem was noch von ihm übrig war.

Ein matschiger roter Haufen, durchmengt mit weißen Splittern hatte sich an der Stelle gebildet, an der eben noch der Kopf des Elfen gewesen war.

»Er wird mich nie wieder anfassen.«, wimmerte Finn, bleich vor Angst.

»Das ist genau das was ich meine! Los, aufs Schiff. Wir müssen sofort hier weg, wenn wir das überleben wollen!«, brüllte Andrej ihn und Newi an.

Finn spürt nur dumpf, wie ihn die starken Arme des Halbdrachen hochhoben und über die Schulter warfen.

Tränen liefen ihm in die Haare, er schluchzte und wimmerte. »Nie wieder. Nie wieder.«, wiederholte er immer wieder.

Andrejs Geschichte

»Konzentriere dich auf das, was du in diesem Moment gefühlt hast, Finn«, lächelte die Elfe ihn an.

»Nein, Meisterin, ich kann nicht. Ich will nicht. Bitte, zwing mich nicht«, flehte der Junge.

Deana schaute ihn mit ihren grauen Augen bemitleidend an und legte ihm sanft die Hand auf den Kopf, um ihn näher zu sich zu ziehen.

Sie drückte Finns Kopf liebevoll an ihre Brust und der Junge spürte die wohlige Wärme der Frau und das weiche Seidenkleid über ihren Brüsten. »*Sie riecht so gut*«, erwischt Finn sich selbst, während er versuchte, sich auf ihren ruhigen Herzschlag zu konzentrieren.

»Weißt du, mein Junge«, sagte sie und strich

Finn liebevoll über sein mittlerweile lang gewordenes Haar, »niemand von uns möchte, dass sich so etwas wie in Silberhafen wiederholt. Damit wir das verhindern können, ist es unumgänglich, dass du lernst, deine Kräfte zu beherrschen.«

Sie drückte Finn vorsichtig in die sitzende Position und fuhr fort: »Niemand möchte, dass du dich eines Tages selbst verlierst und nur noch von deinen Gefühlen gesteuert wirst. Deshalb machen wir weiter mit den Übungen, auch wenn es schwierig ist.«

»Warum weißt du immer, was gesagt werden muss, Meisterin?«, fragte er leise. »Weil ich weiß, wie es ist, an deiner Stelle zu sein, mein tapferer Magier«, antwortete sie und streichelte sein Haar.

Daraufhin nahm der Junge seinen ganzen Mut zusammen, schloss die Augen und konzentrierte sich erneut auf das Bild des Schwerte, wie Deana es ihm zu Beginn ihrer Unterrichtungen , vor einigen Tagen, beigebracht hatte.

»Hast du es vor Augen, Finn?« hörte er ihre Stimme, die ihm wieder fern und doch nah schien.

»Ja«, antwortete er, ohne die Augen zu öffnen.

»Gut, dann nutze diesen Schwert und stell dir vor, dass es sich in deiner Hand befindet«, erklärte sie weiter.

Vor Finns innerem Auge bildete sich die Waffe in seiner Hand und er hatte das Gefühl, etwas schweres in der Hand zu halten.

Doch fiel es ihm mit jedem Atemzug schwerer die Konzentration aufrechtzuerhalten, er wollte nicht aufgeben und so sagte er: »Ich habe das Schwert in meiner Hand.«

»Dann rufe dir nun die Erinnerungen wach, die deine stärksten Emotionen wecken, lasse sie durch dich hindurch fließen!«

Zuerst hatte Finn den Geruch von brennendem Holz in der Nase, gefolgt von dem Gefühl unbändiger Wut, als er Urians toten Körper vor sich sah, und abgeschlossen von Deanas Worten in seinen Ohren: »Alle, die sich den Angreifern widersetzt haben, sind tot!«

Das gewohnte Kribbeln und Brennen breitete sich von seiner Brust in die Arme aus, floss hinab in seine Beine und ließ seine Hände lodern.

Er atmete tief aus, um dem magischen Druck standzuhalten und als seine Augen sich öffneten, fiel sein Blick sofort auf seine Hände: Seine Finger waren umgeben von den dunklen Wirbeln, bei diesem Anblick durchfuhr ihn sofort die Angst und vor ihm lagen wieder die Überreste Jukubs.

Er schüttelte seine Hände, als wollte er Wasser von ihnen abschütteln, und schrie: »Nein! Ich will das nicht! Nein! Mach das weg! Hilfe! Nein!«

»Finn, beruhige dich! Du bist sicher. Dir kann nichts passieren!«, rief Deana und machte einen Schritt auf ihn zu, ihre Arme ausgebreitet in einem Versuch, ihn zu umarmen.

Doch der Junge wich vor ihr zurück, bis er die harte Wand des Schiffes hinter sich spürte. »Geh weg! Ich will dich nicht verletzen!«, wimmerte er.

»Beruhige dich, mein Junge, lass die Energie

aus deinen Händen entweichen. Stell dir vor, dass sie einfach auf den Boden fließt«, Deanas Stimme drang kaum bis zu ihm vor. Erfüllt von blanker Panik presste sich Finn an die Schiffswand, bis ein Knacken ihn aufschreckte und er hastig nach vorne sprang.

Die Gelegenheit wurde von Deana genutzt und sie umschloss ihn nun doch mit ihren Armen.

Ihre weichen Hände streichelten vorsichtig über Finns Rücken. »Es ist alles gut, mein Junge. Du wirst niemanden verletzen.«

»Doch, lass mich los! Bitte! Lass mich los!«, schluchzte er, aber Deanas Arme schlossen sich nur noch fester um ihn. »Ich lasse dich nicht los. Niemals!«, flüsterte sie, ihr Mund direkt neben seinem Ohr.

Als Deana ihm einen Kuss auf die Stirn gab, brach Finns angestaute Trauer, Wut und der Verlust seiner Freunde aus ihm heraus. Er fing hemmungslos an zu weinen, die Tränen rollten seine Wangen herab und tropften auf Deanas Kleid.

»Es ist in Ordnung, lass es raus, mein Junge«, streichelte sie ihm durch die Haare.

Es dauerte eine Weile, bis Finn sich beruhigte und sich aus Deanas Umarmung lösen konnte, um schwer an der Schiffswand zu Boden zu sinken. Ein tiefer, erleichternder Seufzer entfuhr ihm. »Vielleicht sollte ich die Seelenfeuer lieber lassen«, murmelte er heiser.

»So darfst du nicht denken, Finn«, entgegnete Deana und kniete sich vor ihn. »Du wirst es schaffen. Am Anfang kann es überwältigend sein, deshalb brauchst du ein Ventil, um die negative Kraft mit positiver Energie auszugleichen.«
Er hob den Kopf und blickte sie mit geschwollenen Augen an. »Ein Ventil?«, fragte er verwundert.
»Genau«, sagte die Priesterin. »Deshalb habe ich Edward bei mir. Wenn die negative Energie zu stark wird, ist er mein Anker.«
Finn starrte die Priesterin mit offenem Mund an. »Du schläfst mit diesem Kerl, und dadurch kannst du dich kontrollieren? Willst du damit sagen, dass ich einfach zu einer Prostituierten gehen und Sex mit ihr haben soll, und dann geht es mir besser?«

Deana blieb eine Antwort schuldig, doch ihre Wangen wurden leicht rot, als sie weitersprach: »Ach, mein lieber Junge, so einfach ist es nicht. Edward ist mein ›Gegenstück‹. Aber es ist noch nicht der Zeitpunkt, dir das zu erklären. Mich interessiert viel mehr, ob du dich schon mal mit jemandem vergnügt hast oder reagierst du so, weil du es noch nie getan hast?«

Nun stieg die Röte Finn ins Gesicht, und er blieb ihr die Antwort schuldig.

»Das ist mir Antwort genug«, lachte sie.

»Ich möchte nicht darüber reden. Das ist ein Thema, das ich nicht mit dir besprechen möchte«, versuchte Finn sie zu überzeugen.

»Das musst du auch nicht. Es soll für heute reichen. Wir pausieren dein Training erst einmal, bis wir eine Möglichkeit gefunden haben, die negative Energie auszugleichen. Wir werden morgen Abend den Hafen von Mondkap erreichen, dort werden wir vielleicht noch einige Gefährten finden, bevor wir Richtung

Orion segeln«, schloss sie den Unterricht ab.

»Mondkap? Wen holen wir denn aus diesem Fischerdorf?«, fragte Finn, während er langsam aufstand.

»Harrus hat mir erzählt, dass es dort Probleme mit Flüchtlingen gibt. Seiner Meinung nach sollten wir sehen, ob wir der Stadt nicht helfen können – und vielleicht einige vor dem Krieg retten. Wenn er das sagt, dann vertraue ich ihm. Aber wir werden morgen sehen. Schlaf gut, mein lieber Junge, ich muss mich jetzt um Edward kümmern.« Sie lächelte noch einmal in seine Richtung und hielt ihm dann die Tür auf. »Schlaf gut, mein tapferer Pirat.«

Finn drückte sich unter leichtem Stöhnen vollständig hoch, verließ Deanas Kabine durch die offene Tür, nickte ihr erschöpft zu und wünschte ihr ebenfalls eine gute Nacht.

Im nur von einigen Fackeln beleuchteten Frachtraum des Schiffes brauchten Finns

Augen einen Moment, um sich an die Lichtverhältnisse zu gewöhnen. Deshalb sah er den hochgewachsenen Mann, der sich auf Deanas Kabine zubewegte, erst, als dieser sie schon erreicht hatte.

»Edward«, murmelte er.

Der Junge lief auf nackten Füßen durch den Bauch des Schiffes auf die Treppe zu, die zum Deck führte. Je näher er der Treppe kam, desto lauter wurde das Rauschen des Meeres und das Lachen der Möwen. Als er auf das Deck trat, blies ihm der Wind ins Gesicht, und er roch die salzige Luft. Finn schloss die Augen und genoss das vertraute Gefühl. Es half ihm, seine Gedanken wieder zu sammeln und noch einmal zu rekapitulieren, was Deana ihm zum Ausgleich der negativen Energie erklärt hatte.

***

Einige Stunden später saßen Andrej und

Finn auf dem Deck der *Nela*, während die Dämmerung den Himmel in leuchtende Farben tauchte. Der Kappa war zu ihm gekommen, als er in Gedanken versunken auf der Reling saß, doch war es ihm ganz recht, denn Finn hatte nach den Ereignissen in Silberhafen überlegt, wie er das Thema ansprechen sollte, das ihm seit den Übungen mit dem Zwerg auf der Zunge brannte.

»Meister Andrej,« begann Finn vorsichtig, »was ist eigentlich damals im Krieg zwischen Schattenruh und Sumpfkap passiert? Du hast bei Kalayci erwähnt, dass ihr gemeinsam gekämpft habt.«

Andrej, der gerade ein Werkzeug, dass aussah wie eine Miniaturzange, reinigte, hielt für einen Moment inne. Seine Froschaugen glitzerten im letzten Licht des Tages, und ein schwerer Seufzer entglitt ihm. Er schien nicht überrascht, er musste mit der Frage gerechnet haben.

»Schattenruh...« murmelte Andrej nachdenklich. »Ein Dorf voller baumknutschender Druiden und

Wildschweinfickender Waldläufer, die meinen, dass die Natur das einzig Wahre ist. Ist nur blöd, wenn man in unmittelbarer Nähe von Sumpfkap lebt. Meiner Heimat, Stadt der Werkmeister, wo Magie und Technik verschmelzen. Die beiden Städte konnten sich nie ausstehen, sie behaupteten immer wir würden die Natur zerstören. Es war nur eine Frage der Zeit, bis es zum Krieg kommen würde.«

Finn beugte sich vor, lautsche gespannt jedem Wort seines Lehrers.

»Es war eine verdammte riesige Schlacht. Tausende auf beiden Seiten. Druiden, die den Boden befehligten oder sich in Tiere verwandelten, und Waldläufer, die sich wie Schatten durch den Sumpf bewegten. Und dann war da Kalayci, ein Zwerg inmitten des Chaos, zwischen Maschienen, Kappa und Druiden.«

Andrej schnaufte und legte sein Werkzeug beiseite. »Er hat gekämpft. Du hast seinen Stil ja kennengelernt. Er stand da, mitten auf dem Schlachtfeld, während um ihn herum Feuerbälle flogen und Erde explodierte, und dann schloss er die Augen.«

Finn runzelte die Stirn. »Er hat seine Augen geschlossen?«

»Genau das«, bestätigte Andrej. »Es war die Ruhe vor dem Sturm, wie ich wenig später feststellen durfte. Während die Welt um ihn herum in Flammen aufging, stand er einfach da, bis um seinen Speer plötzlich Blitze zuckten.«

Andrej zog an seinem Krug, nahm einen tiefen Schluck, und seine Stimme wurde ruhiger, als er weitersprach.

»Und dann, als die Druiden ihn umzingelten, da öffnete er die Augen. Ich werde nie vergessen, wie seine Augen plötzlich von diesem orangenen Leuchten erfüllt waren; genau wie bei dir, als du dich auf diesen Elfen gestürzt hast.« Er blickte Finn eindringlich in die Augen und dieser wandte sich beschämt von ihm ab: »Es war ein Unfall..«, murmelte er.

»Darum geht es jetzt auch nicht, vielleicht verstehst du nach dieser Geschichte endlich, warum du besser die Finger von diesem Seelenfeuer lassen solltest.«, sagte Andrej, mit einem leichten Vorwurf in der Stimme, nickte dann aber, mit einem leichtes Lächeln auf den dünnen Lippen. »Kalayci wirbelte umher, sprang in die Luft wie ich es bei einem Zwergen noch nicht gesehen habe und streckte einen Feind nach dem anderen nieder. Es war, als wäre er in einen unendlichen Blutrausch gefallen. Der Mann führte seinen Speer mit einer Präzision, die fast schon beängstigend war. Er fegte die Druiden vom Schlachtfeld, als wären sie Übungsattrappen.«

»Das klingt beeindruckend«, staunte Finn, auch wenn er wusste, dass es gleich eine fürchterliche Wendung geben musste.

»Beeindruckend?« Andrej schnaubte. »Ja, es war beeindruckend. Aber es war auch verdammt gefährlich. Kalayci war arrogant, Finn. Arrogant wie der Imperator persönlich. Die ersten paar Druiden? Weg in Sekunden. Aber dann entschied er, dass das nicht genug war. Er wollte mehr; immer mehr. Als er die nächsten fünf auf sich zukommen sah, begann er wieder, seine Waffe zu schwingen, wie der Gott des Krieges selbst.«

Finn konnte sich den Kampf fast bildlich vorstellen, wie Kalayci dort stand, umgeben von zuckender Magie, während er versuchte, gegen die schier endlose Übermacht anzukämpfen.

»Und was ist dann passiert?« fragte Finn leise.

»Er wurde übermütig«, antwortete Andrej verächtlich. »Dieser Idiot dachte, er könne sie alle vernichten. Aber die Krieger Schattenruhs sind nicht dumm. Sie wussten, wie man ihn in die Falle locken konnte. Während Kalayci sich auf seine Wut und seinen Speer konzentrierte, legten sie eine Falle. Sie verschmolzen mit dem Boden, und plötzlich schossen überall Wurzeln und Dornen aus der Erde, die ihn fesselten.«

»Er war gefangen?« Finns Augen weiteten sich.

»Ja«, bestätigte Andrej. »Er war gefangen. Dieser Verrückte kämpfte dagegen an, aber es war zu spät. Das Seelenfeuer, das er benutzt hatte, entglitt ihm.

Er hatte so viel von sich selbst hineingesteckt, so viel Emotion und Kraft, dass diese Kleinigkeit dafür sorgte, dass er die Kontrolle verlor. Die Wurzeln rissen ihn zu Boden, und seine eigene Magie zerfetzte ihn.«

Finn zuckte zusammen. »Seine Beine?«

Andrej blickte in die Ferne, als ob er die Schrecken dieses Tages noch einmal durchlebtel »Seine Beine wurden von seiner eigenen Magie abgerissen.«

Finn schwieg, unfähig, das Geschehene in Worte zu fassen.

»Ich musste ihn retten«, fuhr Andrej fort, diesmal leiser. »Ich war gerade nahe genug, um zu sehen, wie alles um ihn herum zusammenbrach. Ich... hatte keine Wahl. Ich musste etwas tun. Also habe ich mich in das Chaos gestürzt, und um uns beide rauszuholen.«

Finn runzelte die Stirn. »Wie hast du das gemacht?«

Andrej wich seinem Blick aus und sprach leiser. »Es gibt Dinge, Finn, über die ich nicht sprechen will. Aber was zählt, ist, dass Kalayci überlebt hat – wegen mir. Doch an diesem Tag hat er nicht nur seine Beine verloren. Denn wer will schon einen Söldner, der nicht laufen kann?«

Finn fühlte sich plötzlich unbehaglich. »Wie hat er dir gedankt, dass du ihn gerettet hast?«

Andrej lächelte kalt. »Weißt du, was er sagte? ›Ich hätte sie alle erledigt, wenn ich nur noch einen Moment länger gehabt hätte.‹«

Er starrte auf den Boden. »Er hat sich nicht einmal bei dir bedankt?«

Der Werkmeister schüttelte den Kopf und legte Finn eine Hand auf die Schulter. »Seelenfeuer ist mächtig, Finn, aber es ist ein zweischneidiges Schwert. Wenn du dich davon beherrschen lässt, verlierst du alles, was du hast, sogar deine Menschlichkeit.«. Andrej tippte ihm mit einem seiner dicken Finger direkt auf die Stelle, wo sein Herz schlug.

»Aber warum will Deana mir dann

127

unbedingt bei bringen damit umzugehen?«, fragte Finn vorsichtig.

»Das Bursche ist eine Frage, die nur sie dir beantworten kann. Pass bitte einfach auf, dass es dir nicht so geht wie dem wahnsinnigen Zwerg, denn eigentlich war er einmal ein guter Saufkumpane und entspannter Zeitgenosse, nur deshalb habe ich dich zu ihm gebracht.«
Er schlug Finn, freundschaftlich, gegen die Schulter und sagt: »Es ist schon spät und ich glaube die Priesterin will dich morgen früh sehen, als geh besser ins Bett. Schlaf gut, Bursche.«

Finn lächelte ihn an, so kautzig Andrej auch war, irgendwie mochte er ihn. »Du hast recht, schlaf gut. Wir sehen uns morgen.«

Erschöpft machte er sich auf den Weg zurück in seine Kajüte und zuckte erschrocken zusammen, als er eine sonore Stimme hinter sich hörte: »Gut, dass du noch wach bist. Ich habe nach dir gesucht.« Langsam drehte Finn sich um und erkannte in der Düsternis den hochgewachsenen, dunkelhäutigen Edward.

»Herr Edward, guten Abend«, versuchte Finn förmlich zu klingen und verbeugte sich.

»Was soll die Höflichkeit? Ich bin einfach Edward«, lachte er, in der Dunkelheit leuchteten seine Zähne weiß. »Junge, Deana hat mich geschickt. Sie hat erzählt, dass ihr heute den Unterricht abbrechen musstet«, erklärte der Mann. »Vielleicht möchtest du ja mit mir darüber sprechen? So von Mann zu Mann.«

Irritiert weiteten sich Finns Augen, und er sah den älteren Mann an: »Danke, Edward, aber gerade möchte ich einfach nur ins Bett und versuchen zu verstehen, was in den letzten Tagen passiert ist.«

»Was ist denn in den letzten Tagen passiert?«, Edward ließ nicht locker.

»Als ob Deana dir das nicht erzählt hätte«, antwortete Finn abweisend.

»Ich würde es aber gerne von dir hören«, beharrte Edward.

»Aber ich möchte nicht darüber reden. Versteh das doch bitte«, Finn fühlte, wie er langsam zornig wurde.

»Dann lass mich dir vielleicht erstmal etwas von mir erzählen«, begann der Mann.

»Wenn es sein muss«, antwortete Finn genervt und rollte die Augen.

»Als ich Deana getroffen habe, war ich verzweifelt. In der ersten Schlacht von Sternenfall habe ich meinen Bruder aus den Augen verloren, wusste nicht, ob er tot oder in Gefangenschaft ist. Dazu musst du wissen, dass wir gemeinsam in Goldhaus zu Paladinen ausgebildet wurden und uns immer versprochen haben, dass, sollten wir uns während einer Schlacht einmal verlieren, wir uns am Tempel Lirians in Altenberg wieder treffen würden«, erzählte Edward, ohne dass seine Stimme Aufschluss über seine Gefühlslage gab. »Ich reiste also nach Altenberg, um dort auf ihn zu warten. Doch als ich in der Stadt der Heilerin des Gottkönigs eintraf, fand ich eine zerstörte und von Dämonen überrannte Ruine vor. Trotz allem wartete ich in einem der zerstörten Häuser auf ihn, tötete Unmengen von Gesandten des Abyssarium und betete zu Lirian, in der Hoffnung, meinen Bruder Theodorius bald wiederzusehen. Es vergingen Tage, dann eine Woche, dann zwei. Er tauchte nicht auf, und ich verlor die Hoffnung. Also hinterließ ich eine Nachricht für ihn, dass ich dort auf ihn gewartet habe.

Ich machte mich auf den Weg zurück nach Sternenfall, um mich wieder den Truppen anzuschließen. Dort angekommen, sagte mir General Raudin, dass ich froh sein könne, dass er mich als Deserteur nicht hinrichten ließe.« Dieses Mal hörte Finn ganz deutlich die Trauer des Paladins.

»Von der Belagerung Sternenfalls wollte ich zurück nach Goldhaus und in den Tempel Lirians. Tak'Zul, der oberste Paladin, war als Herrscher in der Stadt geblieben. Vielleicht konnte ich dort helfen, vielleicht war Theodorius auch verwundet dorthin gebracht worden.« Der Paladin hatte sich mittlerweile im Schneidersitz auf dem Boden gesetzt und hat die Augen fest auf ihn gerichtet.

»Es vergingen einige Tage, ohne dass irgendetwas passierte. Der Weg nach

Goldhaus war weit, und ich hatte weder Pferd noch Karren, oder etwas das dafür sorgte, dass ich die Reise beschleunigen konnte.

Als ich etwa eine Woche unterwegs war, gingen meine Vorräte zu Ende, und ich musste in einem Dorf halten, um dort aufzufüllen. Die Bewohner des Dorfes waren mir aber nicht wohl gesonnen, und so musste ich schnell weiterreisen.« Edward machte eine kurze Pause beim Sprechen und nahm einen Schluck aus seinem umgehängenen Weinschlauch.

»Warum erzählst du mir das? Warum konnte das nicht bis morgen warten«, wollte Finn wissen, der Mühe hatte die Augen offen zu halten.

»Warte ab, du wirst gleich verstehen.« Der Mann nahm noch einen Schluck aus seinem Schlauch bevor er weiter erzählte: »Auf jedenfall war ich noch einige Tage von Goldhaus entfernt, als mich in einer Taverne Gerüchte erreichten, dass Sumpfkap gefallen wäre. An diesem Punkt wusste ich, dass die Feinde des Gottkönigs diesen Krieg gewonnen hatten.

Finn, ich weiß bis heute nicht, was mit mir in diesem Moment passierte, doch ich suchte an diesem Abend in der Taverne Streit, kämpfte mit einigen Leuten und tötete jemanden. Deshalb musste ich fliehen, ich versteckte mich einige Tage in den Wäldern, bis ich durch Zufall den Eingang zu einer Höhle fand, die mich nach Albora führte, die Stadt der weißen Halbdrachen.

Dort angekommen, verfiel ich der Versuchung des Mondkrauts.«

»Mondkraut?«, unterbrach ihn Finn, der mittlerweile gespannt zuhörte.

»Ja, Mondkraut, eine Pflanze, die in der Lage ist, dir sämtliche Gefühle zu nehmen und dich in einen traumartigen Zustand zu versetzen, in dem du alles um dich herum vergisst. Alles ist bunt, gedämpft, und nichts macht dir mehr Sorgen. Ich wurde schnell süchtig nach diesem Gefühl, gab all mein Geld und noch mehr aus, um immer nicht mehr an Theo und den Krieg zu denken. Es wurde so viel, dass ich Schulden bei den falschen Leuten machte. Weil ich die natürlich nicht bezahlen konnte, wurde ich nach Nebulosia gebracht, um dort als Sklave verkauft zu werden. Während der Überfahrt war ich, gezwungenermaßen, auf Entzug von Mondkraut und die Gefühle kamen alle auf einmal wieder. Ich drehte durch, rastete aus und verletzte mich selbst. Die Verletzungen waren so gravierend, dass ich von den Sklavenhändlern zur Heilerin Morgana gebracht wurde ...«

»Morgana?!«, wieder unterbrach Finn ihn.

»Genau diese Morgana, ja, Finn. Sie päppelte mich wieder auf, und ich traf auf Deana, die zu diesem Zeitpunkt schon einige Wochen in Nebulosia war.

Gemeinsam mit ihr lernte ich alles über Seelenfeuer und wie es zu nutzen ist. Ich war zwar nicht so schnell wie sie, doch lernte auch ich, meine negative Energie zu kanalisieren.

Mir ging es schnell so wie dir: Die Energien übermannten mich, und ich begann, die Kontrolle zu verlieren.

Selbst Deana erging es ähnlich. Immer wieder verfielen wir dem Wahn und verloren die Kontrolle, bis Morgana uns die Sache mit dem ›Gegenstück‹ erklärte.

Du kennst sie ja nun schon einige Zeit, du weißt, wie sie ist.

Es dauerte keine zwei Stunden, bis sie mir die Kleider vom Leib riss. Das war für mich überwältigend, denn als Paladin hatte ich Keuschheit geschworen und wusste gar nicht, wie das alles funktioniert. Für mich war das sündhafte Zeitverschwendung, und dann war nach dreißig Sekunden schon alles vorbei. Ich habe mich nicht nur dafür unendlich geschämt, sondern auch, dass ich meinen weltlichen Gelüsten verfallen war.« Edwards Stimme wurde etwas leiser, und ihm war deutlich anzumerken, dass das Thema für ihn unangenehm war.

»Du musst nicht weiter erzählen, ich verstehe, was du mir sagen willst«, versuchte Finn ihn aufzumuntern.

»Letztendlich will ich dir damit sagen, dass du dir keine Sorgen machen sollst. Deana hat recht damit, dass es hilft und du besser mit der Seelenfeuer klarkommst. Um damit klarzukommen, brauchst du dein ›Gegenstück‹«, schloss Edward seine Geschichte etwas abrupt ab.

»Mein Problem ist doch gar nicht, dass ich

Angst davor habe, mit jemandem zu schlafen. Ich habe Angst, die Kraft einzusetzen, weil ich beim letzten Mal die Kontrolle verloren habe. Ich brauche kein ›Gegenstück‹!« Finn verschränkte die Arme vor der Brust, wandte sich von Edward ab und knallte die Tür seiner Kajüte hinter sich zu.

Es dauerte nur kurz, bis die Erschöpfung Finn in seinem Bett zur Ruhe kommen ließ und ihm die Augen zufielen. Doch trotz seiner Müdigkeit war sein Schlaf unruhig und von Albträumen geplagt.

Finn kniet auf dem Boden, spürt das Holz auf seine Kniescheiben drücken und hört das Schnalzen der Gürtelschnalle. Der Schlag auf den Rücken lässt das Kind aufschreien. »Ich habe dir doch gesagt, du sollst die Schnauze halten!«, brüllt ihn der Bootsmann an. Sein fauliger Atem lässt in Finn noch mehr Übelkeit aufkommen. »Ja, Bootsmann«, sagt der Junge und versucht, die Tränen zurückzuhalten.

»Jetzt mach schon!«, blafft der Bootsmann, als

er seine von Flecken übersäte Leinenhose
öffnet. Der Gestank nach Urin und Fäule, der
Finn entgegenschlägt, lässt ihn würgen.
»Würgen kannst du gleich. Los, Maul auf!«,
lallt der alte Mann.

Mondkap

Der Hafen von Mondkap stand im direkten Kontrast zu dem Silberhafens. Die kleine Hafenstadt bot kaum genug Platz, um das große Schiff Deanas anlegen zu lassen.

Als das Schiff in den kleinen Fischerhafen einfuhr, konnte Finn von der Reling aus sehen, wie der Bug des großen Schiffes das Wasser verdrängte und damit Wellen auslöste, die an den einzigen Pier des Dorfes brandeten.

Beim Anlegen rammte das Schiff den schmalen Holzsteg und brach einige Bretter heraus, sodass einer der Hafenarbeiter in das dreckige Wasser fiel.

Dieser tauchte prustend wieder auf und brüllte: »Ihr Arschlöcher! Was soll das?«

Nachdem das Schiff an dem nicht

zerstörten Teil des Kais angelegt hatte, kletterte der Hafenarbeiter, ein Mann mittleren Alters, aus dem Wasser und versperrte Andrej den Weg, der gerade die ausgefahrenen Planke hinabsteigen wollte: »Ich habe dir eine Frage gestellt, Kröte!«, raunzte er den Kappa an.

Andrej versuchte, den Mann zu ignorieren und sich an ihm vorbeizudrängeln, doch der Hafenarbeiter stellte sich ihm unbeeindruckt in den Weg, seine Augen funkelten zornig, und er brüllt den Kappa an: »Bleib stehen, Glubschauge!«

Bevor die Situation weiter eskalieren konnte, trat Newi an Andrej vorbei und atmete tief unter seiner schwarzen Kapuze aus. Der Hafenarbeiter versuchte noch einmal, sich aufzubauen, und bluffte: »Sei froh, dass dein großer Freund bei dir ist!«, dann drehte er sich um und verschwand im Getümmel des kleinen Hafens.
Der Kopf des Halbdrachen blieb noch kurz auf den sich entfernenden Menschen gerichtet, dann wendet er sich Andrej zu und schenkte ihm einen vielsagenden Blick.

»Ja, ich weiß, ich soll mich nicht ständig provozieren lassen. Aber was denkt dieser Sohn einer nebulosischen Hure, wer er ist?!« Andrej verschränkte die Arme vor der Brust. »Arschloch«, brummte er und spuckte aus.

Finn konnte sich ein Lächeln nicht verkneifen, als er belustigt den Halbdrachen und seinen Kappa betrachtete. Die Schausteller von Sternenfall hätten sich kein ungewöhnlicheres Duo ausdenken können. »Finn, Andrej, Newi kommt. Wir müssen los, mein Onkel wartet auf uns.« Deanas Ton klang weniger liebevoll, eher wie der einer Reiseführerin, die verzweifelt ihre Gruppe beisammen halten wollte.

Der Junge drehte sich um und lächelte sie an: »Dein Onkel wartet auf uns? Davon hast du nichts gesagt!«

»Muss ich dir denn immer alles sagen?«, entgegnete sie fröhlich, streckte ihm die Zunge heraus und verließ das Schiff über die Planke in Richtung des Hafens.

»Na los, komm schon.« Edward legte seine Hand auf Finns Schulter. »Deana hat mir erzählt, dass ihr Onkel der Bürgermeister dieses Fischerdorfes ist. Außerdem ist er

wohl der Hohepriester Kaelens.«
Während der großgewachsene Mann
sprach, glaubte Finn für einen Augenblick
einen bitteren Ausdruck auf Edwards
Gesicht zu erkennen.

»Alles in Ordnung?«, fragte er den Paladin.
Der drehte sich um und sagte nur: »Komm
jetzt.«

Finn folgte den anderen und verließ das
Schiff über die Planke. Sein Blick schweifte
über die idyllische Kulisse des Hafens.
Große und kleine Fischerboote schaukelten
sanft auf den Wellen, während kreischende
Möwen über ihren Köpfen flogen.

Der salzige Duft des Meeres mischte sich
mit dem Geruch von frischem Fisch und
dem modrigen Gestank des Hafens.

»*Wie zu Hause*«, dachte Finn und sog die
Luft tief ein.

Der Anblick der verwinkelten Gassen und
der lebhaften Menschenmenge ließ ihn an
die vielen Fischerdörfer denken, die er
zusammen mit Kapitän Dumond und den
anderen bereist hatte.

Es fühlte sich an, als würden die
Erinnerungen ihn mit einem Schlag

einholen. In seinen Ohren hallte das Lachen seiner alten Freunde, das Grölen der Betrunkenen in den Tavernen und das Kichern der Huren auf deren Schößen wider. Mit einem lauten Platschen landete Finn im Wasser.

Prustend und keuchend tauchte er auf, nur um in die breit grinsenden Gesichter von Deana, Edward, Harrus, Andrej und Newi zu blicken.

»Ein Pirat, der über die Planke geht, das habe ich mir aber anders vorgestellt!«, rief Harrus, der langhaarige Elfenbarde, der vor Lachen kaum ein Wort heraus bekam.

Er streckte Finn die Hand entgegen, doch als er mit seiner glitschigen Hand zugreifen wollte, rutschte er ab und landete unter tosendem Gelächter direkt wieder im Wasser.

Zum zweiten Mal tauchte er auf, schnappte nach den Holzbrettern des Piers und zog sich schwer atmend hoch.

»Das ist überhaupt nicht witzig!«, murrte er.

»Oh, doch!«, erwiderte Harrus grinsend, packte ihn am Gürtel und zog ihn mit einem letzten Lachen hoch.

Finn, immer noch etwas benommen vom unerwarteten Bad im Hafenbecken, schüttelte sich wie ein nasser Hund, um das Salzwasser loszuwerden.
Sein Gesicht war eine Mischung aus Zorn und Verlegenheit über die so eben unfreiwillig geschehene Belustigung.

Die Sonne glitzerte auf den Wellen des Meeres und tauchte die nasse Kleidung in funkelndes Licht.
Deana lehnte an Edwards Schulter, ihr Blick ruhte warm auf dem Jungen: »Sei nicht so empfindlich. Wir lachen mit dir, nicht über dich.« Langsam breitete sich auch auf Finns Lippen ein Lächeln aus. »Ich war einfach in Gedanken versunken, das war etwas peinlich«, gestand er.
Die Herzlichkeit seiner neuen Gefährten umgab ihn wie die warmen Sonnenstrahlen eines neuen Tages. Kaum hatte er seinen Satz beendet, brachen sie alle in lautes Lachen aus.
Während die Gruppe den schmalen Pfad entlang wanderte, der zum Dorf führte, begann Deana zu erzählen: »Wir sind in

Mondkap, weil mein Onkel Ignatz, der Bürgermeister, unsere Hilfe benötigt. Die vielen Flüchtlinge aus den Kriegsgebieten stellen das Dorf vor große Herausforderungen. Nebenbei hat er mir von einem Problem mit einem Dieb berichtet, der hier sein Unwesen treibt und die Händler bestiehlt.«

»Was haben wir den mit einem schnöden Dieb zu tun?«, sprach Andrej aus, was Finn dachte.

»Lirian hat im Gebet zu mir gesprochen und mir erzählt, dass es wichtig für uns werden könnte. Verstehst Du?«, antwortete sie ihm, während sie sich weiter ostwärts bewegte.

»Ehrlich gesagt«, antwortet Andrej, »verstehe ich nicht, was Du meinst.«

»Vertrau mir einfach, Andrej.« gab sie ruhig zurück, während sie sie, mit nun wieder sicherer werdenden Schritten durch die engen Gassen von Mondkap führte.

Die Enge der Gassen, der Geruch nach Bier, Fisch und Exkrementen ließ das wohlige Heimatgefühl in Finn weiter anwachsen, während sie sich weiter durch das kleine

Örtchen bewegten.

»Ich habe ganz vergessen, was das für ein Kaff ist«, stellte Harrus, mit seiner leicht überheblichen Art, fest »selbst ein so Ruhmreicher Barde wie ich, kennt kein Lied das dieses Dorf besingt.«

Erneut blieb sie stehen, dreht sich um und wieder glaubte Finn ein orangenes Flimmern in den Augen zu sehen: »Halt dein Maul, du Möchtegern Künstler.«

»He, ganz ruhig Schätzchen, das war doch nur ein Witz«, versuchte Harrus die Situation zu entschärfen, doch goss er nur mehr Öl ins Feuer.

»Es kann dir doch wohl scheißegal sein! Wir gehen dahin, wo ich es sage! Niemand hat dich gezwungen mit zu kommen, wenn es dir nicht passt, dann verschwinde einfach.«, fuhr sie ihn an.

Harrus, deutlich eingeschüchtert, lies die sonst so strammen Schultern hängen: »Es tut mir doch leid.«

»Besser ist das auch.«, wütend drehte sie sich um und beschleunigte ihren Gang.

Die nächsten Minuten folgte die Gruppe

Deana schweigend, bis sie an einem großen Fachwerkhaus mit eigenem kleinen Uhrenturm ankamen. Es stand auf einem Platz aus Pflastersteinen, auf dem einige Händler ihr Stande errichtet hatten und ihre Waren anboten.

In Finn regte sich die Erinnerung an die Markthalle von Silberhafen und ein zynisches Lächeln huscht über sein Gesicht, wenigsten gab es hier keine verrückten Zwerge.

Gerade als Deana an der Tür des Hauses klopfen wollte, öffnete sich diese und es erschien ein dicker, glatzköpfiger und riesiger Elfenmann in einer dunkel braunen Kutte im Eingang: »Deana mein Schatz!«, während er sprach breitete er seine Arme aus und schloss die Priesterin in diese. »Schick mir das nächste mal doch einen Vogel, eine Katze oder was für ein Tier auch immer, bevor du einfach vor meinem Heim stehst. Dann hätte ich ein Festmahl vorbereiten können!«, tadelte er sie, während Deana auch ihre Arme um ihn schlang. »Ach Onkel, du sollst dir doch keine Umstände machen.«, kam es dumpf

aus der Bauchregion des Bürgermeisters.
Als er Deana wieder los lies, atmet sie etwas schwer, versucht es sich aber nicht anmerken zu lassen. »Onkel, ich habe von deiner Situation gehört und da ich einen neuen Schüler erwählt habe, dachte ich, dass es die optimale Zeit ist ihm zu zeigen, wie er helfen kann.«
Ignatz Lachen war so herzlich, dass es ansteckte.
»Lass uns zuerst hineingehen. Wir besprechen in Ruhe, ob und wie meine Lieblingsnichte mir helfen kann«, sagte Ignatz, seine Stimme war so angenehm, dass Finn ihm stundenlang hätte zuhören können und seine Präsenz so einnehmend, als wäre gerade die Sonne aufgegangen.

Deana ging voraus, ohne auf die anderen zu achten. Newi und Andrej folgten wortlos. Harrus, den Kopf immer noch gesenkt, ging langsam hinterher.
Finn blieb kurz stehen, als er wieder Edwards Hand spürte und dessen tiefe Stimme ihn beruhigte: »Keine Angst, Junge.« Dann folgte auch er den anderen.

Im Inneren des Hauses fiel Finn als erstes die rustikale Einrichtung auf: dunkles Holz, verhangene Fenster und ein roter Teppichboden.

Die Dekorationen, die auf den dunklen Eichenschränken verteilt waren, bestanden entweder aus religiösen Symbolen der Kaelenisten oder aus Figuren aus allen Teilen Rudinias.

Er erkannte einige Apparate aus den Schmieden von Sumpfkap, von denen Andrej ihm erzählt hatte.

Außerdem sah er einige in Flaschen versiegelte Schiffe, eine Spezialität der Schiffsbauer von Silberhafen. Vor dem Eingang zum Speisesaal, zumindest hielt Finn ihn dafür, stand eine aus weißem Gold gefertigte Rüstung der Paladine Goldhauses, und auf der anderen Seite eine der Stahlrüstungen der Paladine von Sternenfall.

»Mach den Mund zu, Junge.«, knurrte im Edward von hinten ins Ohr.

»Entschuldigung.«, nuschelte Finn.

Als im Speisesaal endlich alle Platz

genommen hatten, bemerkte Finn, neben den vertrauten Gesichtern, auch ein Mädchen, etwa in seinem Alter, das in der Ecke des Raumes stand.

Ihr tiefrotes Haar fiel ihm sofort auf, ebenso ihre blasse Haut und die rot lackierten Fingernägel, die sich über ihren verschränkten Händen abzeichneten.

Ihr Gesicht jedoch blieb im Schatten verborgen.

»Das ist Mila, mein Dienstmädchen«, sagte der Dicke und zeigte auf sie, offensichtlich hatte er Finns Blick bemerkt.

Als sie sich höflich verbeugte, konnte Finn ihre strahlend grünen Augen erkennen.

»Mila, bring unseren Gästen doch etwas Tee«, sagte Ignatz und winkte beiläufig mit der Hand, sodass das Mädchen sich erneut verbeugte und durch eine der hinteren Türen verschwand.

»Herzlich willkommen in Mondkap!« begrüßte er die Gruppe. »Deana, magst du mir deine Freunde vorstellen? Ich muss doch wissen, wem ich Tee anbiete.«

»Natürlich, Onkel.« Die Elfe nickte respektvoll. »Der Mann neben mir ist Edward. Er war einst Paladin in den Diensten Lirians.« Ignatz zog eine Augenbraue hoch und schaute Deana fragend an. »Mittlerweile hat er seinem Gott abgeschworen und reist mit mir gemeinsam. Neben ihm,« sie zeigte auf Andrej, »sitzt Andrej. Er war Werkmeister in Sumpfkap. Als die Stadt vor einigen Wochen fiel, musste er mit seinem Freund Newi fliehen.« Dieses Mal zeigte sie auf Newi. »Der mit den langen braunen Haaren ist Harrus. Er ist Barde aus Sternenfall.« Auch Harrus nickte dem Bürgermeister zu.

»Und der Junge, Deana?« fragte er mit einem begierigen Blick auf Finn.

»Das ist Finn. Er war Schiffsjunge irgendeines Piraten. Als Nebulosia angegriffen wurde, habe ich ihn mit Hilfe der anderen gerettet.« Während sie sprach, zeigte sie auf die Gruppe.

»Meine Nichte, war schon immer eine kleine Heldin.« sagte er stolz. »Und jetzt erzähl mir doch, was ihr hier wollt.«

»Wir haben gehört, mein liebster Onkel, dass Du mit der Flüchtlingswelle vor den Toren deiner Stadt zu kämpfen hast. Wir möchten dir gerne helfen, viel mehr soll Finn dir helfen.«, erklärte sie sich.

Bevor Ignatz antworten konnte, öffnete sich die Tür und Mila kam mit einem klappernden Tablett voller Tassen in das Esszimmer.

Sie stellte jedem der Anwesenden eine Tasse hin und goss dann Tee ein. »Vielen Dank Mila.«, lächelte der Bürgermeister. Wieder verbeugte sich das Mädchen und stellte sich zurück in die Ecke, in der sie bereits beim Betreten des Raumes gestanden hatte.

»Du willst also, dass dein Schüler mir hilft? Warum?«, fragte er, während er einen Schluck aus seiner Tasse nahm.

»Er muss lernen, selbstbewusster zu werden«, erklärte sie, ihre Stimme ruhig, doch nicht ohne Nachdruck.

»Warum soll er darin geschult werden?«, hakte Ignatz weiter nach, seine Augen schmal, seine Stirn in Falten gelegt, als suche er nach einer verborgenen Wahrheit zwischen ihren Worten.

»Weil er eines Tages in der Lage sein soll, einen eigenen Schüler auszubilden und weiterzugeben, was ich ihn gelehrt habe.«

»Warum?« Ignatz ließ nicht locker, sein Blick unbeirrt, seine Stimme kühl. »Die Lehren Kaelens kann auch die Inquisition verbreiten.«

Deana schwieg einen Moment. Ein kaum merkliches Zögern, ein Atemzug zu lang.

»Vielleicht geht es nicht um die Lehren der Götter.«
Ignatz' Augenbraue wanderte erneut nach oben. »Worum geht es dann?«

»Ich habe ihn in einer alten Form von Magie unterrichtet. Diese Magie muss weitergegeben werden.«

Ein Schatten huschte über Ignatz' Gesicht, ein Ausdruck, der irgendwo zwischen Misstrauen und Abneigung lag.

»Welche Art von Magie?« Seine andere Augenbraue zog sich nun ebenfalls nach oben.

Deana atmete tief durch, als würde sie sich für einen Moment auf das Gewicht ihrer eigenen Worte vorbereiten. »Hast du schon einmal von Seelenfeuer gehört?«

Ignatz schüttelte den Kopf, sein Ausdruck verfinsterte sich. »Nein, und das beunruhigt mich.«

Die Elfe lehnte sich zurück, ihre Finger spielten gedankenverloren mit dem Saum ihres Ärmels. »Seelenfeuer ist so alt und ursprünglich, dass es in Vergessenheit geraten ist.« Deana sprach nun leiser, als erzähle sie ein Geheimnis, das nicht für fremde Ohren bestimmt war. »Es nutzt die Kraft der Emotionen. Egal ob positiv oder negativ. Diese Energie sammelt sich im Inneren des Körpers, verdichtet sich, formt sich zu Magie. Mit der richtigen Kontrolle kann sie einen Magier erschaffen, wie ihn die Welt seit Jahrhunderten nicht mehr gesehen hat.«

Ein Funkeln trat in ihre Augen, ein Leuchten, das nicht nur aus Begeisterung bestand, sondern aus etwas Tieferem, etwas Gefährlichem.

»Eine Magie, die weder auf Formeln noch auf die Götter zurückgreift, sondern aus dem Inneren stammt? Das klingt riskant. Es muss doch negative Seiten geben, sonst würde jeder sie nutzen.« Ignatz' Gesicht verfinsterte sich, seine Augenbrauen zogen sich vollends kraus, und seine Lippen wurden zu einem dünnen Strich.

»Es gibt keine negativen Seiten, solange der Anwender sein Gegenstück findet; jemanden, der ebenfalls die Seelenfeuer beherrscht und eine enge Bindung mit ihm eingeht.« sagte Deana immer noch mit einem Leuchten in den Augen.

»Eine Abhängigkeit von einer anderen Person ist also keine negative Konsequenz für dich?« Die Sorge stand Ignatz deutlich ins Gesicht geschrieben.

»Onkel, darum geht es hier nicht. Wir sind hergekommen, um dir zu helfen.« Deana versuchte, das Thema zu wechseln.

»Es ist sehr wohl das Thema! Du bringst

deinen Schüler mit, der diese Magie lernen soll, die du wer weiß woher hast. Hat er sein Gegenstück schon gefunden? Oder muss ich befürchten, dass er außer Kontrolle gerät?« Ignatz' Zorn war nun unverkennbar, seine Freundlichkeit wie weggefegt.

»Er wird hier keine Magie anwenden. Er wird dir nur im Flüchtlingslager helfen. Essen verteilen, Verwundete zu mir bringen. Er braucht Aufgaben, mehr nicht.« Deana sprach ruhig, doch Ignatz' Wut schien nicht zu verfliegen.

»Ich werde euch alle im Auge behalten, Nichte.« sagte er scharf, presste die Worte beinah zwischen seinen zusammengepressten Lippen durch.

»Aber jetzt essen wir und du erzählst mir, was seit unserem letzten Treffen passiert ist!« rief er plötzlich wieder so fröhlich, das die letzten Minuten einfach vergessen schienen.

»Da hat sie ihre Stimmungsschwankungen also her,« raunte Edward leise zu Finn.

***

Nach dem die Gruppe gegessen hatte, verabschiedeten sich Andrej und Newi, mit den Worten, dass sie noch in die Taverne wollten. Harrus folgte den beiden wenig später mit den Worten: »Die Menschen Mondkaps kennen meine von den Göttern gesegnete Stimme noch gar nicht!«

Deana war in ein Gespräch mit ihrem Onkel vertieft, von dem Finn nur einige fetzen aufschnappte: Offenbar ging es um irgendetwas mit Kaelen und die Geschehnisse der letzten Wochen.
»Nach dem Altenberg gefallen war, verbreiteten sich die Dämonen von dort in Richtung Sumpfkap, sie vernichteten viele Kilometer Wald, zerstörten kleinere Dörfer, bis sie die Werkmeister erreichten.
Die Stadt war denkbar schlecht befestigt, weil, seit den Sumpfkriegen mit Schattenruh, niemand mehr versucht hatte die Kappa anzugreifen. Sie konnten ihre Heimat nicht mal einen Tag halten und

spätesten danach, wurden die Flüchtlinge zum Problem, denn wir konnten nicht mehr alle rein lassen, unsere Vorräte hätten niemals mehr gereicht.

So bildete sich also das erste kleine Lager vor unseren Toren. Zu erst waren es nur einige, wenige Zelte, doch mit der Zeit wurden es immer mehr. Nach dem die zweiten Schlacht von Sternenfall vorbei war, war das Lager so groß, dass es die Einwohnerzahl Mondkaps verdoppelt hat.«, Ignatz Worte, trafen Finn tief in seinem inneren. Warum hatte er von alle dem nichts mitbekommen?

»Möchtest Du noch etwas trinken?«, die hohe Stimme von hinten riss Finn aus seinen Gedanken.

»Was? Wie?«, stotterte er.

»Ob du noch etwas trinken möchtest, habe ich gefragt.« Der Junge drehte sich um und starrte in die leuchtend grünen Augen der rothaarigen Mila.

»Ich…«, stotterte er weiter, nicht in der Lage ein Wort heraus zu bringen, ob dem Anblick der sich ihm bot.

»Du?«, fragte sie etwas beharrlicher, ihre

Augen belustigt geweitet.

»Ich hätte gerne ein Bier.«, stammelte der Junge.

»Ein Bier also. Sonst noch etwas?«, die Augen des Mädchens bleiben geweitet, während sie mit Finn sprach.

Ihre grünen Augen sahen ihn an, während ihre roten Lippen im Kerzenschein glänzten. Zwei tiefrote Strähnen fielen in ihr blasses, von Sommersprossen übersätes Gesicht.

»Hallo? Möchtest du noch etwas bestellen oder willst du mich nur weiter anstarren?« Der Vorwurf in ihrer Stimme war unüberhörbar.

Alle Köpfe am Tisch wandten sich den beiden zu, neugierige Blicke ruhten auf Finn, während Ignatz laut auflachte.

»Mila, lass den Jungen doch schauen. Er hat bestimmt lange keine Frau in seinem Alter mehr gesehen.«

Die Hitze stieg ihm augenblicklich ins Gesicht. Er spürte, wie sich Schamesröte über seine Wangen ausbreitete, wie sich sein Körper verspannte, wie jeder Instinkt ihm befahl, aufzustehen und den Raum zu verlassen, doch Edwards Hand auf seinem Oberschenkel drückte fest zu, hielt ihn an Ort und Stelle.

Mila verdrehte die Augen, schüttelte kaum merklich den Kopf und eilte schnellen Schrittes Richtung Küche davon.

»Finn, Junge. Gefällt sie dir?« Die Stimme des alten Elfen war von unverhohlener Neugier durchzogen.

Bitte lass mich im Abysarrium versinken.

Finn wagte keinen Ton.

Als er schwieg, schmunzelte Deana, lehnte sich ein wenig zurück, das Spiel aus Licht und Schatten in ihren Augen schwer zu deuten. »Onkel, ist dir das nicht Antwort genug?«

Die ungewollte Aufmerksamkeit lag auf seiner Brust wie ein Sack voller Kanonenkugeln, schwer und erdrückend.

»Dein Junge soll mir selbst antworten. Du hast doch gesagt, dass er lernen soll.« Ignatz tadelte sie mit sanfter Strenge, seine braunen Augen ruhten wieder auf Finn, erwartungsvoll, lauernd.

»Ich finde...« Er begann zu sprechen, doch seine Stimme versagte.

»Ach, ich nehme dich doch auf den Arm!« Der Bürgermeister grinste breit, schlug mit einer Hand auf den Tisch, dass die Becher klirrten. »Dass sie dir gefällt, ist offensichtlicher als ein Ork unter Elfen.«

Finns Mund klappte auf. Er starrte den Mann an, völlig entgeistert über diesen unverhohlenen Schabernack.

Mila trat an den Tisch zurück, ihr Blick kalt, als sie ein Glas mit goldener Flüssigkeit und massiver Schaumschicht vor ihm abstellte, so fest, dass der Inhalt gefährlich an den Rand schwappte. Kein Wort, kein Blick, nur ein kurzes Verschwinden in die dunkle Ecke des Raumes, wo sie ihr Gesicht wieder im Schatten verbarg.

Finn nahm das Bier, drehte den Becher langsam in seinen Händen, dann setzte er an, trank einen Schluck, ließ die kühle Flüssigkeit durch seine Kehle rinnen. Der Geschmack breitete sich süffig in seinem

Mund aus, ein Hauch von Bitterkeit, eine Spur von Honig. Er trank erneut, tief und entschlossen, spürte, wie sich eine seltsame Wärme in ihm ausbreitete, eine Mutlosigkeit, die sich in Mut verwandelte.

Sein Blick hob sich, traf Deana direkt.

»Du sprichst die ganze Zeit davon, dass ich hier lernen soll. Hast du mich jemals gefragt, ob ich das überhaupt möchte?«

Die Worte kamen fester als erwartet, klarer als beabsichtigt. Finn spürte, wie sich sein Brustkorb hob, wie sich eine unsichtbare Last von ihm löste.

Die Priesterin lächelte, doch dieses Mal war es anders. Die Wärme in ihren Zügen wich einem Funkeln, das nicht natürlich war, einem Leuchten, das sich in einem tiefen Orange in ihren Augen widerspiegelte.

»Ich muss dich nicht fragen, mein tapferer Junge. Du hast mir dein Leben zu verdanken. Ohne mich wärst du gemeinsam mit Nebulosia im Ozean versunken.«

Die Hitze in ihm wich nicht.

»Natürlich hast du mein Leben gerettet, und ich habe mich schon hundert Mal dafür bedankt.« Seine Stimme zitterte nicht mehr, jedes Wort rollte von seiner Zunge, als hätte er es sich seit Wochen zurechtgelegt, als hätte er es in sich gären lassen, bis es nicht länger zurückzuhalten war. »Ich habe dir aber gesagt, dass ich mit dir komme, bis ich in der Lage bin, meine Freunde zu retten. Keine Sekunde länger!«

Die Worte waren draußen, und mit ihnen etwas, das tief in ihm geschlummert hatte.

Deanas Lächeln erstarb.

»Ich glaube, dass du genug getrunken hast.« Ihre Stimme war kalt, und dieses Mal verschwand das orange Glühen nicht aus ihren Augen.

»Geh jetzt besser.« Edwards Stimme war kaum mehr als ein Flüstern an seinem Ohr, eindringlich, mahnend.

»Nein!« Finn riss sich los, stand nun, ohne zu merken, wann er überhaupt aufgestanden war. »Ich werde nicht gehen! Ich bin es leid, dass ihr mich seit Wochen behandelt wie einen kleinen Jungen! Ich bin ein Pirat von Kapitän Dumond. Ihr solltet mir Respekt erweisen!«

Das plötzliche Schweigen im Raum lag schwer wie ein drohendes Gewitter.

Erst als Ignatz aufstand, spürte Finn, wie sich sein Magen zusammenzog. »Junge, in meinem Haus wird von Gästen nicht geschrien.« Die Stimme des Bürgermeisters donnerte durch den Raum, sein Gesicht lief rot an, sein Schnurrbart bebte, als er Finn tief in die Augen sah.

Doch Finn wich keinen Schritt zurück. Es war ihm egal. Er konnte nicht mehr. Er wollte nicht mehr. »Ich bin Pirat. Mir kann niemand etwas verbieten!«

Die Worte hallten nach, schienen sich in die Luft zu graben, als er plötzlich spürte, wie ein Kribbeln in seinen Fingern begann.

Seelenfeuer.

Es pulsierte in ihm, sammelte sich, formte sich, ließ die Luft um ihn herum vibrieren, während dunkle Wirbel begannen, sich um seine Hände zu ziehen.

Dann ein Schlag.

Hart und abrupt, ein dumpfer Schmerz in seinem Nacken, die Knie gaben nach, der Boden kam ihm zu schnell entgegen.

»Finn, es reicht jetzt.« Edwards Stimme war tief, ernst, ohne jede Spur von Nachsicht.

»Na los, schlagt mich doch wieder, wenn ich nicht das mache, was ihr wollt!« Seine eigene Stimme klang fremd in seinen Ohren, eine Mischung aus Wut und Trotz, die aus ihm herausbrach, ohne dass er sie hätte zurückhalten können.

Edward seufzte, so schwer, dass es fast wie ein Urteil klang. »Ich wollte das nicht, Finn. Du bist selbst schuld.«

Der zweite Schlag kam schneller, traf ihn mit gnadenloser Präzision.

Dann nichts mehr.

Nur Dunkelheit.

Mila

Das erste das Finn sah, als
er mit hämmerndem
Schädel und pelziger
Zunge wach wurde war
Milas lächelndes Gesicht.

»Na, wieder wach?«, sie
saß am Fuße des Bettes,
die Beine übereinander geschlagen. Dieses
mal trug sie keine förmliche Kleidung,
sondern ein helles, grünes Hemd und eine
kurze braune Hose.

»Du hast ja eine ganz schöne Szene
gemacht, gestern Abend.«, grinste sie ihn
an. »Es nur zwei Schlucke Bier gebraucht,
damit Du mal sagst, was Du denkst.«

»Was habe ich denn gestern erzählt?«, Finn
legte die Finger an seine Schläfen und
massiert sie etwas.

»Naja, Du hast Deana gesagt, dass Du eigentlich gar keine Lust hast mit ihr zu reisen, sondern einfach nur so stark werden willst, dass Du deine Kumpels retten kannnst.«, sie wirkte belustigt, als sie ihm von den Geschehnissen des gestriegen Abends erzählt.

»Das habe ich erzählt? Warum mache ich sowas? Ich habe doch nur das eine Bier getrunken, also war ich nicht betrunken!«, während er sprach, rieb er weiter seinen schmerzenden Kopf. »Aber warum habe ich solche Kopfschmerzen?«

»Weil ich in dein Glas ein bisschen Prodobeerensaft getropft habe.«, flötete sie.
»Was hast Du gemacht?«, Finns gesichtszüge entglitten ihm und er ließ die Hände von den Schläfen sinken. »Wolltest du mich vergiften?!«

»Nein, aber in der richtigen Dosierung sorgt es dafür, dass du nur noch die Wahrheit sagen kannst. Ich wollte einfach wissen, was du so zu erzählen hast.«, sie stand vom Bett auf und bewegte sich in Richtung des

Fensters, gerade als Finn fragte: »Was sollte das? Bist du verrückt?«, riss Mila die Vorhänge mit einem Ruck auf, sorgte dafür, dass das Licht in seinen Augen blendete und seine Kopfschmerzen noch verstärkt wurden.

»Nein, aber ich wollte die Warheit wissen. Das geschwollene Gerede der Priesterin kann sich ja niemand an tun. Ein paar Tropfen Prodobeerensaft und schon wusste ich, was ich wissen will, du willst eigentlich gar nicht mit ihr reisen, lernst gegen deinen Willen und möchtest nur deine Freunde retten.«, sie setzte sich wieder auf das Fußende des Bettes. »Außerdem bist Du ganz süß, wenn du so verwirrt guckst.«

Ihr Lachen ließ Finn wieder eröteten, versuchte aber seine Wut zu nutzen um nicht wieder sprachlos zu sein: » Kann schon sein, dass das so ist. Ich wüsste aber nicht, warum dich das irgendwas angehen sollte.«

»Im Zweifel, einfach weil ich neugierig bin. Aber Du warst, auch wenn es gezwungenermaßen war, ehrlich zu mir, also bin ich's auch zu dir: Ich fand das gerede der Priesterin über Magie die auf Emotionen basiert interessant.

Sie hat aber nur von dieser Magie geschwafelt und nichts über dich erzählt, also habe ich zwei Kappa mit einer Fliege gefangen und die Wahrheit aus dir raus geholt.«

Mila griff nach seiner Bettdecke und wollte sie mit einem Ruck weg ziehen, doch Finn bekam sie gerade noch gegriffen.

»Hey, was soll das?«, fragte er gereizt. »Erst Kippst du mir was ins Getränk, dann weckst du mich und jetzt reißt Du mir die Decke weg. Lass das!«

»Spielverderber.«, schmollte sie und stand auf. »Die anderen warten untem am Tisch auf dich. Ich war eigentlich nur hier um dich zu wecken.«

Sie öffnete die Tür und ließ Finn alleine in dem kleinen Zimmer zurück.

Er setzte sich auf, lehnte sich an der Wand an und rieb sich wieder die Stirn »Was passiert hier?«, murmelte er vorsich hin.

»Erst ist sie gestern abweisend zu mir, dann

mischt sie mir was in mein Getränk und jetzt weckt sie mich so?«

Finn schwang die Beine aus dem Bett, schaute an sich herunter und zog sich an. Seine Leinenhose wurde gegen eine frische, blaue Stoffhose getauscht, ein paar brauner, nagelneuer Stiefel stand neben der Tür und an der Gardrobe hing eine blaues, langes Hemd mit einem roten Gürtel.

Beim verlassen seines Schlafzimmers, sah Finn, dass das Haus des Bürgermeisters in diesem Bereich spartanischer eingerichtet war, als in dem, in dem sie gegessen hatten.

An den Wänden hingen einige, in warmen Tönen gehaltene, Gemälde, die Szenen aus dem Leben der Nomaden aus dem Umland von Goldhaus darzustellen schienen. Wertvolle Teppiche aus den Webereien der Westwüste schmückten die Wände und trugen zur orientalischen Atmosphäre bei. Ein tiefroter, goldbestickter Teppich lag weich unter den Füßen und dämpfte jeden Schritt. Nach wenigen Schritten öffnete sich ein kleiner Flur, an dessen Ende eine Treppe hinunterführte. Von dort drangen gedämpfte Stimmen herauf.

»Woher kam die neue Kleidung? Und warum saß sie wie angegossen?", ging es ihm durch den Kopf, als er die Treppe des alten Hauses hinunter stieg. Je weiter er die Treppen hinunterkam, desto lauter wurden die Stimmen und die Einrichtung um ihn herum wechselte von dem orientalischen Ton zurück in einen gutbürgerlichen Stils der ihn an eine der imperialen Metropolen erinnerte. Am Fuße der Treppe schaute Finn sich um, bog um eine Ecke um nach wenigen Schritten wieder im Esszimmer des Bürgermeisters zu stehen.

»Geht's dir wieder besser?«, Edwards dunkles Gesicht war eine Mischung aus Sorge und Verärgerung.

»Ja, mir geht es gut. Es tut mir leid, was gestern Abend passiert ist.«, er warf Mila einen verstohlenen Blick zu. Die starrte ihn aus ihren grünen Augen unverholen an.

»Wenn du Bier nicht verträgst, dann trink keins!«, zischte Deana wütend.

»Ja, Deana. Es tut mir wirklich Leid, ich

meinte das nicht so, da hat der Alkohol aus mir Gesprochen.« Finns Blick wanderte zu seinen Füßen. »Es kommt nicht mehr vor.«

»Das es nicht mehr vor kommt, kann ich ja wohl erwarten. Was deine Strafe angeht, werden wir sehen.«, zischte die Elfe weiter. »Meine Strafe?«, fragte Finn ängstlich. In seinem Kopf malten sich Bilder aus seiner Zeit beim Bootsmann und Panik stieg in ihm auf.

Die Augen der Elfe kniffen sich zusammen, als sie weiter sprach: »Wenn es nach mir ginge, würdest du zusammen mit Ignatz den ganzen Tag die Lehren Kaelens studieren und im Gebet verbringen. Vielleicht würde dir das ein wenig Gottesfürchtigkeit verleihen.«

»Wenn es nach mir ginge«, unterbrach Edward sie, »würdest du mit Newi den ganzen Tag trainieren, ohne etwas zu essen und dich nur von der Macht Lirians nähren.« Finn sah die beiden schockiert an. Die Angst stand ihm ins Gesicht geschrieben. Wenn keine dieser beiden Strafen ausreichend war, was hatten die beiden sich überlegt? »Du elendes Stück Scheiße«, lallte die Stimme des Bootsmannes in seinem Kopf.

»Du kannst froh sein, dass Onkel Ignatz sich eingemischt hat und eine bessere Idee hat, um Buße zu tun«, zischte Deana, ihre Stimme noch immer von kalter Wut durchzogen.

Ignatz' dicke Gestalt bewegte sich am Tisch: »Genau. Ich halte nichts von diesen archaischen Strafen. Du wirst gemeinsam mit Mila in der Zeltstadt der Flüchtlinge die Rationen verteilen und nach den Rechten sehen. Kaelen soll deine Taten vergeben und deine Buße anerkennen«, erklärte er.

Finns Blick wanderte von seinen neuen Schuhen zum Bürgermeister: »Wie bitte?«, fragte er.

»Du hast mich verstanden, Junge«, sagte Ignatz ruhig. »Jetzt frühstücke erst einmal und dann wird dir Mila den Rest erklären.«

Nachdem Finn seinen Teller schweigend geleert hatte, wurde dieser von einem der Hausdiener abgeräumt und der Junge

begab sich zurück auf sein Zimmer.
Dort wartete Mila bereits auf ihn, die roten Haare zu einem Knoten auf dem Kopf gebunden.

»Ich dachte echt, dass du mich verpfeifen würdest«, sagte sie.

»Ich auch«, stellte Finn fest. »Aber irgendwas hat mir gesagt: Besser nicht.«

»Was?«, wollte die junge Frau wissen.

»Keine Ahnung«, gab Finn zu.

»Danke«, antwortete sie.
Sie stand auf und gab dem Jungen einen Kuss auf die Wange, die Stelle an der ihre Lippen ihn berührten kribbelet und brannte, es fühlte sich fast so an, wie wenn er der Seelenfeuer die Kontrolle gab. Finn schreckte einen Schritt nach hinten: »Was soll das?«
»Entspann dich. Ich habe dir einen Kuss auf die Wange geben. Bei den Göttern.«, sie verdrehte die Augen und setzte sich wieder auf sein Bett.
»Also, du sollst heute mit in die Zeltstadt kommen, hat der Alte mir erzählt.«

»Richtig.«

»Es ist nicht kompliziert. Wir gehen gleich zum nördlichen Stadttor, dort warten einige Stadtwachen auf uns mit Karren, die wir ins Lager ziehen werden und aus denen wir die Rationen verteilen können. Die Wachen sorgen dafür, dass es zu keinen Aufständen kommt.

Denn so sehr wir auch helfen wollen, so wenig können wir alle retten.«, mit jedem Wort wirkte sie betrübter.

»Wie oft hast Du das schon gemacht?«, fragte Finn.

»Oft genug um die Leute und das Elend des Lagers zu kennen.«, gab sie zurück.

»Weißt Du, wie viele dort in etwa leben?«

»Nein, aber es werden jeden Tag mehr und damit jeden Tag weniger denen wir helfen können.«, ihre Stimme wurde immer leiser, sodass Finn sich anstregen sie zu verstehen. Bevor das Mädchen weiter sprechen konnte, flog die Tür mit einem Knall auf und die froschähnliche Gestalt von Andrej erschien im Rahmen : »Was bei Lirian hast du angestellt, Junge!?«, bluffte er, ohne ein Wort der Begrüßung.

»Ein bisschen zu viel getrunken und dann hat der Alkohol aus mir..«, begann Finn erschrocken. »Du bist ein verfluchter Pirat und willst mir erzählen, dass du von einem Bier so betrunken bist, dass du die Kontrolle verlierst und mit Seelenfeuer auf Deana los gehen willst?«, der Kappa unterband seine Ausflüchte barsch.

Hinter ihm tauchte, mit vor der Brust verschränkten Armen, der zustimmend nickende Newi auf.

»Ich weiß doch auch nicht. Es war, als hätte ich das erste mal getrunken und dann ist alles aus mir heraus gebrochen.«, versuchte der Junge sich zu rechtfertigen.

»Was hast du ihm ins Getränk getan, Göre?«, fuhr er Mila an.

»Ich? Was habe ich denn damit zu tun? Ich bin nur ein bescheidenes Hausmädchen.«, sie lächelt den Kappa unschuldig an.

Er machte einen Schritt auf sie zu, baute sich vor dem Mädchen auf, trotz seiner geringeren Körpergröße, als könne bloße Haltung die fehlenden Zentimeter ausgleichen. Seine Wangen blähten sich auf, seine Stimme donnerte er. »Lüg mich nicht an! Die Tränke Schattenruhs erkenne ich auch nach all den Jahren noch.«

Das Lächeln verschwand augenblicklich aus Milas Gesicht. Mit einer einzigen, fließenden Bewegung sprang sie auf, stieß Andrej einen Finger zwischen die Augen, ihre grünen Pupillen funkelten vor Zorn. »Halt bloß die Klappe, du dämliche Kröte.«

Andrej blinzelte, einen Moment zu lang, dann verengten sich seine Augen, sein Blick wurde hasserfüllt. »Wie sprichst du mit mir, Waldläuferin? Haben diese Baumknutscher euch inzwischen nicht einmal mehr den Anstand, ihren Frischlingen Manieren einzubläuen?«

Mila verzog keine Miene, ihr Finger verharrte noch immer an seiner Stirn. »Ein Wort zu Ignatz, und ich schneide dir die Kehle auf.« Die Drohung kam leise, wie ein Windhauch, der den Sturm ankündigte.

Newi bewegte sich schneller, als es seine wuchtige Gestalt vermuten ließ. Lautlos drückte er sich an Andrej vorbei, griff nach Milas Hals, packte zu und presste sie gegen die Wand.

»Na los, drück ruhig zu.« Ihre Stimme klang heiser, doch ihr Blick schwankte nicht. »Dann kannst du Ignatz erklären, warum du sein Dienstmädchen getötet hast.«

Ein Schnauben aus Andrejs Richtung, dann ein tiefes, mürrisches Brummen.

»Sie hat recht. Lass sie los, Newi.«

Die bronzefarbene, vernarbte Hand zuckte einen Moment, als würde der Halbdrache den Befehl überdenken, dann löste sich sein Griff. Langsam sank Mila die Wand hinab und rieb sich mit schmalen Fingern über die gerötete Haut an ihrem Hals.

»Hör zu.« Ihre Stimme war nun ruhiger, doch in ihr schwang etwas mit, das nicht so leicht zu vertreiben war. »Ich bin keine Waldläuferin mehr. Als die Krieger von Schattenruh nach Sternenfall aufgebrochen sind, um die Stadt aus der Barriere zu befreien, bin ich abgehauen. Man wollte mich nicht mitnehmen, weil ich noch zu jung war.«

Andrej musterte sie, sein Blick kühl und prüfend. »Und was machst du dann in Mondkap?« Sein Knurren klang tiefer als Finn es jemals zu vor gehört hatte.

»Ich bin kurz vor der Abriegelung der Stadt hier angekommen. Um hineinzukommen, habe ich behauptet, als Dienstmädchen des Bürgermeisters angestellt zu sein. Das haben sie mir am Tor geglaubt, und so kam ich hier ins Haus. Einige Tage später wurde die Stadt abgeriegelt, und nach und nach bildete sich die Zeltstadt«, erklärte Mila.

»Ich will wissen, was du hier willst. Was in den letzten Wochen passiert ist, weiß ich auch«, bluffte der Kappa.

»Ich wüsste nicht, was dich das angeht«, fauchte sie zurück.

»Es geht mich an, weil ich entscheide, ob ich Ignatz erzähle, wer du wirklich bist, Göre«, drohte Andrej.

»Mach, was du willst.« Sie drängte sich an den beiden vorbei, knallte die Tür hinter sich zu und stampfte hörbar den Flur hinunter.

Der Kappa atmete tief durch, strich sich über die Stirn, als würde er versuchen, sich zu beruhigen. »Finn, pass auf mit dem Mädchen. Ich habe die Waldläufer im Krieg kennengelernt, und Lügen und Betrügen können die fast noch besser als das Diebessyndikat von Sumpfkap.«

Finn runzelte die Stirn. »Aber warum gehst du so auf sie los?«

»Weil sie dir irgendwas gegeben hat, damit du ausrastest. Eine andere Möglichkeit sehe ich nicht. Dafür muss sie ja einen Grund gehabt haben«, entgegnete der Werkmeister.

»Sie hat mir gesagt, dass sie mir Prodobeerensaft ins Bier geschüttet hat«, versuchte Finn ihn zu beruhigen.

Andrej verharrte einen Moment, dann schüttelte er fassungslos den Kopf.

»Du weißt sogar, dass sie dir was gegeben hat, und trotzdem redest du mit ihr, als wäre das kein Problem? Haben dir deine Piratenfreunde denn überhaupt nichts beigebracht?«

Der Versuch, ihn zu beschwichtigen, hatte genau das Gegenteil bewirkt.

»Die Grasfresserin vergiftet dich, und du hast nichts Besseres zu tun, als dich mit ihr zu verbünden? Du enttäuschst mich, Junge!« Seine Stimme schwoll an, Wut flackerte in seinen dunklen Augen.

»Sie hat gesagt, dass das nur war, weil sie wissen wollte, was ich zu sagen habe«, verteidigte sich Finn.

Doch seine Worte gingen in einer erneuten Schimpftirade unter.

»Wie naiv bist du eigentlich, Bursche? Das Mädchen kippt dir was in dein Bier, und du nimmst sie noch in Schutz?«

»Ich nehme sie nicht in Schutz«, gab Finn kleinlaut zurück.

»Doch, genau das tust du! Also entweder hat sie dir schon den Kopf verdreht, oder sie ist gerade dabei! Halt dich von ihr fern!«

Auch der Kappa stapfte nun durch die Tür, knallte sie hinter sich zu und ließ Finn mit

Newi allein zurück.

Finn presste die Lippen zusammen, versuchte das Brennen in seinen Augen wegzublinzeln, doch die Tränen ließen sich nicht so einfach verdrängen. Hastig fuhr er sich mit dem Ärmel über das Gesicht.

»Warum mache ich immer alles falsch?«

Newi sagte nichts. Wortlos legte der Halbdrache ihm eine schuppige Hand auf den Kopf, tätschelte ihm zwei Mal das Haar und verließ dann ebenfalls den Raum.

Finn ließ sich auf sein Bett sinken, den Kopf gesenkt, die Gedanken wirr und kreisend.

Was hat Andrej für ein Problem? Natürlich war es nicht in Ordnung, was Mila getan hatte, aber schlimm war es doch auch nicht, oder?

Er hatte keine Zeit, sich eine Antwort zu überlegen. Die Tür öffnete sich erneut, und Milas schlanke Gestalt trat ein.

»Komm mit«, sagte sie leise

***

»Welches Problem hat dieser Frosch?« fragte Mila beiläufig aus, sie durch die engen, verschlungenen Gassen von Mondkap liefen.

Die salzige Meeresbrise schlug ihnen entgegen, brachte den Geruch von geräuchertem Fisch und feuchtem Tang mit sich. Die kleinen, bunt gestrichenen Häuser drängten sich dicht aneinander, die Dächer von Algen überzogen, um sie vor dem ständigen, salzigen Sprühregen zu schützen. Überall hingen Fischernetze zum Trocknen, Möwen kreischten über ihren Köpfen, kämpften um die besten Plätze auf den morschen Dachbalken.

»Er glaubt, dass du einen anderen Grund hast, mir was ins Bier zu kippen, als einfach nur Interesse an mir.« Finn biss sich auf die Zunge, kaum dass die Worte draußen waren. Idiot. Er sollte sich doch von ihr fernhalten.

Mila schnaubte. »Ich wollte dich doch gar nicht vergiften. Warum denkt er das? Prodobeeren sind nicht giftig. Der alte

Kröterich sollte eigentlich wissen, dass sie nur die Zunge lockern.« Ein bitteres Lächeln huschte über ihre Lippen, verschwand genauso schnell, wie es gekommen war.

Der Rest des Weges verging schweigend. Mila ging einen Schritt voraus, führte ihn durch die gewundenen Pfade der Stadt, als wäre das hier ihr eigenes Revier.

Der Boden unter ihren Füßen war uneben, abgetreten von unzähligen Sohlen, glattpoliert wie altes Treibholz. Die Luft war erfüllt von Gesprächen, von Stimmen, die über Marktpreise stritten, von den Rufen der Fischer, die ihre Ware anboten, vom Klappern der Wagenräder auf dem nassen Stein.

Dann bogen sie um eine Ecke und Finn blieb wie angewurzelt stehen.

»Was zur Hölle...«

Vor ihnen breitete sich eine Straße aus, die nicht in dieses verschachtelte Fischernest passen wollte.
Die Häuser, die hier standen, glänzten in der Sonne, als wären sie aus poliertem Stein

gehauen. Verzierte Fensterläden, geschnitzte Türrahmen, weitläufige Gärten. Reichtum, mitten in der Einöde von Mondkap.

»Was ist das hier für eine Straße?« Er konnte den Staun nicht aus seiner Stimme verbannen. »Die Häuser sehen aus wie in Sternenfall oder Silberhafen.«

»Das ist die Straße des Stadtrats«, antwortete Mila knapp.

Ohne ihr Tempo zu drosseln, deutete sie auf ein massives Gebäude, das sich mit zwei steinernen Säulen vor der Eingangstür über die Gasse erhob. Ein hoher Zaun umgab das Anwesen, und ein Wächter marschierte davor auf und ab, die Hand locker am Knauf seines Säbels.

»Da wohnt der Hafenmeister.«

Finn runzelte die Stirn. »Mondkap hat für diesen kleinen Hafen einen eigenen Hafenmeister?«

»Nicht nur einen.« Mila deutete auf ein weiteres prächtiges Haus, das von einem üppigen Garten umschlossen war. »Dort lebt der Großbauer. Und daneben der Fischereimeister.«

Finn ließ den Blick über die Fassaden der Gebäude wandern. Groß, wuchtig, protzig und trotzdem mit das Schönste, was er je gesehen hatte.

»Warum wohnen die so nah am Stadttor? Normalerweise hausen die Reichen doch mitten in der Stadt, damit sie vor Angriffen sicher sind.«

Mila schmunzelte. »Weil der Bürgermeister davon überzeugt ist, dass diejenigen, die den meisten Luxus haben, auch die Ersten sein sollten, die ihn verlieren, wenn's brenzlig wird. Das sorgt dafür, dass die Reichen der Stadt verdammt viel Wert darauf legen, Frieden und Sicherheit zu wahren.«

Finn zog die Augenbrauen hoch. »Gar nicht mal so dumm«, murmelte er, überrascht von Ignatz' Pragmatismus.
Schweigend setzten sie ihren Weg durch das Viertel fort, bis eine Veränderung in der Luft sich bemerkbar machte.

Zu erst kaum spürbar, nur ein unangenehmer Beiklang in der salzigen Meeresluft, doch mit jedem Schritt, den sie weiter in Richtung Stadttor setzten, wurde er intensiver, drängender, bissiger, ein bitterer Nebel, der zwischen den Gassen hing und in der Wärme des Tages gärte.

Der Gestank.

Er klebte an den Mauern wie Dreck unter den Fingernägeln, kroch aus den gepflasterten Wegen, aus den schmalen Ritzen zwischen den Häusern, aus den dunklen Winkeln der Stadt, in denen sich die Menschen nicht länger als nötig aufhielten, als sei er längst nicht mehr nur ein Geruch, sondern ein lebendiges Ding, das geduldig wartete, um sich an ihnen festzusetzen.

Und je näher sie dem Stadttor kamen, desto intensiver wurde er.

Das Stimmengewirr aus dem Lager dahinter vermischte sich mit dem allgegenwärtigen Gestank von Fäulnis und kaltem Rauch, von feuchtem Leder, verbranntem Fett und der abgestandenen Ausdünstung zu vieler Körper auf zu wenig Raum, bis alles zu einem einzigen, undurchdringlichen Brei aus Lärm und Verwesung wurde, der sich über die Stadt legte wie eine unsichtbare Decke.

Am Tor erwarteten sie zwei Wachen, deren Lederharnische stumpf und speckig vom ständigen Wind und der feuchten Luft waren, das einst stolze Wappen von Mondkap, ein silberner Kreis mit einem goldenen Fisch, kaum mehr als ein verblassener Abdruck auf den Brustplatten, längst abgetragen von den salzigen Brisen, die unablässig vom Hafen herüberzogen.

Eine von ihnen, eine Frau mit so kurz geschorenem blondem Haar, dass Finn zweimal hinsehen musste, um überhaupt zu erkennen, dass da noch etwas war, trat nach vorne, die Hand locker auf dem Griff ihres Schwertes, während ihr Blick zwischen Mila und ihm hin und her wanderte, als wolle sie abschätzen, ob sie sich den Aufwand, sich ihre Namen zu merken, überhaupt machen sollte.

»Grüße dich, Mila. Der Bürgermeister hat ausrichten lassen, dass du jemanden mitbringst«, sagte sie, nicht unfreundlich, aber doch war da etwas, etwas Ungesagtes, das mehr wog als die Worte selbst.

»Hallo. Ja, das ist Finn. Er begleitet mich heute.«

Die Wache ließ den Blick über ihn gleiten, betrachtete ihn für einen Moment zu lange, bevor sie knapp nickte.

»Willkommen, Finn. Ich bin Kimba, derzeitige Kommandantin der Stadtwache.« Doch auch wenn sie mit ihm sprach, lag ihre Aufmerksamkeit längst woanders, wurde immer wieder von dem Lager jenseits der Mauern abgelenkt, von dem leichten Zittern in der Luft, das kaum merklich war, aber spürbar wie das dumpfe Grollen eines Gewitters hinter dem Horizont, das man noch nicht hören, aber längst fühlen konnte.

»Passt auf, wenn ihr durchgeht«, sagte sie schließlich. »Letzte Nacht ist irgendetwas passiert. Die Leute da draußen sind unruhiger als sonst.«

Mila runzelte die Stirn. »Was meinst du mit Unruhe?«

Kimba verzog das müde Gesicht, als koste es sie Überwindung, die Antwort überhaupt auszusprechen.

»Schwer zu sagen. Sie wirken... verändert. Unruhiger. Als würde etwas in ihnen gären, etwas, das sie nicht loswerden, egal, wie lange sie warten. Ich lasse zwei meiner Leute mit euch gehen. Nur zur Sicherheit.«

Milas Augen weiteten sich. »Und du glaubst nicht, dass Soldaten die Situation nur noch weiter anheizen?«

Kimba sah sie ruhig an, ohne Eile, ohne Zögern: »Mir ist es lieber, jetzt zwei Wachen mitzugeben, als später zehn, um euch rauszuholen. Oder eure Leichen einzusammeln.«

Damit war das Thema vom Tisch, denn sie deutete auf zwei Wachen, die sofort reagierten, die Fäuste zur Brust führten, die offene Hand über das Herz gelegt, eine Geste, die nicht nur Respekt zeigte, sondern auch ein unausgesprochenes Einverständnis darüber, dass sie wussten, worauf sie sich einließen, dass sie es vielleicht nicht gutheißen mochten, aber es trotzdem tun würden, weil es getan werden musste.

Finn sagte nichts mehr. Der Gestank, der ohnehin nie ganz verschwunden war, war nun so stark, dass er kaum noch um ihn herum atmen konnte, als hätte sich die Luft selbst gegen sie gewandt, sich verdichtet, bis er sie nicht mehr nur roch, sondern auf der Zunge schmeckte, bitter und schal wie faulendes Holz.

Er versuchte, sich auf das Wappen der Wachen zu konzentrieren, auf den silbernen Kreis, den goldenen Fisch, der matt im spärlichen Licht schimmerte, als könne es ihm irgendeine Art von Halt geben, aber es half nicht.

Mila legte ihm eine Hand auf die Schulter, drückte kurz zu. »Wir bleiben zusammen, Finn. Das wird schon.« Ihre Stimme war leise, fast verloren in der dicken, stehenden Luft.

Der Junge schluckte, atmete tief durch und bereute es sofort.

Kaum hatten sie das Tor durchschritten, legte sich eine merkwürdige Stille über diesen Ort, als wären sie in das Auge eines Sturms getreten. Aus dem allgegenwärtigen Gestank, der ihnen bereits auf dem Weg begegnet war, wurde eine greifbare, lebendige Wand aus Verwesung, die sie mit voller Wucht traf, sich in ihre Haut fraß, in ihre Kleider, in ihre Haare, bis es keinen Ort mehr gab, an den sie sich zurückziehen konnten.

Das Lager war kein Zufluchtsort mehr, kein Ort, an dem man abwartete, bis sich die Lage beruhigte, es war eine offene Wunde, eine klaffende, eiternde Verletzung am Rand der Stadt, und jeder, der hier lebte, war nicht mehr als ein weiterer Splitter darin, ein weiteres Stück Fleisch, das langsam, aber sicher verfaulte.

Die Zelte, notdürftig aus allem errichtet, was man finden konnte. Da waren alte

Leinenreste, aufgerissene Segel, abgetragene Kleider. Sie alle standen krumm und windschief, manche nicht mehr als ein Haufen Lumpen über ein paar zusammengebundenen Ästen, manche so baufällig, dass sie mit jedem Windstoß erzitterten, als könnten sie es selbst nicht mehr ertragen, sich aufrechtzuhalten.

Zwischen ihnen zogen sich matschige Pfade, voller schlammigem Wasser, das sich in den Mulden gesammelt hatte, und der Boden gab unter ihren Schritten nach, ließ ihre Stiefel einsinken, ließ das widerliche Schmatzen von nassem Dreck an die Oberfläche dringen.

Aber nichts davon war so schlimm, so penetrant wie der Gestank. Er hing überall, in der Luft, im Boden, in den Bewohnern, die sich um die wenigen Feuerstellen drängten, auf den halb verhungerten Körpern, die in schmutzige Decken gehüllt an den Wänden lehnten, in den gebrochenen Blicken, die sich auf sie richteten, ohne Neugier, ohne Wut, ohne irgendetwas, das noch an Leben erinnerte.

Und Finn stand mittendrin, atmete flach, versuchte, das brennende Gefühl in seiner Kehle zu ignorieren, den bitteren Geschmack auf seiner Zunge, den Druck in seiner Brust. Doch je länger er dort stand, je tiefer er in die Enge dieser bedrückenden Szenerie gezogen wurde, desto deutlicher spürte er, dass es dafür schon längst zu spät war.

Bereits als sie die ersten Reihen der Zelte passierten, breitete sich der Anblick des Lagers in all seiner trostlosen Härte vor ihnen aus, eine verzerrte Fratze aus Elend, Hoffnungslosigkeit und jener beklemmenden Stille, die lauter sprach als jedes Geschrei.

Zwischen den notdürftig errichteten Unterkünften huschten Kinder umher, nicht spielerisch, nicht sorglos, sondern ziellos, als hätten sie sich längst in das leere Umherstreifen gefügt, das ihre unterernährten Eltern bereits perfektioniert hatten. Ihre Gesichter blieben ausdruckslos, ihre Augen trüb und stumpf wie die von Tieren, die verstanden hatten, dass niemand mehr nach ihnen sehen würde, und als sie Finn und Mila bemerkten, wandten sie sich genauso wortlos ab, wie sie gekommen waren.

Ein Husten durchbrach diese Stille, nicht laut, aber rau, abgehackt und durchsetzt mit jenem feuchten, gurgelnden Ton, den Finn von den Kranken kannte, die bereits zu tief in ihrer Krankheit steckten, um noch eine Chance zu haben.
Das Geräusch hallte zwischen den Zelten hin und her, wieder und wieder, als hätte das ganze Lager dasselbe vergiftete Blut in den Lungen. Er versuchte, nicht daran zu denken, nicht zu genau hinzusehen, nicht zu atmen, doch die Luft war schwer, zähflüssig, der allgegenwärtige Gestank von Schweiß, fauligem Holz und verbranntem Fett legte sich über seine Haut, kroch in seine Kleidung und presste sich mit jedem Atemzug tiefer in seinen Körper.

Die beiden Wachen, die ihnen zugeteilt worden waren, bewegten sich mit wachsamer Entschlossenheit, eine Hand immer nahe am Schwertknauf, die Blicke über die Menge gleitend, bereit, jede noch so kleine Anspannung aufzuschnappen, die sich in Gewalt verwandeln konnte. Sie wussten, dass hier eine Grenze überschritten worden war, eine unsichtbare Linie, die zwischen Elend und Wahnsinn lag, und Finn spürte es ebenso deutlich wie sie.

Mila, die den Weg zu kennen schien, setzte ihren Schritt schneller, führte ihn durch das dichte Labyrinth aus verdreckten Tüchern und aufgeschlitzten Planen, vorbei an den ausgemergelten Gestalten, die sich um die wenigen Feuerstellen drängten, ohne zu sprechen, ohne sich wirklich zu bewegen, als wären sie nur noch Schatten dessen, was sie einmal gewesen waren.

Dann, aus der Tiefe des Lagers, ein Geräusch, das anders klang als der Rest, ein dumpfes Brodeln, ein Aufbegehren, das sich von den üblichen Unruhen unterschied, ein aufgeladener Tonfall inmitten des murmelnden Massenrauschens, der sich mit jeder Sekunde weiter aufbaute. Die Wachen hielten inne, warfen sich einen schnellen Blick zu, dann bedeuteten sie Mila und Finn, eng bei ihnen zu bleiben, während sie sich nach vorne schoben, dorthin, wo das Zentrum der Erregung lag.

Die Gänsehaut auf Finns Armen zog sich kalt und spitz über seine Haut, während sie auf eine Lichtung traten, auf der sich eine wogende Menschenmenge um eine einzige, zentrale Figur versammelt hatte. Erst als sie sich näher an die Szene heranschoben, erkannten sie, dass die Stimme, die mit jedem Satz wie ein Hammerschlag auf das Volk niederprasselte, einer großen, kräftig gebauten Orkfrau gehörte, deren graues Haar in zwei schweren Zöpfen geflochten war, die ihr über die Schultern fielen und sich auf den nackten, kaum bedeckten Brüsten verloren. Ihre Stimme war ein schneidendes, durchdringendes Rollen, das in Finns Ohren brannte, selbst wenn er noch nicht verstand, was sie sagte, und als sie dann abrupt verstummte, weil ihr Blick auf ihnen hängen blieb, schien die Welt für einen Moment stillzustehen, als würde sie sich kurz zurückziehen, bevor sie endgültig über ihnen zusammenbrach.

Die Orkfrau riss den Arm hoch und zeigte mit einem knochigen Finger auf Mila, Finn und die Wachen.

»Seht ihr! Kaum spreche ich die Wahrheit, schickt der Bürgermeister seine Truppen!«

Ihre Worte zogen wie ein Messerschnitt durch die Menge, ließen ein dumpfes Raunen aufsteigen, das sich wellenartig durch die Körper schob, bis es Finn und Mila erreichte und in ihrer Brust vibrierte.

Das Raunen wurde zum Knurren, das Knurren zum unkontrollierten Grollen, das sich in Bewegungen übersetzte, in Schritte, in tastende, drängende Berührungen, als wollten die Flüchtlinge erst testen, wie weit sie gehen konnten, bevor sie es tatsächlich taten. Die Wachen stemmten sich gegen die erste Welle, hoben die Hände, bellten Warnungen, versuchten, den aufkommenden Druck einzudämmen, doch Finn konnte es bereits in den Gesichtern sehen, in den angespannten Kiefern, in den verkniffenen Blicken. Sie wollten nicht hören. Sie wollten nicht denken.

Sie wollten nur endlich irgendetwas tun.

Hinter Finn erklang ein lauter, erstickter Schrei.

Er drehte sich um, sah die Wache neben ihm, den Mund leicht geöffnet, als würde sie gerade erst verstehen, was passiert war, sah, wie ihr Blick nach unten wanderte, sah, wie seine eigene Aufmerksamkeit ihr folgte und in den dunklen Fleck starrte, der sich rasend schnell über den Brustpanzer ausbreitete.

Ein rostiges Schwert ragte aus ihrem Körper.

Die Wache taumelte, griff mit zitternden Händen nach der Klinge, versuchte, sie aus sich herauszuschieben, doch bevor sie auch nur ansatzweise die Kraft dafür aufbrachte, rammte ihr Mörder einen Stiefel zwischen ihre Schulterblätter und trat sie in den Dreck.

Finns Gedanken erstarben.

Ein schriller Schrei, durchzogen von reiner, ungefilterter Wut, ließ ihn herumfahren. Die zweite Wache, ein junges Mädchen, kaum älter als Mila, zog ihr Schwert, bereit, sich gegen den Feind zu stellen, doch in der Sekunde, in der sie ihre Waffe hob, durchschlug ein hölzerner Pfeil ihre Stirn.

Ein hässliches Zischen, ein dumpfes, matschiges Geräusch, dann stand sie noch einen Moment wie eine Puppe, die vergessen hatte umzufallen, bevor ihre Beine nachgaben und sie mit dem Gesicht voran in den Schlamm fiel.

Mila packte Finns Hand, ihre Finger ein Schraubstock um sein Handgelenk: »Weg hier!«

Doch noch bevor sie auch nur einen Schritt machen konnten, schlug ihnen eine Mauer aus Körpern entgegen: »Ihr bleibt hier.«

Ein Mann mit ungepflegtem Bart, schütterem Haar, fleckiger Kleidung, die Finn an etwas erinnerte, das er nicht mehr in seinem Kopf haben wollte, trat vor, packte Mila am Arm und zog sie zurück. Sie stemmte sich gegen den Griff, trat einen Schritt nach hinten, doch noch bevor sie reagieren konnte, rammte ihr ein stämmiger Zwerg den Fuß in die Kniekehle und zwang sie in den Dreck.

»Lauf, Finn!«

Ihre Stimme war ein hoffnungsloser Befehl, durchtränkt mit Panik, mit Wut, mit Verzweiflung.

Finn stand wie versteinert da.

Seine Beine gehorchten nicht, sein Kopf war nicht mehr in der Lage, auch nur einen einzigen klaren Gedanken zu fassen.

Kräftige Arme packten ihn, rissen ihn nach unten, drückten ihn mit dem Gesicht in den kalten, feuchten Schlamm.

Er spürte, wie die Nässe durch seine Kleidung drang.

Er spürte, wie seine Brust sich verkrampfte.

Er spürte, wie seine Angst ihn zerfraß.

Die Oberanführerin

Nach dem die Wachen getötet wurden, waren Finn und Mila überwältigt worden waren, hatten die Rebellen sie an hölzerne Pfähle gefesselt und sie dort ihrem Schicksal überlassen, niemand hatte in den letzten Stunden mit ihnen Gesprochen oder ihnen auch nur ein Zeichen gegeben, das Aufschluss darüber geben würde, was man mit ihnen vor hatte.

Die Fesseln an Finns Handgelenken scheuerten seine Haut schon seit einiger Zeit offen, der Knebel in seinem Mund verstärkt das Durstgefühl und schnitt die trockenen Mundwinkel ein.

»Warum immer ich?«, dachte der Junge. »Hat der Bootsmann nicht gereicht?«

Eine Bewegung in der Dunkelheit riss ihn aus seinen Gedanken. Ein hagerer Mensch mit zotteligen, langen Haaren trat Barfuß mit einer Fackel in den Händen an den Pfahl, der ihn, in Kombination mit seinen Fesseln, von der Flucht abhielt.

»Jessi will mit euch sprechen«, sagte der Mensch mit kratziger Stimme.

Die Fackel, die er in Händen hielt, beleuchtete sein abgemagertes Gesicht. Tiefe Falten durchzogen seine Stirn und Wangen, seine Augen waren von dunklen Ringen umgeben und kurze, graue Stoppeln bedeckten sein Kinn und verliehen ihm das mürrische Aussehen eines Vagabunden.

Ohne ein weiteres Wort zu sagen, zog der Mann ein krummes Messer aus seinem Gürtel und ging auf die neben Finn an einen Pfahl gebundene Mila zu. Mit einer ruckartigen Bewegung schnitt er die Fesseln an ihren Handgelenken auf und stieß sie zu Boden. »Denk nicht mal dran, Mädchen!«, knurrte er sie an.

Finn sah, wie Mila wütend nach oben blickte, sich dann aber fügt und keinen Finger rührte.

Danach macht der Vagabund einen Schritt auf Finn zu und lößte mit der gleichen ruckartigen Bewegung die Fesseln an seinen Handgelenken. Finn spürte eine kurzfristige Erleichterung, bis auch er von dem Mann auf den nassen, matschigen Boden gestoßen wurde.

Der Schlamm brennt in seinen offenen Wunden und Finn muss sich zusammenreißen, um nicht aufzuschreien.

»Los, aufstehen, ihr beiden!«, zischte er. Mit grobem Griff packte er beide an den Oberarmen und zerrte sie hoch, die Kraft seiner Hände verrät jahrelange harte Arbeit. Finn versuchte etwas zu sagen, doch der Lederknebel in seinem Mund erstickte seine Stimme. »Halt's Maul!«, brummt der Vagabund und stieß ihm die Faust in den Rücken.

Schweigend führt er die beiden durch das dunkle Lager. Die geflickte Zelte und Gestalten, die auf dem Boden schliefen, säumten ihren Weg, begleitet von so bestialisch Gestank, dass Finn beinah würgen musste. Er blickte zu Mila hinüber, doch ihr Blick war star auf den Boden gerichtet.

Nach einiger Zeit erreichten sie einen von Fackeln erhellten Pfad, der sie zurückführte zu dem Ort, an dem die Wachen getötet und sie überwältigt worden waren. In der Mitte des Platzes loderte ein riesiges Feuer, drumherum saßen Gestalten aller Finn bekannten Rassen: Menschen, Elfen, Zwerge, Habl-Drachen und sogar vereinzelte Kappa.

Die nur vom Knistern des Feuers und Prasseln des Regens durchbrochene Stille war so erdrückend, dass sich bei Finn ein Knoten in der Brust bildete. Er versuchte erneut, Mila anzusehen, doch sie mied seinen Blick. »Jessi will mit euch sprechen«, wiederholte der Vagabund stumpf, bevor er die beiden, ohne zu zögern in das große Zelt, in der Mitte des Platzes schob. Als der schwere Stoff des Zeltes sich vor ihnen öffnete, enthüllte er ein schlicht eingerichtetes Inneres. An den Wänden brannten mehrere Fackeln, deren tanzende Flammen das Zelt in flackerndes Licht tauchten. Der Schein ließ tiefe, unheilvolle Schatten über das grobe Gesicht der Orkfrau fallen, die auf einem thronartigen, aus massivem Holz gefertigten Stuhl saß. Ihre Augen waren im Dunkeln kaum auszumachen, doch ihre Präsenz war unmissverständlich.

Als sie mit ihrer tiefen Stimme zu sprechen begann, legte sie ihre Hände ineinander und blickte die beiden scharf an. »Pierre, löse die Knebel. Ich will hören, was sie zu sagen haben.« Gehorsam lößte er den Knoten, und Finn spürte erleichtert, wie der Druck in seinen Mundwinkeln nachließ. Seine ausgetrocknete Zunge bewegte sich mühsam, als er versuchte, sie zu befeuchten. »Geh jetzt!«, wies Jessi den Mann, in einem Ton der keinen Wiederspruch erlaubte, an. Pierre salutierte, indem er seinen rechten Arm leicht vom Körper abspreizte und die Faust in die Luft streckte. Dann drehte er sich abrupt um und verließ das Zelt ohne ein weiteres Wort. »Du kommst aus Sternenfall«, stellte Finn fest, der den Gruß der Paladine erkannte. Mit einem Nicken bestätigte die Orkfrau.

»Mein Name ist Jez'zi, aber alle nennen mich Jessi, weil sie die Namen der Schädelknacker nicht aussprechen können und wie du schon festgestellt hast stamme ich aus Sternenfall. Vor dem Krieg war ich dort eine angesehene Schmiedin.«

»Und was machst du jetzt hier?« Mila fixierte Jez'zi mit festem Blick und sah ihr direkt in die dunkel braunen, fast schwarzen Augen.

»Wie du wahrscheinlich weißt, steht Sternenfall unter Belagerung, die Scheiß-Paladine aus Goldhaus metzeln alles nieder, was keine goldene Rüstung trägt. Für mich gab es also in der Stadt nichts mehr zu holen und so beschloss ich zusammen mit einigen Freunden zu verschwinden um mein Glück in einer anderen Stadt zu suchen«, antwortete sie mit spürbarem Zorn in ihrer Stimme. »Leider hat es außer Darun und mir niemand von diesen Schwächlingen geschafft.«

Jaz'zi brauchte einen Moment, bevor sie weiter erzählt: »Als wir in diesem Lager ankamen, waren wir schockiert über das Elend, das hier herrscht. Es dauerte nicht lange, bis Darun und ich die wenigen, die noch nicht gebrochen waren, hinter uns versammeln konnten.«

»Warum erzählst du uns das alles?«, unterbrach Mila sie.

Die Orkin warf dem Mädchen einen finsteren Blick zu. »Schweig und hör zu!«, schrie sie, bevor sie ruhig weiter erzählte. »Es wurden immer mehr, die nicht damit einverstanden waren, dass sich die Bewohner der Stadt hinter ihren Mauern verschanzen und uns mit Almosen aus fast verdorbenem Essen ruhig halten wollen. In den letzten Wochen haben wir also einen Plan entwickelt, um Druck auf den Bürgermeister auszuüben. Meine Spione aus der Stadt haben mir berichtet, dass der Bürgermeister vorhat, das Mädchen, das er zu Beginn des Krieges als Hausmädchen angestellt hat, bald mit den ersten Essenslieferungen zu schicken. Wir beobachteten eure Routen, wir beobachteten, wie viele Wachen mit dir kommen und wie lange du dich im Lager aufhälst. Also stifteten wir Unruhe und versetzten die Wachen in Alarmbereitschaft, so dass sie vermuten konnten, dass die Boten in Gefahr wären. Mit eurer Entführung haben wir dann dafür gesorgt, dass ihre Sorge Wirklichkeit wurde.«, ein grimmiges Lächeln umspielte ihre Lippen.

»Und was habt ihr jetzt vor? Glaubt ihr wirklich, dass der Bürgermeister euch in die Stadt lässt, wenn ihr sein Hausmädchen und einen Schiffsjungen als Geiseln habt?«, Mila versucht ihre Stimme ruhig zu halten, doch Finn hörte ein leichtes Zittern.

»Der Bürgermeister ist ein so netter Kerl, dass er niemanden sterben lassen wird, der aus seiner Stadt kommt. Während wir sprechen, erhält Ignatz von Darun die Köpfe der beiden Wachen mit einer Botschaft, dass ihr euch bei uns befindet.«, Jaz'zi stand auf und ging langsam in Richtung der beiden. »Aber vielleicht ist es eindrucksvoller, wenn ich noch von jedem von euch einen Finger hinterherschicke.«, sie lachte und griff nach Finns Handgelenk. Der machte einen Schritt nach hinten, doch Jaz'zi bekam seinen Arm denoch zu greifen und brach in lautes Gelächter aus.

»Ich mache nur Spaß. Erstmal warten wir auf die Antwort von Ignatz. Bis dahin werdet ihr hübschen hier bei mir bleiben und wir unterhalten uns.«, sie ließ seine Hand los, drehte sich von den beiden weg und ging langsam zurück zu ihrem Thron.

»Mila, wann bist du nach Mondkap gekommen?«, fragte sie wissbegierig.

»Vor etwa zwei Monaten«, antwortete sie kühl.

»Gab es damals schon das Flüchtlingslager?«

»Nein, das entstand erst einige Zeit später, ich glaube kurz nach dem Angriff auf Sumpfkap«, Mila versuchte so wenig Informationen wie möglich an sie zu geben.

»Nicht ganz, aber fast. Nachdem Altenberg als erstes gefallen ist, noch kurz vor Ausbruch des Krieges, versuchten die Überlebenden sich durch die alten Berge nach Silberhafen zu flüchten, doch wurden von dort vertrieben.«, erklärte Jez'zi. »Ihnen blieb nicht viel, außer mit einem Schiff, das ihnen Silberhafen zur Verfügung stellte, an der Küste entlang zu segeln um eine Zuflucht zu finden.«

»Silberhafen soll irgendwelchen Flüchtlingen ein Schiff gestellt haben?«, deutlich verduzt starte Finn die Orkin an.

»Es war die einzige Option, mit der der Stadtrat nicht als Bande von Hurensöhnen dastand, also stellten sie sich als gütige Ratsherren hin und gaben den armen Flüchtigen ein Schiff mit Vorräten, um sie aus der Stadt zu bekommen.«

»Das klingt wie etwas, das die Stadträte tun würden.«, musste er zugeben.

»Aber was bei den Göttern hat das mit uns zu tun?«, zischte Mila.

»Gar nichts, ich verkürze nur die Wartezeit, indem ich euch erzähle, wie dieses Lager entstanden ist.«, sagte Jez'zi seelenruhig.

»Wo war ich stehen geblieben? Ach ja: Nachdem die Flüchtlinge Altenbergs mit dem Schiff der Ratsherren eine Zeitlang unterwegs waren, erreichten sie die Küste von Sonngrad, südlich von Goldhaus. Die dort lebenden Zwerge ließen sie jedoch nicht in den Hafen, denn sie wollten nichts mit den Flüchtlingen und dem Krieg zu tun haben.«

»Komm endlich zum Punkt!«, knurrt Mila.

»Warum denn die Eile? Bis Darun zurückkommt, kann es noch einige Stunden dauern. Aber wenn du die Geschichte nicht hören willst", Jez'zi schlug die Beine übereinander und verschlang die Finger ineinander: »erzähl mir doch etwas von dir, Mila.«

»Nein!«, trotzig verschränkt sie die Arme vor der Brust.

»Und was ist mit dir, Piratenjunge?«

Mila warf ihm einen vernichtenden Blick zu, der ihn zum Schweigen zwang.

»Also möchte keiner von euch beiden etwas zu dieser Unterhaltung beitragen? Dann lasst es, doch vielleicht wollt ihr ja wissen, was ich mit der Stadt vorhabe, wenn wir erst durch das Tor können.«, ihr breites Lächeln wurde nun wieder von dem düsteres Grinsen abgelößt.

»Was sollst Du schon vor haben? Du wirst die Stadt plündern, das hast Du doch im Blut.«, platzte es aus Finn heraus.

»Große Worte für einen Piraten.«, konterte Jez'zi. »Aber nicht ganz falsch. Ich möchte, dass meine Flüchtlinge in die Stadt kommen, damit sie endlich nicht mehr hungern müssen.«

»Und was ist mit den Bewohnern der Stadt?«

»Die haben lange Genug wie die Maden im Speck gelebt. Sollen sie doch sehen wie es ist, in einer Zeltstadt zu leben, die nicht mal das mindeste zur Verfügung stellt!«, Finn zuckte unwillkürlich zusammen, als er einen orangenen Schimmer über die Augen der Orkfrau zu ziehen glaubt.

Mila warf ihm einen fragenden Blick zu, versuchte sich aber nichts anmerken zu lassen.

»Die Bürger der Stadt haben die letzten Monate alles was sie zu entbehren hatten zu euch ins Lager gebracht, wie könnt ihr es wagen zu behaupten, dass sie wie Maden im Speck gelebt haben?«, der Zorn in Milas Stimme erschrack Finn.

»Es war nie genug!«, donnerte Jez'zi, die Wut in ihrer Stimme hallte durch den Raum und ließ die Wände vibrieren. »Jeder von uns hungert, die Welpen wachsen nicht mehr!«

»Krieg! Jez'zi, es herrscht verdammt nochmal Krieg! Die Leute können froh sein, dass sie überhaupt noch am Leben sind!«, brüllte Mila, das Gesicht so rot, dass Finn dachte, es würde jeden Moment bersten. Jez'zi sprang auf, machte zwei schnelle Schritte nach vorne und drückte Mila die kühle Klinge einer Axt an die Kehle. »Für wen hältst du dich, Mädchen?« Ihre Augen funkelten vor Wut, während sie ihr die Worte förmlich ins Gesicht spuckte.

Mila versuchte, sich zu wehren und unter der Waffe wegzuducken, doch die Orkfrau war schneller und packte sie, unter einem lauten Schrei, an den Haaren.

»Lass sie los!«, schrie Finn panisch, während das Adrenalin in seinen Adern pulsierte. Jez'zi wendete sich dem Jungen zu und fauchte : »Sonst was, Knirps?«

Jäh kochte Wut in ihm auf. Warum nahm ihn nur nie jemand ernst? Dunkle Energie floß durch seinen Körper und sammelte sich an seinen Händen. Er machte einen Satz nach vorne und schlug der Orkfrau mit einer von zuckenden Wirbeln umgebenden Faust ins Gesicht, direkt zwischen ihre beiden großen, gelben Hauer. Erschrocken ließ sie Mila los und taumelte nach hinten. Mit aufgerissenen Augen hielt sie sich die blutende Nase und nuschelte: »Was soll das werden?«

»Lass uns gehen!«, schmetterte Finn die Orkfrau an. »Oder willst du sterben?«

Es dauerte einige Augenblicke, bis Jez'zi sich wieder gesammelte und laut zu lachen begann: »Du willst wirklich kämpfen? Das kannst du haben!«

Sie ließ die Axt fallen, hob die Fäuste und sprinntete mit einer Geschwindigkeit auf Finn zu, die ihn völlig überraschte. Die ersten beiden Schläge trafen seine ungeschütze Magengrube und raubten ihm die Luft, der nächste mit dem Ellenbogen seinen Nacken und er schlug benommen mit den Knien auf den Boden.

»Finn!«, kreischte Mila. Er wollte sich noch zu ihr drehen, doch als er seinen Kopf sich drehte trat Jez'zi ihm mit dem, von einer Stahlplatte geschützen, Schienbein frontal ins Gesicht. Er hörte das Knacken seines Nasenbeines noch bevor er das Blut schmeckte und er verlassen von der Seelenfeuer, mit einem Gefühl der Machtlosigkeit, nach hinten über schlug hart mit dem Hinterkopf auf dem Boden aufkam.

***

Als er die Augen aufschlug, sah er zuerst Milas besorgtes Gesicht, das noch blasser war als sonst. Ihre grünen Augen waren gerötet, als hätte sie geweint und rotes Haar hing ihr in feuchten Strähnen ins Gesicht.

»Du bist wach!«, flüsterte sie erleichtert beim Anblick seiner sich langsam öffnenden Augen. »Du bist wach.«
Erleichterung breitete sich von den Augen

über ihr ganzes Gesicht aus, bevor sie wütend los schimpfte: »Wie dumm bist du eigentlich? Was hast du erwartet, passiert, wenn du gegen einen ausgewachsenen Ork kämpfst?«

»Ich wollte nicht, dass sie dir weh tut«, murmelte er und fasste sich an seine schmerzende Nase, sein Körper schrie vor Schmerz, als er sich bewegte doch gelang ihm mit Milas hilfe irgendwie sich auf zu setzen.

»Ist ja herzallerliebst ihr beiden, aber ich hätte schon mehr erwartet, als ich dieses komische Wirbeln um deine Hände gesehen habe. Ganz schön enttäuschent.«, Jez'zi blickte mit verschränkten Armen verächtlich von oben auf ihn herab. »Was war das überhaupt?«
»Ist doch egal.«, sagte Finn. »Sprich lauter, ich verstehe nichts!«, blaffte ihn die Orkin an.
»Es ist doch egal, was das war.«, wiederholte Finn, dieses mal etwas lauter.
»Ich will es wissen. Sag es mir!«, befahl Jez'zi und klang dabei fast wie ein Kind, dass nicht

seinen Willen bekam.

Bevor Finn antworten konnte, öffnete sich rascheln der schwere Vorhang am Eingang des Zeltes und ein Zwerg mit schwarzem, kunstvoll geflochtenen Bart und vernarbten Gesicht betrat mit schweren Schritten das Zelt, in der schwarzen Lederrüstung der Stadtwache von Sternenfall.

Er blieb vor Jez'zi stehen, salutierte mit dem Gruß Sternenfalls und widmet weder Finn, noch Mila eines Blickes.

»Sei gegrüßt Oberanführerin. Ich habe deine Botschaft überbracht.«, die Stimme des Zwerges war so hoch und kalt, dass sie Finn fast in den Ohren schmerzte.

»Sei gegrüßt Darun.«, auch Jez'zi salutierte. »Haben sie reagiert wie erwartet?«

»Zuerst wollten sie mich nicht in die Stadt lassen«, berichtete der Zwerg. »Aber als ich ihnen die Köpfe der Wachen brachte und sagte, dass ich die Kinder gefangen halte, brachten sie mich sofort zum Bürgermeister. Ich habe Ignatz und seinen Gästen die Botschaft überbracht: Lasst uns in die Stadt, oder die Kinder sterben!«, erklärte der Zwerg weiter. »Ignatz wollte sofort das Tor öffnen, wurde aber von einer weißhaarigen Frau unterbrochen. Sie überzeugte ihn, die Tore geschlossen zu halten.«

Finn schauderte. Was hatte Deana getan?

»Was hat die Frau genau gesagt?«, fragte Jez'zi.

»Sie war sich sicher, dass die Kinder alleine zurückkommen werden.«

»Lächerlich!«, rief Jez'zi. »Darun, bring sie zurück zum Pfahl und stelle sie so hin, dass man ihr Geschrei in der Stadt hört. Verschwindet, alle!«

Darun nickte, salutiert erneut und drehte sich um. »Aufstehen!«, schnauzte er die beiden Jugendlichen an.

Als Mila Finn aufhalf, flüsterte sie ihm ins Ohr: »Gehorchen wir erstmal. Die anderen haben bestimmt einen Plan.«
»Hört auf zu flüstern! Aufstehen!«, brüllte Darun und spuckte dabei. Der Zwerg griff Finn am schmerzenden Arm und riss ihn unter Schmerzensschreien nach oben.
Er schubste sie aus dem Zelt und führte sie

durch den Regen der Zeltstadt. In der Dunkelheit die nur vom Mond, der immer wieder durch die Wolken brach und dem flackernden Licht einiger Fackeln erhellt wurde war Finn sich sicher, dass sie eine andere Route einschlugen, als die die sie gekommen waren.
Seine Vermutung bestätigte sich, als sich aus dem Dunkel der Nacht der Umriss des Stadttors abzeichnete und sein Blick auf zwei Holzpfähle fiel, die in der Nähe sichtbar waren, die ebenfalls von Fackeln beleuchtet wurden

»Los, an die Pfähle«, knurrte Darun kalt. Schweigend fügte sich Mila und begab sich an den Pfahl um sich die Hände hinter dem Rücken fessel zu lassen. Der Zwerg unternahm keinen Versuch, ihm einen Knebel in den Mund zu stecken, griff aber nach Finns Schulter und drückte ihn in Richtung des Pfahls, dann wurden auch ihm werden die Hände mit einem groben Hanfseil auf dem Rücken gefesselt.

»Schreit so laut ihr könnt, Ignatz soll euch hören.«, höhnte er, während er die beiden gefesselt im stetigen Nieselregen zurück ließ und sich lachend langsam in die Nacht entfernte

Der Künstler

Nachdem der Regen sie bis auf die Knochen durchnässt hatte, kämpfte sich nun die Morgensonne über den Horizont, doch anstatt sie zu wärmen, ließ sie die nassen Kleider nur unangenehm klamm an ihren Körpern kleben. Der Wind, der über das Lager strich, war kalt, aber Finn spürte ihn kaum noch.

Seine Beine waren taub.

Ein brennendes Kribbeln zog sich durch seine Muskeln, zuckte wie tausend Nadeln unter seiner Haut, ließ ihn immer wieder die Zehen bewegen, um sicherzugehen, dass sie noch da waren.

Mila stand neben ihm, den Blick fest auf das ferne Stadttor gerichtet, seit dem Kampf mit der Oberanführerin hatte sie kein einziges Wort mit ihm gewechselt, als hätte sie vergessen, dass er noch existierte.

»Mila, was machen wir jetzt?«

Er wusste nicht, das wievielte Mal er diese Frage in dieser Nacht stellte. Zehnmal? Zwanzigmal? Die Hoffnung darauf, eine Antwort zu bekommen, war längst aus seiner Stimme verschwunden.

Nichts.

Kein Zucken, kein Blinzeln, nicht einmal eine angedeutete Reaktion.

Sie standen immer noch gefesselt an den Pfählen, während um sie herum die Zeltstadt erwachte, ein dumpfes Gemurmel, das aus allen Richtungen auf sie einprasselte, Stimmen, Lachen, Schritte, das Knistern von Feuerholz, das dumpfe Klappern von Töpfen, ein ganz normales Leben, das sich direkt vor ihren Augen abspielte und doch so weit von ihnen entfernt war, dass es genauso gut in einer anderen Welt hätte existieren können.

»Wie lange sind wir schon hier?«

Er murmelte die Worte mehr zu sich selbst als an Mila gerichtet, doch auch diesmal kam keine Antwort.

Die Wut kam plötzlich.

»Warum redest du nicht mit mir?!«

Die Worte platzten aus ihm heraus, lauter, schärfer, als er es wollte, zerrissen den Morgen, drangen in den Lärm der Stadt und prallten dort ab, als hätte sie niemand gehört.

Mila bewegte sich nicht. Kein Blinzeln, kein Zucken, als wäre sie nicht mehr da.

Finns Wut verpuffte so schnell, wie sie gekommen war, ließ ein unangenehmes Ziehen in seiner Brust zurück, eine Scham, die ihm heiß ins Gesicht stieg.

»Tut mir leid«, murmelte er, erschrocken über seinen eigenen Ausbruch. »Ich wollte dich nicht anbrüllen.«

Er wartete auf eine Reaktion. Irgendeine. Doch Mila stand nur da, die Fesseln um ihre Handgelenke eingeschnitten in die Haut, den Blick immer noch auf das Tor gerichtet.

Dann, hinter den Mauern von Mondkap, ertönte ein Horn.

Ein dumpfer, tiefer Ton, der durch das Lager rollte wie ein ferner Donner.

Finns Herz machte einen Sprung.

»Hörst du das? Sie kommen uns holen!«

Erleichterung überspülte ihn, ließ ihn für einen Moment vergessen, wie erschöpft und kalt er war. Er schloss die Augen, atmete tief durch, als könnte er den Geschmack von Rettung bereits in der Luft riechen.

Aber niemand kam.

Minuten verstrichen, schwer wie Stunden, und mit jeder einzelnen, die verging, ohne dass sich das Tor öffnete, sank die Hoffnung tiefer in seine Magengrube, ein schwerer, klammernder Knoten, der sich um seine Rippen legte und langsam zuzog.

Das Tor blieb geschlossen.

Niemand kam.

Langsam wurde es ihm bewusst, ein Gedanke, der sich erst leise regte, dann größer wurde, lauter, schärfer, bis er ihn überrollte und seine Kehle zuschnürte.

»Warum kommen sie nicht?«

Seine Stimme klang anders jetzt, keine Wut mehr, kein Trotz, nur Angst.

Erst war es nur ein Flüstern, dann ein heiseres Murmeln, dann brach es aus ihm heraus, brüllend, flehend, panisch.

»Warum kommen sie nicht?! Bitte, helft uns!«

Doch seine Schreie ertranken in den Geräuschen des Lagers, gingen unter zwischen dem Stimmengewirr, dem Klappern, dem Leben, das sich weiterdrehte, als wäre nichts passiert.

»Halt die Klappe!«, fauchte Mila ihn durch sein Wimmern an. »Dein rumgeheulte bringt uns nicht weiter« die Freude darüber, dass sie mit ihm sprach überwog die Angst und als er sah, dass sie ihre Hände frei bewegen konnte, musste er einen Jubelschrei unterdrücken.

»Wie hast du das geschafft?«, staunte er, mit

leicht geöffnetem Mund.

»Erkläre ich dir, wenn wir wieder in Mondkap sind.«, flüstert sie, während sie begann auch seine Fesseln zu lösen.

»Komm, wir müssen uns beeilen!«, raunte sie ihm ins Ohr, als sie den Knoten gelößt hatte und zog den Jungen hinter sich her. Finns taube Beine gaben jedoch unter der plötzlichen Bewegung nach und er landet im Matsch des Flüchtlingslagers.

»Steh auf, bevor eine von den Wachen sieht das wir nicht mehr da sind.«, hektisch sah Mila sich um und versuchte ihn am Arm hochzuziehen, ohne Erfolg, denn erneut gaben seine Beine unter ihm nach und er landete wieder auf dem Boden.

»Geh Mila, hol die anderen und holt mich dann irgendwie hier raus. Besser sie erwischen nur einen, als uns beide.«, keuchte Finn in einem nicht sehr überzeugenden Anflug von Heldenmut.

»Du glaubst doch nicht ernsthaft, dass Jez'zi dich am Leben lässt, wenn sie sieht, dass ich weg bin. Los, hoch jetzt!«, Mila presste die Worte so druch ihre Lippen, dass Finn sich konzentrieren musste alles zu verstehen.

»Steh jetzt auf, Verdammt!« fluchte sie. »Bevor sie uns erwischen!« Irgendwie gelang es Mila ihn auf die Beine zu hiefen, doch es kostete ihn unmengen an Kraft sich auf den Beinen zu halten. »Geh ohne mich!«, ächzte er. »Sie erwischen lieber nur einen von uns!«

»Nein!«, protestierte sie. »Ich lasse dich nicht hier!«

Sie griff ihm unter die Schulter um ihn zu stützen, so kamen sie vorwärt. In der Stille die sich über die beiden gelegt hatte war nur ihr schweres Atmen zu hören, bis Mila flüsterte : »Hörst du das? Es ist viel zu still.«

»Zu still? Stille ist doch gut, dann verfolgt uns niemand.«, flüsterte Finn zurück.

»Zu viel Stille ist aber auch nicht gut. Lass uns versuchen weiter in Richtung des Stadttores zu kommen. Was machen dein Beine? Kannst Du laufen?«

Der Junge lößte sich von Milas Schulter und versucht auf zu stehen, seine Beine fühlten sich noch schwammig an, aber er sagte : »Ja, es wird schon gehen«

Sie beschleunigten ihre Schritte gemeinsam und schlichen, so schnell es der

Aufgeweichte Boden zu ließ, durch das Zeltlager, immer näher auf das, freiheit versprechende, Stadttor zu, als sie plötzlich ein lautes, diabolisches lachen hinter sich hörten.

»Dachtet ihr wirklich, dass es so einfach wäre?«, die eisige Stimme Daruns jagte Finn einen Schauer über den Rücken. Entsetzt blieb er stehen.

»Was machst du da? Lauf!«, rief Mila, die auch von Panik gefasst wurde, doch sie blieb nicht stehen und entfernt sich immer weiter von dem erstarrten Finn. Erst ein Zischen an seinem Ohr riss ihn aus seiner Starre. Der Pfeil, der knapp an ihm vorbeigezischt war, schlug von hinten in Milas Schulter ein und ließ sie schreiend zu Boden gehen.

Finn wollte los sprinten um ihr zu helfen, doch ein kräftiger Tritt in den Rücken sorgte dafür, dass sein Plan im Keim erstickt wurde und er zum dritten Mal im Matsch landete.

»Wegen euch habe ih Geld verloren, ihr seid nicht mal ansatzweise so weit gekommen, wie ich dachte«, höhnte Darun und warf seinem einem seiner Ork-Begleiter ein klimperndes, braunes Ledersäckchen zu.

Dieser packte Finn an den Haaren und zog ihn hoch, so nah, dass der stinkenden Atem des Rebellen, ihm fast die Luft raubte.

Dann zwang sein Wächter ihn mit einem kräftigen Ruck an seinem Haar, zu Mila zu schauen, die sich vor Schmerzen windend am Boden lag. Er musste hilflos zusehen, wie Darun auf sie zuging, sie packte und sich über die Schulter warf. Trotz ihres heftigen Strampelns hielt der muskulöse Zwerg sie ohne Probleme fest. Sie brüllte und fluchte, doch Darun ignoriert sie mit einem breiten, düsteren Lächeln, als würde er ihre schreie genießen.

Als der Zwerg an Finn und seinem Wächter vorbei geht, sucht er Milas Blick, doch konnte er in ihren Augen nur Verachtung erkennen und wand sich ab, in dem er den Kopf hängen ließ.

Der Ork folgte Darun und zog Finn an den Haaren hinter sich her, vorbei an den Zelten die sie gerade passiert hatten, vorbei an spielenden Kindern und vorbei an den leeren Blick der Bewohner des Dorfes. Niemand hielt die beiden Männer auf, niemand achtet auf das Schreien und Fluchen des Mädchens auf Daruns Schulter.

Es dauert einige Minuten, bis sie ihr Ziel erreichten. »Er bringt uns nicht zurück.«, dachte Finn und sollte mit seiner Annahme recht behalten, denn als der Ork ihm schmerzhaft die Hände auf dem Rücken verdrehte um ihn sicher zu halten, sah er, dass sie zurück an den Pfählen waren, an denen sie vor ihrem Gespräch mit Jez'zi gefesselt waren.
Darun schleudert Mila so achtlos von seinem Rücken, dass sie mit einem lauten klatschen auf dem Boden aufschlug, kein Laut entwich ihren Lippen. Erst als Darun sie nach oben reißen wollte, spuckte sie ihm ins Gesicht.

Der Zwerg reagiert Blitzschnell und trat nach Mila, traff sie mit seinem matschigen Stiefel mitten ins Gesicht und schickte sie zurück auf den Boden.

»Lass sie in Ruhe, du Mistkerl!«, brüllte Finn, selbst überrascht von dem Mut, den die schlummernde Kraft in ihm entfacht hatte. Kaum hatte er den Mund geschlossen, traf ihn ein harter Schlag des Orks von hinten am Kopf. Benommen taumelte er einige Schritte nach vorne, der Schmerz rauschend in seinen Ohren. Doch dieser Schlag war es, der das Kribbeln des Seelenfeuers in ihm endgültig freisetzte.

Finn ließ es, ohne zu zögern geschehen. Die Magie sammelte sich in seinen Händen und pulsierte dort in zuckenden Wirbeln. Er spürte, wie sie sich durch seinen Körper zog, stärker und intensiver noch, als bei dem Kampf mit Jessi. Mit einem entschlossenen Sprung stürzte er nach vorne und schlug dem Zwerg die Faust ins Gesicht, die Macht des Seelenfeuer in seinen Adern brennend.

Darun taumelte rückwärts, holte gleichzeitig selbst zum Schlag aus, doch Finn wich ihm in einer fließenden, instinktiven Bewegung aus.

Mutig richtete Finn sich auf, fixierte den Zwerg, der ihm kaum bis zur Brust reichte, und sah ihm fest in die Augen. »Lass uns in

Ruhe, lass uns gehen!« forderte er, seine Stimme zitterte kaum mehr.

Darun lachte höhnisch unter seiner gebrochenen Nase. »Weil du mich einmal geschlagen hast, denkst du wirklich, ich lasse euch einfach laufen?« Er wischte sich mit dem Arm über die blutige Lippe. »Taruk, kümmer dich um die beiden. Wenn ich zurückkomme, sollen sie winseln wie geprügelte Hunde. Verstanden?«

Als Darun sich abwenden wollte, setzte Finn ihm nach und schlug ihm mit seiner vom Seelenfeuer verstärkten Hand in den Nacken. Doch der riesige Ork Taruk reagierte fast genauso schnell. Mit einem gewaltigen Griff packte er Finns Handgelenk und versuchte, ihm den Arm auf den Rücken zu verdrehen. Finn konnte sich im letzten Moment mit einem kräftigen Ruck und einem Sprung nach hinten befreien, bevor der Ork die Oberhand gewann.

Wütend fletschte Taruk die Zähne, seine gelben Hauer blitzten im Licht der morgendlichen Sonne. Der Ork überragte

Finn um fast zwei Köpfe, seine muskulösen Arme waren von unzähligen Narben gezeichnet – und unweigerlich kehrten die Erinnerungen an die Nacht in Nebulosia zurück. Die Nacht, die ihm alles genommen hatte. Der riesige Ork, der ihn wie ein Kind über Bord geworfen hatte, die Leiche seines Mentors, der Gestank von Flammen und Blut.

Mit einem markerschütternden Schrei stürmte Finn unter einem wilden Schwinger des Orks hindurch und rammte ihm mit aller Kraft die Faust in den Bauch. Taruk grunzte überrascht, doch Finn ließ nicht locker. Er schlug und trat weiter, seine Bewegungen waren schnell und präzise – wie die eines gewissen Halbdrachens.

Sein Gegner versuchte, seine massigen Arme als Schild zu nutzen, doch Finn fand immer wieder eine Lücke. Er traf den Ork an der Schläfe, am Kinn, an der Nase. Blut spritzte, doch Taruk wich nicht zurück. Er brüllt vor Wut und schlug wild um sich, Finn war in seinem rausch jedoch zu flink für die bullige Gestallt.

Doch ein Moment der, seiner arroganz geschuldeten, Unaufmerksamkeit reichte aus : Finns Arm wurde gepackt und der Krieger schleuderte ihn zu Boden. Hart landete er auf dem auf dem schlammigen Untergrund, die Luft blieb ihm weg und bevor er sich aufrappeln konnte, stand Taruk schon über ihm, seine Pranke erhoben sich zu einem letzten, vernichtenden Schlag.

Noch war der Junge aber nicht geschlagen, aufgeben keine Option für ihn. Er rollte sich geschickt zur Seite, gerade noch rechtzeitig um Taruks Faust auf den Boden krachen zu lassen. Der Ork fluchte laut und versuchte, sich aufzurichten, nur war Finn schneller : Er stieß sich vom Boden ab, sprang auf und schlug Taruk mit einem Aufwärtshaken, der seinen Gegener sofort taumeln ließ, unters Kinn; seine Augen weiteten sich vor Überraschung.

Finn nutzte den Moment gnadenlos aus und landete eine Serie von Schlägen an Taruk, jeder einzelne verstärkt durch das Seelenfeuer, das in ihm tobte, als hätte es

Jahre gewartet befreit zu werden. Taruk stöhnte vor Schmerz und seine Deckung brach endgültig zusammen. Mit einem letzten zornigen Schlag landete Finns Hand im Gesicht des Orks und der Junge spürte das heißte Blut im Gesicht, als der Schädel seines Kontrahenten mit einem ekelerregenden Geräusch barst.

Bevor Finn seinen Sieg feiern konnte, spürte er einen sengenden Schmerz in seiner Wade, gefolgt von einem Gefühl der Machtlosigkeit. Er blickte zu der Stelle von der der Schmerz auszugehen schien und sah einen schwarzen Pfeil aus seinem Bein ragen. Schmerz und Schock rissen ihn vollends aus seiner Kampftrance und er schrie schmerzerfüllt auf. Der Zwerg, der den Kampf beobachtet hatte, ging mit ruhigen, fast bedächtigen Schritten auf den panischen Finn zu und schlug ihm einmal kräftig auf die Seite seines Halses, sodass dem Jungen augenblicklich schwarz vor Augen wurde.

Erst Milas Schreie rissen Finn die Augen

wieder auf. Alles in ihm schrie, dass er ihr helfen müsse, doch konnte er sich nicht bewegen. Fesseln schnitten in seine Handgelenke und verhinderten jeden Versuch dem Mädchen zu helfen. Er schaute sich hektisch nach ihr um, ihn die Richtung aus der die geqäualten Laute kamen und sah, wie Darun Mila mit einem abgebrochenen Pfeil folterte. Er ritzte ihr in die Oberarme, ohne ihr Fragen zu stellen.

»Lass sie in Ruhe, du Bastard!«, brüllte Finn.

Unbeeindruckt von seinem Gebrüll, setzte der Zwerg, mit einem vergnügten Lächeln, sein sadistisches Spiel fort. Mila stöhnte vor Schmerz auf, als er mit der Präzision eines Künstlers, der den letzten Pinselstrich an seinem Meisterwerk setzt, einen weiteren tiefen Schnitt auf ihrem Bauch hinterließ. »Schrei ruhig, Schmerz ist vergänglich. Er ist nur ein Schritt auf dem Weg zur Vollkommenheit. Aria wird dich segnen. Sie muss sehen, sie muss hören was ich für sie tue. Also schrei ruhig, genieße den Schmerz!« Die Augen des Zwerges leuchteten in einem hellen Orange, während er das blutende Mädchen beobachtete.

Mila schaute im hasserfüllt ins Gesicht : »Du bist völiig Wahnsinnig!", rief sie ihn, bevor sie versuchte ihm blutig ins Gesicht zu spucken.
Der Zwerg lächelt das Mädchen, weiter, fast liebenswürdig an : »Warte ab bis Du dich im Spiegel sehen kannst. Dann wirst Du verstehen, ich habe dich noch schöner gemacht!«
Darun wandt sich von ihr ab und schritt in Richtung des Jungen : »Sieh hin, sieh wie schön ich deine kleine Freundin gemacht habe.« Er riss an Finns Haar und dreht ihn in Richtung Milas. Das Gesicht ganz nah an Finns gedrückt hauchte er : »Siehst Du es?«, der faulige Mundgeruch nach Blut, altem Essen, Alkohol und ungepflegten Zähne holte in Finn wieder düstere Erinnerungen hoch, die in für einen Augenblick aus der grausigen Szenerie saugten.

»Ach Bursche, Du bist wirklich der Sohn deiner Mutter.«, lallt der Bootsmann, als er sich die

237

dreckige Hose wieder nach oben zieht.
Der Junge, immer noch auf allen vieren, setzt
sich hin. Den nackter Hintern auf dem
kratzigen Holzboden des Schiffes. Die
Schmerzen nach dem der Bootsmann mit ihm
fertig waren, waren die ersten male schlimm
gewesen, doch nach einigen Malen hatte er
zumindest nicht mehr geblutet. Doch war das
kühle Holz trotzdem einer Erleichterung nach
dem brutalen Berührungen des betrunkenen.
»Warum sitzt Du noch da? Geh mir jetzt einen
Grog holen, Du weißt doch, dass ich den
danach brauche.«, blafft der Mann.

Eine deftige Ohrfeige holte ihn aus seinen
Erinnerungen. »Ich habe dich etwas
gefragt.«, zischte Darun und seine Augen
glühten noch intensiver.
Benommen schaute der Junge den Zwerg
an: »Ja natürlich.« antwortet er tonlos.
»Was natürlich? Ich habe gefragt, wie viel
uns der Bürgermeister wohl für euch zahlen
wird.«, nocheinmal schlägt er zu.
Finn spuckte Blut und etwas hartes aus,
vielleicht einen seiner Zähne.

»Er wird nichts zahlen!«, hörte er Milas geqäulte Stimme. »Ich habe nicht mit dir gesprochen, Göre!«, fuhr der Zwerg sie an. Das Mädchen spuckte erneut in Richtung des Foltermeisters, der mit einem Hieb in ihr Gesicht antwortete. »Es wäre eine Schande, wenn du mich zwingst mein Kunstwerk zu zerstören.", drohte er.
»Dein Kunstwerk Du Scheusal? Halt dein Maul und mach mich los, ich bringe dich um, genau so wie deinen Kumpel!«, die Wut mit der Finn den Zwerg anbrüllt, sorgte dafür, dass das Seelenfeuer in seinem Körper wieder pulsierte.
Die Energie sammelte sich wieder in seinen Händen und er versuchte den Knoten der ihn an den Pfahl fesselt zu zerreisen. Doch die Fesseln waren zu stabil um sie zu sprengen, wütend stampft Finn auf den Boden und brüllte laut auf. »Interessant, dir scheint das Mädchen wirklich wichtig zu sein. Wollen wir doch mal gucken, wie stark Du werden kannst.« Selbst mit seinen kurzen Beinen war der Zwerg mit wenigen Schritten wieder bei Mila. Er nahm ihr blutverschmiertes Gesicht in seine Hand

und blickte das, was er für ein Kunstwerkhielt, fast liebevoll an, bewegt sie hin und her, als würde er nach Unreinheiten suchen.

»Du krankes Schwein, lass sie in Ruhe!«, der Junge tobte vor Zorn, als der Zwerg erneut den blutigen Pfeil in Milas Gesicht ansetzte. »Halt's Maul, Stör niemals einen Künstler bei der Arbeit!«, fauchte Darun zurück, verfiel aber sofort wieder in gemurmel : »Schrei ruhig, der Schmerz ist ein Geschenk der Göttin. Sie sieht dein Leiden, sie hört deine Schreie und freut sich an deinem Opfer. Also schrei ruhig, denn dein Schmerz ist Musik in ihren Ohren!«
Finn versuchte nocheinmal sich zu befreien, doch die Fesseln waren zu fest. Er zerrte und zog, bis warmes Blut seine Handgelenke heruntertropfte, doch es war aussichtslos. Die Angst um Mila ließ das Seelenfeuer in ihm noch weiter brodeln, die dunkle Energie in ihm immer wurde immer ungeduldiger. Sie begann sich in seinen Händen aufzustauen und nach einem Ventil zu suchen. »Ich bring dich um!«, drohte er, doch Darun lachte nur höhnisch: »Du

kannst gar nichts tun, Bursche. Du bist ein elender Wurm, der nicht mal den Dreck unter meinen Stiefel wert ist.« Sein Lachen wurde von den Schreien Milas und der Verzweiflung in Finns Blick nur angefeuert. Erst als eine tiefe Stimme sagte : »Darun, es reicht jetzt. Genug für Heute.", Jez'zi von hinten an das Geschehen heran trat und dem Zwerg die schwielige Hand auf die Schulter legte, hörte er zögerlich mit der Folter auf.

»Jez'zi bitte, die Göttin braucht ihre Opfer!«, Darun flehte sie beinah an.

»Morgen darfst du weiter für deine Göttin arbeiten, wir haben nichts von den Kindern, wenn sie tot sind.«, sagte sie, wie eine Mutter die ihr Kind zum Essen holen will. Er ließ traurig den Kopf hängen, machte einen Schritt zurück und ohne ein weiteres Wort entfernten sich die beiden mit schweren Schritte.

»Mila?«, flüsterte Finn. Doch erhielt er mal wieder keine Reaktion. Als er sich ihr zuwendet um sie wütend über ihre Sturrheit anzubrüllen, sah er wie ihr Kopf nach unten hing und blutiger Speichel aus ihrem zerschnittenen Mund tropfte.

»Mila!«, brüllte er, dieses mal lauter. Die Brust des Mädchens hob und senkte sich schwach, doch ihre Augen blieben geschlossen.

Nächtliche Schatten

Es war wieder dunkel geworden, und Finns Hunger nagte fast so schlimm wie der Schmerz in seiner Wade, an der Stelle, an der ihn der Zwergenpfeil getroffen hatte. Doch nichts davon wog so schwer wie die Angst um Mila, die sich seit Jez'zi und Darun sie zurückgelassen hatten, nicht mehr regte. Ihre Augen blieben geschlossen, ihr Atem war flach, doch wenigstens hatte die Blutung gestoppt.

Ein Knacken in der Dunkelheit ließ den Jungen aufhorchen. Er spähte umher, so gut es die Fesseln erlaubten, sah aber nur, wie eine kleine Ratte aus einem der Zelte huschte. Dann hörte er gedämpftes, unverständliches Gemurmel. »Sie kommen zurück«, hauchte Finn. »Mila, bitte, mach die Augen auf.« Ein weiteres Knacken und erneutes Gemurmel zogen seine Aufmerksamkeit weg von dem Mädchen, und erneut blickte er hektisch um sich, ohne etwas zu erkennen.

Dann spürte er plötzlich eine kalte, weiche Hand auf seinem Mund. »Sei still«, zischte ihm ein vertrauter, harter Akzent ins Ohr – Andrej! Erleichterung durchflutete Finn, als wäre ein Fels von seiner Brust genommen worden.

Mit einem schnellen Ruck befreite der Kappa seine wunden Handgelenke, und der Junge sackte auf die Knie. Andrej wandte sich ab, die Augen voll Sorge und Mitleid, um zu sehen, ob Mila, die gerade von Newis großer Gestalt über dessen Schulter gehoben wurde, auch in Sicherheit war. »Los, wir müssen weg, bevor uns jemand sieht«, flüsterte er dem Halbdrachen zu. Der Werkmeister schnippte mit den Fingern, und ein kalter Hauch, der sich anfühlte, als würden sie am ganzen Körper mit Wackelpudding eingerieben, erfasste ihn.

»Unsichtbarkeit ist schon was Tolles«, grinste Andrej Finn an. Stolz zeigte er ihm seine Handschuhe: »Die sorgen dafür, dass uns keiner sieht. Das Problem ist nur, wir werden nicht zu Geistern. Wenn sie gegen uns rennen oder wir Lärm machen.«

Der Junge war zu erschöpft, um zu antworten, stumm nickte er nur und der Kappa schüttelte nachdenklich den Kopf, gibt Newi ein Zeichen, und die Gruppe setzte sich in Bewegung.

Geschützt durch den Zauber des Werkmeisters bewegten sie sich wie Schatten durch das Lager, ein Hauch von Nichts in der Nacht. Andrej führte den Weg, seine froschartigen Augen wachsam in der Dunkelheit; Newi folgte, Milas schlaffe Gestalt sanft in seinen Armen wiegend, wie ein kostbares Gut. Finn stolperte unbeholfen hinterher, noch immer schwach und schmerzgeplagt, aber angetrieben von der Rettungstat seiner Freunde.

Sie huschten vorbei an Zelten, deren Bewohner die nichts von den unsichtbaren Gestalten ahnten, die sich ihren Weg durch das Labyrinth aus Stoffbahnen und Seilen, die nur vom flackernden Licht vereinzelter

Feuern beleuchtet waren bahnten. Jedes Knacken, jeder flüsternde Laut ließ sie innehalten, die Herzen bis zum Hals pochend.

Andrejs Handflächen schwitzten in den Handschuhen, während er sich auf seine Instinkt verließ, denn die Unsichtbarkeit war ein zweischneidiges Schwert, sie waren zwar vor Blicken geschützt, doch verhinderte sie auch jeden Warnrufe.

Newi bewegte sich mit überraschender Anmut, seine Schritte waren federleicht, als würde er nicht durch Matsch laufen, sondern schwebte über Wolken. Mit Mila eng in seinen Armen, ihr Atem ging ruhig in der kühle Nachtluft, bildete zarte Nebelschwaden an ihrem Mund. Finn folgte ihnen, seine Augen starr auf Newis Fersen geheftet.

Nach einer Zeit die sich anfühlte wie Stunden, erreichten sie den Rand des Lagers und vor ihnen ragte das Stadttor auf, eine dunkle Masse gegen den schwarzen Himmel. Die Silhouetten der zwei Wachen, die das Tor bewachten, waren scharf umrissen im flackernden Schein der Fackeln.

Noch einmal schnippte Andrej mit den behandschuhten Fingern, und das kribbelnde Gefühl auf Finns Haut verschwand augenblicklich, als hätte es nie existiert. Die beiden Wachen fuhren erschrocken herum, die Hellebarden ruckartig in Position gebracht, die Spitzen bedrohlich auf die Gruppe gerichtet.

»Stehenbleiben!« Die Stimme der linken Wache grollte durch die Nacht, scharf wie der Stahl in ihrer Hand.

»Pssst, nicht so laut«, fauchte Andrej zurück, die Stimme ein genervtes Knurren. »Oder willst du das ganze Lager aufwecken?«

Die rechte Wache trat einen Schritt nach vorn, der Blick prüfend auf ihnen ruhend, dann verzog sie leicht die Lippen.

»Ihr seid doch die Gäste von Bürgermeister Ignatz. Was macht ihr hier draußen?«

»Offensichtlich die Geiseln bergen.« Andrej deutete wütend auf Mila und Finn, als müsste er den Wachen erst erklären, was vor ihrer eigenen Nase passierte. »Wenn ihr Trottel das nicht hinkriegt, muss man es eben selbst erledigen.«

Die linke Wache schüttelte kaum merklich den Kopf. »Wir haben Befehl, die Geiseln nur allein reinzulassen.«

»Das interessiert mich einen Scheißdreck. Lasst uns rein!« Andrejs Stimme schwoll an, ließ keinen Zweifel daran, dass ihm langsam die Geduld ausging.

»Befehle sind Befehle, Frosch.« Die Wache verzog keine Miene, ihre Stimme war so hart und unbewegt wie die Steinmauern hinter ihr.

»Bist du taub? Ich hab gesagt, deine Befehle interessieren mich einen Scheißdreck. Lass uns durch oder das Mädchen stirbt!«

Doch seine Worte prallten ab, nutzlos wie Wellen an einer Klippe. Wortlos kreuzten die Wachen ihre Hellebarden vor dem Tor, ein stummer, endgültiger Befehl, der keinen Widerspruch duldete.

Andrej lachte kurz auf, trocken, scharf, ohne jede Spur von Humor.

»Ihr meint das also wirklich ernst? Ihr wollt wegen irgendwelcher Scheißbefehle einfach ein Mädchen sterben lassen?«

Die rechte Wache zuckte nicht einmal mit der Wimper. »Was wir wollen oder nicht, ist nicht relevant. Der Bürgermeister und Anführerin Kimba haben es so befohlen.«

Andrej trat einen Schritt näher, die Hände zu Fäusten geballt, seine Stimme nur noch ein tiefes, warnendes Grollen.

»Geht zur Seite, oder mein Freund sorgt dafür, dass ihr es tut.«

Die Wache auf der linken Seite neigte leicht den Kopf, als hätte sie nicht richtig gehört, dann trat sie ebenfalls näher, das Griffstück ihrer Hellebarde nun fast gegen Andrejs Brust gelehnt.

»Du wagst es, uns zu drohen, Kröte?«

Andrej verzog die Lippen zu einem breiten, unheilschwangeren Grinsen: »Ich drohe euch nicht. Ich verspreche euch nur etwas.«

Wie auf ein stummes Kommando legte Newi vorsichtig die bewusstlose Mila auf den Boden und begab sich in Kampfhaltung: seine Krallen mit offenen Handflächen in Richtung der beiden und die Beine schulterbreit. Ein tief Atemzug rauschte durch seine verbrannten Nüstern.

»Ein Wort von mir und ihr lernt die Fäuste meines Freundes kennen«, sagte Andrej gelassen, ohne einen Hehl aus seiner Drohung zu machen.
Die Wut, die aus den Augen des Kappas sprühte, sorgte dafür, dass selbst Finn erschauderte. Beide Wachen tauschten einen Blick aus, während der matschige Boden die Flammen der Fackeln in den Pfützen reflektierte und so die Nacht in ein düsteres, flackerndes Orange tauchte.

»Letzte Chance, tritt zur Seite«, brummte Andrej.

Finn sah, wie Rauch aus Newis Nüstern drang.

»Bitte, lasst uns rein. Ich bürge bei Ignatz für euch«, durchbrach Milas schwache, leise Stimme die angespannte Stille.

»Mila? Was machst du hier draußen?«, fragt

die linke, Wache überrascht, trotz des düsteren Lichts sah Finn die Überraschung in den Augen des jungen Mannes.

»Ich habe doch gesagt, dass wir die Geiseln der Flüchtlinge dabei haben«, blaffte Andrej zornig.

»Uns wurde gesagt, dass es nur der Piratenjunge wäre. Bringt das Mädchen in die Stadt.«

»Und der Junge?«, funkelte der Kappa ihn an.

»Wenn ihr ihn nicht draußen lasst, dann dürft ihr euch mit der Priesterin herumschlagen«, antwortete die Wache zögerlich.

»Mit Deana werde ich schon fertig. Also, mach das Tor auf.« Der Kappa musste sich zusammenreißen, damit die Erleichterung in seiner Stimme nicht seine Wut überlagerte.

Als die rechte der beiden Wachen ein Zeichen in richtung des Tores gab, nahm Newi Milas leblosen Körper wieder auf die Arme und ging als Erster an vorbei bei an den Torwächtern, die nun ihre Waffen wieder auf die Schultern gelegt hatten, durch das Tor und das Schmatzen seiner Schritte verstummt, gemeinsam mit der über allem schwebenden Angst, als er den Kopfsteinpflaster der rettenden Stadt erreichte.

»Los, Junge«, drängte Andrej und legte Finn die Hand auf den Oberarm, der langsam durch das Tor humpelte. Während ihrer Flucht hatte er vor lauter Angst die Schmerzen in seinem Bein nicht gespürt, doch dort, wo ihn der Pfeil des Zwerges getroffen hatte, klaffte ein blutiges Loch in seiner Hose, das sich nun erneut rot färbte und den Blick auf eine langsam schwarz werdende Wunde freigab. Während warme Flüssigkeit Finns Wade herunter rann, sich in seinem Schuh sammelte und seinen Strumpf durchtränkte, sodass das Schmatzen des Schlamms durch das Schmatzen seines blutigen Fußes ersetzt wurde, fragte er sich ob der Pfeil vergiftet gewesen war oder ob seine Kraftlosigkeit nur mit seiner Erschöpfung und dem Kampf gegen Taruk zusammen hing.

Andrej stützte ihn zwar, doch da der Kappa um einiges kleiner war als er selbst, war es weniger eine wirkliche Hilfe, sondern eher eine gut gemeinte Unterstützung. So humpelten sie hinter Newi her, der die immer noch schlaffe Mila auf den Armen trug und mit schnellen Schritten über die breite Straße des reichen Viertels von Mondkap eilte. »Was haben die mit ihr gemacht?«, keuchte Andrej unter Finns Last.

»Folter«, gab Finn knapp zurück.

»Wer?«

»So ein verrückter Zwerg, Darun haben sie ihn genannt.«

»Warum?«

»Keine Ahnung.«

Finn lößte sich von Andrej und versucht ohne seine Hilfe zu stehen, sein Bein sackt zwar unter ihm weg, doch gelang es ihm mit einigen Mühen stehen zu bleiben.

Schweigend durchquerten sie einige Minuten das Dorf, bis die dunkle Straße zum Haus des Bürgermeisters vor ihnen lag. Die schwachen Straßenlaternen warfen nur wenig Licht, sodass der Lichtkegel, der aus der offenen Tür fiel, umso heller wirkte.

In der Tür stand ein schlanker, weiblicher Schatten.

»Sie wird sauer sein«, grunzte Andrej Finn mit einem verschmitzten Grinsen ins Ohr. »Aber das kriegen wir schon hin.«

»Warum wird sie sauer sein?«, fragte Finn verwundert. »Ihr habt uns aus dem Flüchtlingslager gerettet, die hätten uns sonst umgebracht.«

»Die Priesterin wollte, dass ihr es alleine zurückschafft. Sie dachte, du würdest dein Seelenfeuer nutzen, um dir den Weg freizukämpfen. In ihrer Vorstellung hättest du damit endlich gelernt, es richtig einzusetzen.«

Finns Augen weiteten sich vor Zorn. »Sie hätte uns einfach sterben lassen, wenn ihr uns nicht da rausgeholt hättet?«

Andrej verzog spöttisch das Gesicht und äffte ihre überhebliche Art nach: »Wäre es nicht Kaelens Wille gewesen?«

Finn brach in herzliches Lachen aus, angesteckt von der absurden Komik des Moments. Doch das Lachen der Gruppe verstummte jäh, als sie die Haustür erreichten. »Was ist so witzig?«, hallte Deanas kalte Stimme die Straße herab. »Ihr schafft es nicht mal, aus einem Lager voller ausgehungerter Flüchtlinge zu fliehen?« »Meisterin...«, begann Finn. »Nichts Meisterin! Ich bin maßlos enttäuscht von dir!«, maßregelte sie ihn. »Deana, lass den Jungen in Ruhe«, fauchte Andrej. »Sieh dir an, wie die beiden zugerichtet sind. Du kannst froh sein, dass wir da waren und sie zurückbringen konnten.« »Ich habe dir gesagt, als dieser Zwerg hier aufgetaucht ist, dass die beiden alleine zurückkommen müssen. Vielleicht hätte der Bursche dann endlich sein Potential entfalten können.« »Und wenn nicht, dann hättest du mich einfach sterben lassen?«, presste Finn durch seine vor Schmerz zusammengepressten Lippen. »Dann wärst du eben nicht der, den Kaelen vorgesehen hätte«, antwortete die Elfe kühl. »Wir werden morgen aufbrechen, in Richtung der fernen Inseln, Orion wartet. Geh ins Bett, bei Sonnenaufgang will ich dich vor dem Haus haben.« Finn humpelte mit hängendem Kopf langsam an Deana vorbei, doch als er gerade durch die

Haustür gehen wollte, drehte er sich noch einmal zu seiner Meisterin um: »Du kannst mich ja bestrafen, aber bitte, benutze deine Magie, um ihr zu helfen. Bitte, Meisterin.« Das orangene Leuchten in Deanas Augen verschwand urplötzlich und sie strahlten in ihrem gewohnten Grau. »Ich werde sehen, was ich tun kann. Schlaf jetzt, mein tapferer Junge.«

Während er sich hungrig, müde und verwirrt in Richtung des Schlafzimmers bewegte, zog er eine tropfende Blutspur hinter sich her.

Jeder Schritt in seinem blutigen Schuh schmatzte und begleitet ihn, durch den orientalisch eingerichteten Flur, bis vor die Tür des Zimmers, in dem er vor einer gefühlten Ewigkeit so tief geschlafen hatte. Der Junge schob die rustikale Tür auf und schleppt sich erschöpft in das von Mondlicht beschiehnene Bett, auf das er sich, ohne seine Kleidung abzulegen, lässt er sich auf das Bett fallen ließ und sofort einschlief.

Ein Klopfen an der Tür sorgte dafür, das der Jungen hochschreckte. Das Mondlicht schien immer noch auf seine grauen Laken und er konnte nicht sagen wie lange er geschlafen hatte? Wieder klopfte es. Ein unangenehmes Gefühl machte sich in Finn breit, Erinnerungen an die lallende Stimme des Bootsmannes drängten sich in seinen Kopf: »*Mach die Tür auf, Knirps.*«

Panisch zog Finn die Decke über seinen Kopf, sein Atem ging schnell und beschleunigt sich noch, als die Tür langsam geöffnet wurde. »Nein, das kann nicht sein. Er ist tot, er kann mir nicht mehr wehtun«, wiederholte Finn in Gedanken. »Finn?«, flüsterte eine Stimme. Nicht die des Bootsmannes, sondern eine zarte, weibliche – Mila!

Der Junge riss sich die Decke vom Kopf und schaut in das sanft vom weißen Mond beleuchtete, blasse Gesicht des rothaarigen Mädchens. »Danke, dass du versucht hast, mich zu beschützen«, murmelte sie so leise, dass er sie kaum verstand.

Vorsichtig setzte sich das Mädchen auf das Fußende des Bettes.

»Wie geht es dir?«, fragte Finn sie, dem das Herz aus der Brust zu springen drohte.

»Erschöpft, aber gut. Deana hat ein wenig von ihrem magischen Hokus-Pokus gemacht und im Handumdrehen hab ich mich besser gefühlt.«, sie strich sich über das Gesicht, als würde sie nach Narben suchen, doch die Schnitte von Daruns Pfeil waren nur noch leichte Schrammen.

»Warum hast du dich versteckt, als ich geklopft habe?« Ihre Stimme war ruhig, doch in ihrem Blick lag etwas Scharfes, das Finn nicht entging. Ohne zu zögern legte sie eine Hand auf sein Bein.

Ein stechender Schmerz zuckte durch seinen Körper.

Finn zog das Bein reflexartig weg, biss die Zähne zusammen, doch der pochende Schmerz machte ihm klar, dass es nichts brachte.

»Hat Deana dir keine Heilung zukommen lassen?«

»Nein«, presste er knapp hervor.

»Aber warum nicht? Ich dachte, du wärst ihr

Schüler.«

Finn tastete vorsichtig nach der Wunde, spürte die warme, geschwollene Haut, das dumpfe Pochen, das sich bei jeder noch so kleinen Bewegung wie ein brennender Nagel durch sein Bein bohrte.

Es fühlte sich nicht danach an, als würde es von allein besser werden.

»Das ist doch grausam!«, stellte Mila fest und legte ihre Hand auf seine, die kühle Berührung wirkte beruhigend auf seiner Haut. »Du hast alles versucht um uns dort heraus zu bekommen, weiß sie das überhaupt?«

»Ich verdiene es nicht anders. Wäre ich stärker gewesen, dann hätte ich dich retten können, dann hätte er...«, hektisch wischte er die Tränen weg, die in seinen Augen aufsteigen. »Dann hätte er dir nicht wehgetan.«

»Finn, es ist alles gut. Wir sind da rausgekommen, wir leben.« Sie rutschte näher an ihn heran. »Du hast nicht verdient, was sie dir angetan hat«, flüstert sie ihm ins

Ohr und legte ihren Kopf auf seine Brust.

Überrascht von ihrer Nähe zuckte er zusammen, ließ sie aber gewähren.

»Was ist los mit dir?«, murmelte sie. »Bei jeder Berührung zuckst du zusammen. Als ich geklopft habe, hast du dich unter deiner Decke versteckt.«

»Ich mag es nicht, berührt zu werden«, nuschelte er.

»Das glaube ich dir nicht. Sonst hättest du meinen Kopf längst weggeschoben und würdest mich nicht noch an dich drücken«, lachte sie leise und hob leicht ihre Hüfte, auf der seine Hand lag. »Was ist es wirklich? Eine schlimme Kindheit? Davon könnte ich ein Lied singen, bei dem sogar dein Freund Harrus rot werden würde.«

Während sie sprach schaute er von oben auf ihr rotes, lockiges Haar herab, dass nach Kamillenblüten duftet und sein Herz noch schneller schlagen ließ.

»Ich habe dich etwas gefragt«, sagte sie etwas eindringlicher. Finns schneller Herzschlag konnte auch Mila nicht verborgen bleiben. »Hab ich wohl einen wunden Punkt getroffen. Wer war es bei dir? Bei mir war es der werte Herr Papa«, flüsterte sie zynisch.

»Der Bootsmann auf einem Schiff der Admiralität.«, antwortete er, überrascht von seiner eigenen Ehrlichkeit.

»Wie alt warst Du, als es das erste Mal passiert ist?«, wollte sie wissen.

»Fünf oder Sechs. Ich weiß nicht mehr«

»Da hattest Du ja vorher ein paar schöne Jahre, bei mir hat es Angefangen, kurz nach dem ich Laufen konnte. Er hat immer gesagt, dass es normal wäre, dass das alle Väter mit ihren Töchtern tun würden«, ihre Stimme war fast so kalt wie die Deanas.

»Weißt du, Finn, ich dachte mir schon, dass wir einiges gemeinsam haben. Niemand, der eine normale Kindheit hatte, würde sich so mit sich umgehen lassen, wie Deana es mit dir tut«

Finn runzelte die Stirn: »Was meinst du damit?«

»Naja, sie fasst dich vielleicht nicht körperlich an, aber sie benutzt Worte, um dir dasselbe anzutun wie der Bootsmann oder mein Vater.«

»Nein. Das stimmt nicht. Ich bin es ihr schuldig. Sie hat mein Leben gerettet", sagte der Junge, doch ein kalter Schauer durchfuhr ihn und Gänsehaut breitete sich auf seinem Körper aus. Mila, die gerade begonnen hatte, seinen Unterarm mit ihren Fingernägeln zu kraulen, fühlte sich in ihrer Annahme bestätigt.

»Du hast es verstanden«, sagte sie gut gelaunt und richtet sich von seiner Brust auf. »Denk darüber nach.«
Mila stand wortlos auf, aber nicht ohne Finn vorher einen Kuss auf die Wange zu hauchen und ging mit nackten Füßen aus dem Zimmer.
»Geh nicht«, flehte Finn ihr hinterher, doch als sich die Tür schloss, saß er alleine dort, in der Dunkelheit.

Morgendliches Gespräch

Der Himmel über Mondkap färbte sich durch die aufgehende Sonne rot, als der Junge durch die Tür humpelte. Die kühle Morgenluft schlug ihm entgegen, wurde von den idyllischen Geräuschen der erwachenden Stadt und dem Gesang der Vögel untermalt. »Guten Morgen, Junge«, Andrejs raue Stimme mit dem harten Akzent war genau das, was er hören wollte. Er stürzte sich auf den Kappa und schlang seine Arme um ihn: »Danke, Meister!«

Verduzt versuchte der Werkmeister, sich aus der Umarmung zu lösen: »Was ist denn mit dir los?«

»Du hast Mila und mir das Leben gerettet. Ohne dich hätte der Verrückte uns getötet.«

»Ach nein, der hätte euch nicht getötet«, antwortete Andrej völlig perplex von der

Reaktion des Jungen. »Jetzt lass mich los, Deana will mit uns allen reden.«

Finn löste seine Umarmung und machte einen Schritt nach hinten. »Außerdem hat Newi das Mädchen durch das Lager getragen«, sagte Andrej, immer noch etwas schwer atmend und zeigt auf den Halbdrachen, der etwas beleidigt aussah.

»Danke, Newi. Wirklich«, grinste Finn die riesige Gestallt an. Der Mönch nickt, und seine schwarze Kaputze wackelt gefährlich dabei. Newi drehte sich weg vom Kappa und dem Jungen, machte einige schnelle Schritte und setzte sich auf eine vor dem Haus stehende Bank.
»Warum ist Newi eigentlich immer so distanziert? Warum schweigt er immer?«, fragte Finn an Andrej gewandt.

»Weißt du, er war nicht immer so, wie du ihn kennst. Früher war er ein Mönch namens Shen Wei, ein Halbdrache mit einer vielversprechenden Zukunft, der sich sich einer Gruppe von Abenteuernern anschloss um die Welt zu bereisen. Doch das Schicksal meinte es nicht gut mit ihnen, denn schon zu beginn der Reise wurden sie in einen erbitterten Kampf verwickelt, Shen Wei wurde während des Kampfes tödlich verwundet und erlag seinen Verletzungen. Ein Priester Lirians heilte ihn auf wundersame Weise, doch die Erfahrung, dem Tod so nahe gewesen zu sein, ihn schon erlebt zu haben, veränderte ihn. Er verließ die Gruppe und zog sich nach Schattenruh zurück, auf der Suche nach Frieden und Antworten.

Die Baumknutscher schickten ihn zum Drachen Hiberius, in der Hoffnung, dass dieser ihm helfen könnte. Doch Hiberius hatte keine Antworten, nur Feuer.

Er griff Shen Wei an, verbrannte seinen Körper und verwundete ihn schwer, er konnte gerade noch in die Sümpfe entkommen, wo er das Bewusstsein verlor. Dort fand ich ihn, halb tot und schrecklich zugerichtet. Mit der Magie der Werkmeister heilte ich die Wunden, bei denen es mir möglich war, und ersetzte die zerstörten Teile seines Körpers durch Automata. Seine Stimme konnte ich jedoch nicht retten«, Andrej seufzte tief. »Danach hat er mir aus

Dankbarkeit Treue geschworen und weicht seitdem nicht mehr von meiner Seite.«

Finn nickt. »Das erklärt einiges. Aber woher weißt du das über seine Geschichte, wenn er es dir gar nicht erzählen konnte?« Er schaute zu Newi, der ruhig auf einer Bank sitzt und aus einem großen Becher trinkt. »Er hat viel durchgemacht.«

»Ja, das hat er«, bestätigte Andrej, ohne auf Finns Frage einzugehen. »Aber in ihm steckt ein guter Kerl, auch wenn ich ihm das nicht oft genug sage.« Er lächelte traurig. »Und er ist ein ausgezeichneter Kämpfer. Du könntest viel von ihm lernen. Dann brauchst du dieses schwachsinnige Seelenfeuer nicht.«

Finn zog eine Augenbraue hoch: »Darum ging es also bei der Geschichte? Willst du mir das Seelenfeuer wieder madig machen?«

»Nein, ich will dir nichts madig machen, ich wollte dir nur sagen, dass du nicht brauchst, was die Priesterin dir zeigt.«

»Das entscheide immer noch ich«, sagte

Finn entschlossen und wandt sich vom Kappa ab.

Schweigend beobachtete der Junge die Stadt, die langsam erwachte: Vorhänge wurden zur Seite gezogen, Fenster geöffnet.
Die Luft war erfüllt vom Duft frisch gebackenen Brotes, Händler bauten ihre Stände auf, während die ersten Bewohner ihre Häuser verließen, um den lebhaften Trubel des Marktes zu genießen oder ihrem Tagwerk nach zu gehen. Finn beobachtete fasziniert, wie ein Bäcker goldbraune Brote aus dem Ofen zog und sein Magen knurrt bei dem verführerischen Duft. Während er auf Deana und Edward wartete, schweiften seine Augen über den Platz und er sah einige Wachen, die auf Patrouille gingen, ihre Rüstungen glänzen im Morgenlicht. Alles wirkte, als wären die Ereignisse der letzten Nacht nie geschen, als hätte niemand mitbekommen, was passiert war. Als der Junge so darüber nachdachte, wurde ihm bewusst, dass es genau so sein musste : »Niemand hat etwas gemerkt. Niemanden hat es interessiert. Aber warum

sollte es auch? Wer sind wir schon? Für die sind wir doch nur irgendwelche Fremden die in ihre Stadt kommen.«

Eine Berührung am Arm riss ihn aus seinen Gedanken. »Wie hast du geschlafen?«. Finn drehte sich so schnell um, dass ein scharfer Schmerz seinen Nacken durchzog.

Mila stand vor ihm, das lockige Haar zu einem Pferdeschwanz gebunden, zwei Strähnen umrahmen ihr von Sommersprossen gesprenkeltes Gesicht.

»Ganz entspannt, bin nur ich.«, sie grinste ihn wissend an. »Also, wie hast du geschlafen?«

»Nicht gut, mein Bein bringt mich um und das was du gestern gesagt hast, beschäftigt mich.«, er fuhr sich durch die Haare.

»Ich habe gar nichts gesagt. Du hast Dir etwas zusammen gereimt.«

»Du hast gesagt, dass ...«, er verstummte, als Mila im eine Hand auf den Mund presst.

»Halt die Klappe, wenn Deana das hört, dann wird doch alles nur noch schlimmer!«, fauchte sie ihm ins Ohr.

Gerade rechtzeitig hatte Mila ihn unterbrochen, denn nur einen Augenblick später trat Deana, gefolgt von Edward, aus dem Haus in die Morgensonne. Ihre Augen, so kalt und durchdringend wie Mondstein, schweiften über die versammelte Gruppe; ihr weißes Haar fiel in offen Wellen über ihren Schultern und wurde leicht von einer, ebenfalls weißen, Kaputze bedeckt. Ihre bloße Anwesenheit sorgte dafür, dass sich eine, gespannte, beinah erfürchtige Stille über die Wartenden legte, es wirkte fast, als würde die Elfe den Moment der Stille genießen, bevor sie den Mund öffnete und zu ihnen Sprach: »Guten Morgen, meine Lieben. Ich hoffe, ihr habt eure letzte Nacht in Mondkap gut verbracht.«

Sie warf Edward einen flüchtigen Blick zu und blickte dann durchdringend Finn an. »Ich wäre lieber noch länger hier geblieben, doch die Umstände haben sich geändert. Unsere Anwesenheit hat Unruhe im bisher friedlichen Flüchtlingslager ausgelöst, und daher hat Ignatz mich gebeten, dass wir die Stadt verlassen und uns so weit wie möglich von ihr entfernen.«

Bevor sie ihre Ansprache fortsetzte, machte

sie eine kurze Pause : »Daher habe ich euch in aller Frühe hierher gebeten. Bitte packt eure Sachen, und wir treffen uns in einer Stunde an Deck der *Nela*. Dort werden wir besprechen, wie unsere Reise weiter verlaufen wird.«

»Wir reisen schon ab?«, platzte es aus Finn heraus.

»Das habe ich gerade gesagt, ja, Finn.« ein beklemmendes Gefühl befiel ihn, als sie ihm tief in die Augen schaute.

»Also los, packt eure Sachen. Du auch, Mila.«, sagte sie beiläufig, mit einem dünnen Finger auf das Mädchen gerichtet.

»Ich auch? Warum ich?«, ihre weit aufgerissenen Augen zeugten von ehrlicher Überraschung und zu Finns erstaunen, einem Hauch von Angst.

»Ja, du auch, Mila.« Ignatz zwängte sich durch die Tür seines Hauses und schob Edward beiseite. »Es ist besser, wenn du auch verschwindest. Hier bist du nicht mehr sicher.«

Der dicke Elf legte ihr eine seiner großen

Hände auf die Schulter, beugte sich ein Stück vor und flüsterte mit einem schelmischen Lächeln ins Ohr, so leise, dass nur Finn und sie es hören konnten: »Außerdem sind die Händler erleichtert, wenn sie nicht ständig Verluste melden müssen.«

Entsetzt wich sie einen Schritt zurück: »Sie wussten davon, Herr Bürgermeister?«

»Wäre es nicht schlimm, wenn ich ahnungslos wäre? Ich ließ dich machen, weil ich wusste, dass du die Waren an die Flüchtlinge verteilst.« Ignatz zog Mila zu sich und umarmte sie fest.

»Bürgermeister, was soll ich denn auf einer Reise mit Fremden? Wo könnte ich sicherer sein als hier bei Ihnen? Ich bin doch nur ein Dienstmädchen, keine Kämpferin.« Ihre Stimme bebte, und Finn konnte sehen, dass sie gegen die Tränen ankämpfte.

»Wir wissen beide, dass das nicht stimmt«, flüsterte er noch leiser und löste sich langsam von ihr. Ignatz strich ihr ein letztes Mal väterlich über die Wange. »Deine Fähigkeiten als Waldläuferin könnten Deana und ihren Freunden auf ihrer Reise zu den fernen Inseln enorm nützlich sein. Vielleicht bist du sogar der Schlüssel zu ihrem Erfolg.«

Er schniefte hörbar und wischte sich mit dem Handrücken über die Augen. »Genug jetzt. Ab mit dir!« Sie zögerte einen Moment, bevor sie mit brüchiger Stimme fragte: »Aber... was ist mit meiner Arbeit hier? Wer soll sich um alles kümmern?«

Ignatz winkte ab, ein mildes Lächeln auf den Lippen. »Sorge dich nicht darum, Kind. Es wird jemanden geben, der deine Arbeit übernimmt. Und sobald sich die Lage mit den Flüchtlingen beruhigt hat, wirst du hier immer willkommen sein.«

Seine Worte verhallten in der schweren Stille, die sich erneut über die Gruppe legte, bis Deanas klare, kühle Stimme diese durchbrach: »Mila, du hast meinen Onkel gehört. Es ist an der Zeit. Pack deine Sachen und komm. In einer Stunde treffen wir uns auf der *Nela*.«

Die Priesterin drehte sich ohne ein weiteres Wort um und marschierte, Edward dicht auf den Fersen, in Richtung des Hafens davon.

Die Atmosphäre blieb angespannt, als Mila sich mit langsamen, schlurfenden Schritten in Richtung der Haustür bewegte. Finn konnte den Kloß den sie im Hals trug beinah selbst spühren. Er wollte ihr nacheilen, doch vier Finger drückten ihn fest zurück: »Lass sie«, sagte Andrej mit rauer Stimme. »Ihr habt noch ausreichend Zeit, miteinander zu sprechen, sobald wir unterwegs sind.«

»Aber...«, hob Finn an, doch der Kappa schnitt ihm das Wort ab: »Kein Aber. Wir gehen zum Hafen. Dieses Dorf ödet mich an.« In seiner Stimme klang deutliche Abscheu mit, sodass Finn nur stumm nickte und mit erstickter Stimme antwortete: »Natürlich, Meister.«

Der Tag war inzwischen in vollem Gange: Händler bauten ihre Stände auf, und ein buntes Stimmengewirr vermischte sich mit dem Klappern von Holzkisten und dem metallischen Klirren. Normalerweise hätte

Finn diese morgendliche Geschäftigkeit zu schätzen gewusst, doch heute schien alles blass und unwirklich. Jeder Schritt auf dem unebenen Pflaster schickte einen scharfen Schmerz durch seine verletzte Wade und die Ereignisse der vergangenen Nacht hatten sich tief in sein Gedächtnis gebrannt und überlagerten alles um ihn herum – das blasse, schmerzverzerrte Gesicht Milas, Daruns hämisches Grinsen, das Blut, das dunkel auf den Boden tropfte. Finns Magen krampfte sich zusammen, und er schüttelte leicht den Kopf, vergeblich bemüht, die grausamen Bilder loszuwerden, die unablässig in seinem Inneren widerhallten. Er biss die Zähne zusammen; heute wollte er keine Schwäche zeigen, keinen Grund geben, dass Deana ihn erneut bestrafte.

Versunken in seinen Gedanke bemerkte er nicht, wie seine Schritte ihn zielstrebig durch die Stadt auf das Deck der Nela geführt hatten, erst als eine gähnende Stimme ihn ansprach, wurde er zurück in das hier und jetzt geholt : »Guten Morgen. Was machst du denn hier?«
Dort, auf dem Deck, saß Harrus. Der Elf hat

seine langes, von grauen strähnen durchzogenes Haar zu einem Zopf gebunden und lehnt sich entspannt gegen die Reling, eine Tonkaraffe in der Hand.

»Deana sagt, dass wir heute abreisen«, antwortete Finn.

Harrus hielt ihm eine Hand hin: »Na los, hilf mir mal hoch.« Mit einem Ruck half Finn dem Barden auf die Füße. Dieser schwankte kurz, fing sich aber an der Reling und reichte Finn die Tonkaraffe. »Trink erstmal einen Schluck, dann erzähl mir alles.«

Irritiert runzelte der Junge die Stirn. »Es ist noch viel zu früh für irgendwas zu trinken, besonders für... was auch immer das ist.« Er deutet angewidert auf die dunkle Flüssigkeit in der Karaffe.

Harrus fuchtelt theatralisch mit dem Finger vor seiner Nase herum: »Ach komm, sei nicht so. Ein Schluck schadet doch nicht.« Genervt drückte er Harrus Finger beiseite und murrte: »Deana ist sauer, weil Mila und ich uns nicht aus dem Flüchtlingslager gemetzelt haben, sondern von Andrej und Newi befreit wurden.«

»Überrascht dich das wirklich?«, fragte Harrus und zog belustigt eine Augenbraue hoch. »Du kennst Deana doch.«

»Ein bisschen, ja. Ich dachte...«, Finn zögerte. »Ich dachte, sie sieht mich als ihren Schüler.«

»Das tut sie auch«, sagte Harrus. »Aber du weißt, wie sie ist. Sie hasst es, wenn ihre Pläne nicht aufgehen.«

»Ich dachte immer...«, Finn schluckte. »Ich dachte, sie mag mich.«

Harrus' Gesicht blieb ausdruckslos. »Deana mag niemanden. Sie braucht dich, so wie sie Edward braucht. So wie sie Andrej, Newi und mich braucht. Und wir brauchen sie, um diesen Krieg zu überleben.«

Er ließ die Worte schwer in der Luft hängen, als er auf eine Reaktion des Jungen wartete. »Warum brauchen wir sie, um diesen Krieg zu überleben?«, fragte Finn verwirrt, »Ich will nur meine Freunde retten.« Harrus seufzte. »Finn, du bist noch so jung. Du verstehst nicht, was dieser Krieg bedeutet. Was er mit den Leuten macht. Und was er ihnen nimmt.« Er nahm einen tiefen Schluck aus der Karaffe. »Deana hat vielleicht ihre eigenen Gründe, aber sie hat Recht. Wir brauchen sie, um zu überleben. Um vielleicht eines Tages etwas zu verändern oder zumindest bis nach Orion zu kommen.«

Er überging Harrus Behauptung und flüsterte weiter: »Aber was tut sie denn, dass wir sie brauchen? Alle sagen immer : Deana ist wichtig, wir brauchen sie. Was tut die alte Hexe denn überhaupt für uns, außer zu behaupten, dass sie uns helfen würde?«

»Sie hat euch aus Nebulosia geholt und mich hat sie aus Silberhafen gerettet, bevor die Admiralität mich finden konnte. Deana ist der Grund, warum wir alle noch am Leben sind. Sie wird der Grund sein, warum wir diesen Krieg überleben!«

»Aber du hast doch gerade selbst gesagt, dass sie niemanden von uns braucht, dass sie uns alle nur als Mittel zum Zweck sieht«, fasst Finn zusammen, was Harrus wenige Augenblicke zuvor gesagt hatte.

»Ach Junge, du verstehst es nicht. Du wirst schon sehen, dass ich Recht habe.« Der Elf fuhr sich durch die Haare und warf die Tonkaraffe über die Schiffsreling und zeigte dann auf einen Punkt hinter Finn : »Schau, da kommt der ganze Troß.« Als der sich jedoch umdrehte, um zu schauen, konnte er außer dem geschäftigen Treiben im Hafen nichts erkennen.

»Was siehst du denn da?«, fragte Finn. »Harrus?« Er erhielt keine Antwort und konnte den Barden auch nirgendwo mehr sehen. Nun war es der Schiffsjunge der sich auf den Boden setzte, sich an der hölzernen Reling lehnte und tief seufzte. »Warum sind alle so auf ihrer Seite? Sie hätte mich und Mila einfach sterben lassen. Wir wären gestorben, wenn Andrej und Newi nicht gekommen wären, um uns zu retten. Die beiden waren es auch, die uns aus Nebulosia gebracht haben. Deana schmückt sich mit fremden Federn, und jeder denkt, dass sie die große Heldin ist. Die ehrenvolle Priesterin, dabei ist sie einfach nur eine eiskalte, berechnende Hexe«, murmelte Finn vor sich hin. »Die alte Hexe?«, lachte

Edward auf, ein trockener, bitterer Laut. »Du hast sie noch nicht erlebt, wenn sie so richtig wütend ist. Glaub mir, dann willst du nicht auf der falschen Seite stehen.«

»Edward? Wo kommst du denn jetzt her?«, Finn zuckte erschrocken zusammen, schaut nach oben und blickte ängstlich in das lächelnde Gesicht des Paladins.

»Ich habe gerade die ersten Taschen mit Vorräten auf das Schiff gebracht, als ich dich hier sitzen sah«, sagte er und streckt ihm die Hand entgegen. »Und gehört habe wie du mit dir selbst gesprochen hast.«

Finn ergriff die dunkelhäutige Hand Edwards und ließ sich von ihm auf die Beine ziehen. »Nimm es Deana nicht so übel. Sie kann kalt und berechnend sein, da hast du Recht. Aber sie hat auch eine warme, herzliche Seite. Die ist eben versteckt unter einer harten Schale.«

»Trotzdem hätte sie Mila und mich einfach sterben lassen«, entgegnete Finn.

»Sieh es doch mal rational. Mila ist ein Mädchen, das sie seit nicht mal einem ganzen Tag kennt, und du bist der Schüler, in den sie ihre – selten erfüllten – Hoffnungen setzt. Deana hat dir und ihr eine Chance gegeben zu beweisen, dass ihr würdig seid, tiefer in die Kraft des Seelenfeuer einzutauchen.« Er schaute ihm in die Augen. »Die Hoffnung hat sie auch noch nicht aufgegeben, deshalb nimmt sie euch beide mit zu den fernen Inseln.«

Finn schwieg. Edwards Worte hallten in ihm wider, denn er wollte glauben, dass Deana ihn nicht nur benutzte, dass sie ihn wirklich als Schüler sah; aber tief in seinem Inneren nagt das Misstrauen, Milas Worte hatten etwas geweckt, über das er nie nach gedacht hatte.

»Vielleicht hast du recht«, murmelte er schließlich. »Ich werde lernen, mein Seelenfeuer zu kontrollieren. Für mich und für meine Freunde. Ich werde keine Angst mehr haben, dafür werden andere sich vor mir fürchten.« Finns Fäuste ballten sich so fest, dass die Nägel sich in seine Handflächen gruben. Edward klopfte ihm ermutigend auf den Rücken: »Das klingt doch besser!« Er drehte sich um, um die Vorräte in den Schiffsbauch zu tragen, und ließ Finn alleine zurück. Finns Gedanken kreisten rastlos um die Zweifel, die Mila in ihm geweckt hatte. Er spürte die salzige Brise und hörte die Rufe der Möwen und das sanfte Plätschern der Wellen – aber der Hafen, der ihm sonst Ruhe gab, ließen ihn seltsam kalt.

Er ließ sich zurück auf den Boden sinken, setzte sich in den Schneidersitzt und schloss die Augen. Finn Konzentriert rief er die Bilder der vergangenen Nacht wach: Milas blutüberströmtes Gesicht, Daruns höhnisches Grinsen, Deanas kaltes, orangefarbenes Glühen in den Augen. Wie die Priesterin es gelehrt hatte, lenkte er all diese Erinnerungen in seine Meditation. Das Seelenfeuer durchströmte ihn mit einer brennenden Kraft, die ihm ein Gefühl der Unbesiegbarkeit gab: »Urian, Kapitän, ich werde euch retten«, flüsterte er wieder und wieder.

Wie die Priesterin es ihm gezeigt hatte, ließ er all die Erinnerungen in seine Meditation einfließen. Das Seelenfeuer erfüllte ihn von Kopf bis Fuß mit einem brennen, dass ihm ein Gefühl von Unbesiegbarkeit gab : »Urian, Kapitän, ich werde euch retten.«, wiederholte er immer wieder.

***

In dem Moment, als die anderen mit Deana das Schiff betraten, schlug die Stimmung Augenblicklich um. Der idyllische Morgen wurde jäh düster.

Die Priesterin ging direkt auf Finn zu, als wüsste sie bereits was er mit dem Paladin besprochen hatte. Er hatte das Gefühl, als gerate das Schiff plötzlich in einen Sturm, während die funkelnden, grauen Augen der Elfe immer näher kamen.

»Finn, ich tue das nicht, um dich zu bestrafen. Wir tun das nur, um dich zu schützen.« Ihr Lächeln sollte wohl herzlich wirken, doch auf den Jungen wirkte es nur arrogant und überheblich. Er konnte nichts dagegen tun, dass die angestaute Wut mit voller Wucht aus ihm herausbrach: »Das ist mir egal! Ich brauche dich nicht, um meine Freunde zu retten! Ich werde auch ohne dich stark genug sein, um sie zu befreien! Ich brauche deine Hilfe nicht!«

Die Überraschung stand Deana ins Gesicht geschrieben. »Wie sprichst du mit mir?«, zischte sie. Finn ballte die Fäuste : »Ich spreche, wie ich will! Du bist eine herzlose Hexe, die nur ihre eigenen Ziele verfolgt. Du hast Mila und mich einfach im Stich gelassen, uns zum Tode verurteilt. Und das alles nur, weil du dachtest, dass ich dadurch stärker werden würde. Du bist widerlich!«

Völlig erstarrt stand die Gruppe um die beiden. Niemand traute sich auch nur ein Wort zu sagen. Finn sah, wie sich Wut in Deanas Augen sammelte, wie sie orange zu glühen begannen und Blitze um ihre Hände zuckten. »Du wagst es, so mit mir zu sprechen? Nach allem, was ich für dich getan habe?«, ihre Stimme bebte.

»Du hast gar nichts für mich getan! Du hast mich benutzt!«, brüllte Finn »Ich brauche dich nicht! Ich werde meine Freunde retten, es ist mir scheißegal was Du mit mir vor hast!« Es war, als würden zwischen ihren Augen funken sprühen und Finn spürt, wie das Seelenfeuer in ihm pulsiert, bereit, sich zu entladen. Edward versuchte die Situation zu entschärfen und versuchte Deana beruhigen mit der Hand zu berühren »Beruhige dich. Er ist nur ein Kind. Er weiß nicht, was er sagt.« »Ein Kind? Er ist kein Kind mehr. Er ist ein undankbarer Bastard, der vergessen hat, wo sein Platz ist.«, fauchte Deana und stieß Edwards Hand von sich »Ich werde ihm zeigen, was es heißt, sich gegen mich zu stellen.«

Sie hob ihre Hände, und ein dunkle, zuckende Kugel bildete sich auf ihrer Handfläche. Finn spürte, wie die Luft um ihn herum zu vibrieren begann, wie sich die Energie in seinem Körper zusammenzog, bereit zum Kampf. Doch bevor Deana einen Zauber wirken kann, sprang Mila mit einem Satz zwischen die Kontrahenten. »Lass ihn in Ruhe!«, schrie sie. »Er hat doch Recht! Du hast uns im Stich gelassen!«

Deana starrte sie ungläubig an. »Mila? Was

redest du da?« »Ich habe gesehen, wie herzlos du sein kannst. Du bist keine Retterin, du bist ein Monster!«, Milas Stimme zitterte vor Wut. »Du wagst es…«, begann sie, doch wurde barsch von Mila unterbrochen. »Ich wage es! Finn und ich, wir werden deine Pläne durchkreuzen und seine Freunde retten. Und dann werden wir dich zur Rechenschaft ziehen, für alles, was du getan hast!« Die Worte schallen übers erstarrte Deck. Finn sah zu Mila, seine Augen weit aufgerissen, weniger vor Angst, mehr vor Euphorie.

»Mila«, sagte er. »Danke.« Ein Lächeln huschte über sein Gesicht.

In diesem Moment begann sich der Himmel zu verdunkeln. Ein gewaltiger Schatten legte sich über die Stadt, und das gleißende Sonnenlicht verwandelte sich in ein unheilvolles Zwielicht. Das geschäftige Treiben im Hafen wurde von blanker Panik und angsterfüllten Schreien aufgelößt.

Mila, Deana, Finn und die anderen schauten nach oben und erblickten den Grund für die plötzliche Finsternis: Ein riesiges hölzerner

Flugschiff hat sich vor die Sonne geschoben, seine metallenen Flanken glänzten kalt im schwindenden Licht.

Andrej, der als erster das Wappen des Schiffes erkannt hatte, stieß einen erstickten Schrei aus, der beinah wie ein quaken klang : »Bei den Göttern, das ist Alinas Schiff!«, keucht er, seine Stimme von Entsetzen erfüllt. »Sie hat Sumpfkap dem Erdboden gleichgemacht, sie wird auch hier kein Erbarmen zeigen!«

Das Grauen, das er in Sumpfkap erlebt hatte, spiegelt sich in seinen weit aufgerissenen Augen wider. Finn spürt, wie die Angst in ihm aufstieg, vermischt mit einer tiefen Wut auf die scheinbar unaufhaltsame Zerstörung, die Alina XIV. über die Welt brachte.

»Altenberg greift an!«, brüllte jemand aus dem Hafen. Die Worte ließen eine Welle der Panik über die Bürger Mondkaps brechen und die getrieben von blanker Todesangst, schreiend durch die Straßen stürmten und versuchen verzweifelt Schutz zu finden.

Ohne Vorwarnung eröffnete das Flugschiff aus seinen Luken das Feuer und ein Hagel aus Kanonenkugeln und Pfeilen regnete auf das wehrlose Dorf herab.

Die folgenden Explosionen zerrissen das Dorf. Holz splitterte, Stein bröckelten, Schreie erfüllten die Luft und ließ Finns Ohren dröhnen. Schnell rappelte der Junge sich auf und suchte mit seinen Blicken Mila, doch konnte er nur noch sehen, wie sie über die Planke in den Hafen rannte. »Mila! Warte!«, rief er ihr hinterher. Als sie nicht reagierte, sprintete er hier hinterher. Beim betreten der Planke, öffnete sich vor ihm ein Inferno. Pfeile zischten durch die Luft, Körper krachten zu Boden und Flammen tanzten einen makabren Reigen, der ihn sofort an das Masaker von Nebulosia erinnerte.

Der Schrecken, den er erlebt hat, wiederholt sich vor seinen Augen, nur war er dieses Mal ist nicht machtlos, nicht gefangen inmitten des Chaos. Jetzt war er in der Lage zu helfen!

Mila schrie seinen Namen, aber ihre Stimme

ging im Lärm unter. Er konnte sehen, wie sie nach ihm winkte, aber ein Pfeil streift sie an der Schulter und ließ sie zu Boden stürzen. Wut und Verzweiflung kochten in Finn hoch. Er konnte nicht zulassen, dass Mila erneut verletzt wurde, nicht nachdem sie ihm geholfen hatte, sich gegen Deana zu stellen, nicht nach dem, was sie durch Darun ertragen musste.

Mit einem Schrei, der einige der Flüchtlinge innehalten ließ, setzte Finn das Seelenfeuer in sich frei. Die Angst, Mila noch einmal leiden zu sehen, überwog die Angst, die Kraft nicht kontrollieren zu können. Dunkle Energie explodiert eaus ihm heraus, reißt einige Häuserwände ein und umhüllt ihn wie eine Rüstung. Er spürte, wie sich die Macht in seinen Händen konzentriert und elektrisierende Wirbel um diese bildete.

Angetrieben von dieser rohen Kraft sprang Finn nach vorne und drängte sich durch die Masse der Bürger. »Lauft zur *Nela*!«, befahl er ihnen. Die Luft um ihn herum knisterte, wie kurz vor einem Gewitter, und er konnte gerade noch zur Seite hechten, als ein großer, dunkler Blitz nur wenige Meter neben ihm einschlug.

»Mila!«, brüllte er und schaute sich hektisch um. Sein Blick tastete über das Chaos, über die stürzenden Körper und die brennenden Trümmer. Wo war sie?

Ein erneuter Blitz zuckt vom Himmel, und im zuckenden Licht sah Finn Mila an einer Hauswand lehnen, ihre Hand auf die blutende Schulter gepresst. Sie versuchte, weiterzulaufen, doch ihre Beine scheinen ihr nicht zu gehorchen.

»Mila!«, schrie Finn erneut und kämpft sich durch die Menge. Sie dreht sich in seine Richtung und grinste ihn an: »Du bist zu langsam.«

Er stürzte weiter auf sie zu und schubste Leute zur Seite, denen er dabei zurief, dass sie sich auf die Schiffe flüchten sollen. Als er das Mädchen erreicht hatte, konnte er aus der Ferne ein unheilvolles Brüllen hören. »Was war das?«, fragte er mit aufgerissenen Augen.

»Spielt das eine Rolle? Wir müssen so vielen

wie möglich helfen!«, antwortete sie knapp und duckte sich unter einem Pfeil weg, der nur knapp über ihrem Kopf in einen brennenden Holzbalken einschlug.

Finn starrte in die Richtung, aus der das Brüllen kam. Ein Schauer lief ihm über den Rücken. »So ein Brüllen habe ich noch nie gehört.« murmelte er.

Mila nickte, bevor sie tonlos antwortete : »Das waren die Bestien Altenbergs.«

Ein weiteres Brüllen ertönt, diesmal näher. Finn sah, wie eine Gruppe von Dorfbewohnern von einer Horde grotesker Kreaturen verfolgt wurde. Die Bestien hatten scharfe Klauen und Zähne, und ihre Augen glühten rot vor Blutdurst. Einigen wuchsen insektenartige Flügel aus dem Rücken, andere liefen wie Spinnen auf acht Beinen, doch was Finn eine Gänsehaut über den Körper jagte, war, dass jede Kreatur offensichtlich einmal humanoid gewesen sein musste.

»Wir müssen ihnen helfen!«, sagt Finn und ließ die das Seelenfeur um seine Hände wirbeln.

Mila schaute sich um, zügig, aber nicht hektisch. »Dort!«, sie zeigte vorbei an Finns Gesicht, er folgt ihrem Fingerzeig und sah eine Gasse, in der einige Fässer stand. »Rum«, stellte sie fest.

Ein Grinsen huschte über Milas Gesicht. »Perfekt«, sagte sie. »Wir locken sie in die Gasse und...« Sie ließ den Satz in der Luft hängen, ihre Augen funkelten, eine Mischung aus Entschlossenheit und einer Prise Wahnsinn, die Finn noch nie zuvor bei ihr gesehen hatte, ihn ihm aber ein Gefühl auslößte, dass er genau so wenig kannte.

»Und was?«, fragte Finn ungeduldig.

»Und dann«, sagte Mila mit einem noch breiten Grinsen, »Boom!«

Finn starrte sie an, überrascht von ihrem Plan, doch er nickte langsam. »Okay, lass es uns tun.«

»Ich brauche nur noch etwas um die Fässer an zu zünden.«, sie rieb sich nachdenklich mit den Fingern unter ihrem blassen Kinn. »Da fällt mir schon was ein, lock Du sie einfach in die Gasse und gib mir fünf Minuten Zeit.«

Sie löst sich von der Wand, verzog noch einmal das Gesicht ob der Schmerzen in ihrer verletzten Schulter und gab Finn dann einen Kuss auf die Stirn: »Pass auf dich auf.«

Der Kuss löste in Finn ein Kribbeln aus, das ähnlich wie das Seelenfeuer durch seinen Körper zuckt und das unbekannte Gefühl in ihm noch verstärkte. Als er loslief, rief er: »Und du auf dich!«

Der Junge rannte, so schnell er konnte, durch die engen Straßen, immer in Richtung der Schreie der Bürger und dem Gebrüll der abyssalen Kreaturen hinterher. Als er um eine Ecke sprang, erwartete ihn ein grauenhaftes Bild : Eine Kreatur, die vielleicht einmal ein Halbdrache war, stand dort und drängt eine Gruppe Kappa an eine Hauswand. Der Dämon schlug mit seinen Klauen in die Gruppe hinein. Finn konnte das Reißen von Muskeln und das Brechen von Knochen selbst aus dieser Entfernung hören.

Das Geräusch ließ ihn auf der Stelle erstarren, seine Füße fühlten sich an, als wären Mühlsteine an ihnen festgebunden. Wieder und wieder hörte er die Todesschreie der Kappa, das Brechen der Knochen. Doch Finn konnte sich nicht rühren, die Kraft, die ihm das Seelenfeuer und Milas Kuss ihm gerade noch verliehen hatte, war verschwunden, als wäre eine Kerze ausgeblasen worden.

»Verschwinde Dämon!«, brüllte eine mächtige Stimme durch die Gasse und ein helles, silbriges Licht durchbricht das Zwielicht, das sich über Mondkap gesenkt hatte. Ein Lichtstrahl durchbohrt den Dämon von hinten und ließ ihn noch ein letztes Mal brüllen, bevor er sich, wie eine Spinne, am Boden zusammenkrümmte.

Schwere Schritte lösten Finn aus seiner Starre, und er erkannte die riesige Gestalt Ignatz', der auf die Überreste der Gruppe zustampfte. Der Junge tat es ihm gleich und rannte in seine Richtung: »Ignatz, es tut mir leid. Ich konnte nicht...«, keucht er atemlos, als er den Bürgermeister erreichte.

»Finn? Was machst du noch hier? Verschwinde!«, fuhr ihn der dicke Elf an, mehr besorgt als wütend.

»Wir wollen helfen, Bürgermeister«, hielt Finn stur dagegen.

»Das verstehe ich. Es ist meine Stadt und meine Verantwortung, alles, was in meiner, mir von Kaelen verliehenen Macht steht, zu tun, um so viele Leben wie möglich zu retten. Dazu gehörst auch du!«, die Stimme des Elfen wurde immer wieder von seinen schweren Atemzügen unterbrochen. »Verschwinde von hier, flieh mit den anderen zu den fernen Inseln. Bitte, Junge!«

Finn wollte widersprechen, doch gab ihm das Chaos der Schlacht keine Gelegenheit, und ein Gedanke zuckt durch seinen Kopf: Mila!

»Herr Bürgermeister, Mila hat einen Plan. Sie hat neben einer Taverne einige Rumfässer entdeckt und ich soll möglichst viele von diesen Dingern zu ihr bringen.«, platzte es aus Finn heraus.

»Sie will was? Das ist absolut...«, Ignatz

wurde von einem weiteren dunklen Blitz unterbrochen, der kurz hinter ihm schlug und ihn mit voller Wucht gegen Finn schleuderte. Die beiden krachten gemeinsam gegen eine Hauswand.

Der Aufprall ließ Finn nach Luft schnappen. Der Widerstand hinter ihnen gibt mit einem ohrenbetäubenden Getöse nach und Ignatz' massiger Körper drückt ihn nieder. Die Enge und das Gewicht lösten eine Welle von Panik in ihm aus.

Finn kämpfte gegen die aufsteigende Übelkeit, gegen das Gefühl der Hilflosigkeit. Er versuchte sich zu befreien, doch Ignatz' Gewicht war zu groß. Er konnte sich kaum bewegen, kaum atmen.

»Herr Bürgermeister...«, presste er hervor, seine Stimme klang dünn und erstickt. Ignatz stöhnt und rollte sich von ihm herunter. Er kam schwer atmend auf die Knie, das Gesicht schmerzverzerrt. »Das war knapp«, keuchte er. »Diese verdammte Bestie von einer Königin.«

Finn richtet sich auf, sein Körper zitterte. Er

spürt, wie die Erinnerungen ihn zu überwältigen drohten. Er schloss die Augen und versuchte, sich auf seine Atmung zu konzentrieren, auf die Gegenwart, auf das Chaos um ihn herum. »Er kann mir nichts mehr tun«, wiederholte er mantraartig in seinem Kopf.

Ignatz klopfte sich mit seinen großen, dicken Händen die Robe ab, als er wiederholte : »Mila hat also einen Plan?« »Ja. Sie will so viele wie möglich von ihnen in die Luft jagen.«

Der Elf nickte und schüttele dann den Kopf : »Das könnte funktionieren, ist aber völlig Sinnlos. Selbst wenn sie einige damit töten könnte, hätte die Königin noch viel mehr ihrer Konstrukte und Monstrositäten. Wir brauchen nicht zu kämpfen, wir können nur noch fliehen.«

»Sie wollen die Stadt einfach aufgeben?«, Finn, von plötzlicher Wut gepackt tobte.

»Die Stadt war schon in dem Moment verloren, als die Korrumpierte beschlossen hat, sie anzugreifen. Gegen ihre schiere

Übermacht ist nicht mal Kaelen selbst imstande, sich zu wehren.« Die Angst nagte ganz offensichtlich an Ignatz' Nerven.

»Sie sind doch kein Feigling, Bürgermeister! Sie haben gerade alleine einen riesigen Dämon besiegt. Lassen Sie uns die Stadt retten!«, brüllte Finn ihn weiter an. »Sie haben doch gerade selbst gesagt, dass es Ihre Verantwortung ist...«

»Dass es meine Verantwortung ist, so viele Leben wie möglich zu retten! Nicht, dass es in meiner Macht liegt, die Stadt zu retten!«, donnerte der Bürgermeister zurück.

In diesem Moment rauscht, wie von alleine das Seelenfeuer durch Finns Körper. Er sah, wie sich seine Hand hob, seine Finger sich zu Spitzen formten, und ohne dass er etwas dagegen tun konnte, sprang er auf Ignatz zu und rammte ihm seine Finger in die Brust. Der Elf riss ungläubig die Augen auf und starrte Finn von oben an, mit den Lippen formt er Worte, die der Junge nicht zu deuten vermochte.

Wärme umgab seine Hand, die in der Brust

des Alten steckt, das Pulsieren seines Herzens zuckte wie Blitze durch ihn hindruch, ein unbeschreibliches Gefühl der Euphorie ergriff ihn, als er mit dem Wirbeln um seine Hand das Herz des Bürgermeisters durchstach. Als er nach oben sah, verdreht Ignatz die Augen und atmet scharf aus, dann brach er auf die Knie, nur Finns Hand hält ihn noch aufrecht. Der lehnte sich nach vorne und hauchte ihm ins Ohr: »Hier ist kein Platz für Feiglinge, Bootsmann!«, bevor er ihn mit einem kräftigen Tritt von seinem Arm löste.

Angewieder schleuderte der Junge das Blut von seinem Arm. »Feigling.«, murmelte er, bevor er durch die zerstörte Wand nach draußen trat.

Flucht aus Mondkap

Das Bild des sterbenden Ignatz ließ ihn nicht los. Die Wärme seines Blutes, das Pulsieren seines Herzens unter Finns Hand... In der Sekunde, in der er realisiert hat, dass er gerade den Bürgermeister, den Hohepriester und Deanas Onkel mit einem Schlag getötet hat, verstummte die Stimme des Bootsmannes in seinem Kopf. Die subtile Angst, die ihn sein Leben lang begleitete hatte, war plötzlich verschwunden, ersetzt durch ein Gefühl von Macht, das ihn beeindruckte und zugleich verängstigte.

Der Junge schüttelte heftig den Kopf. Er hatte jetzt keine Zeit, darüber nachzudenken. Er musste sich konzentrieren und versuchen, Milas Plan auszuführen, den Bürgern Zeit zur Flucht zu verschaffen hatte oberste Priorität. Finn rannte durch die brennende Stadt und versuchte, mit seinen Rufen möglichst viele der dämonischen Konstrukte anzulocken, doch der Lärm der Schlacht verschluckte seine Stimme. Das Adrenalin pumpte durch seine Venen und ließ ihn noch schneller laufen, noch schneller reagieren.

Immer wieder duckte er sich vor Pfeilen und Harpunen, die aus dem riesigen Flugschiff über ihm abgefeuert wurden. Die fünf Minuten, die Mila ihm gegeben hat, mussten schon längst verstrichen sein, doch keiner der Dämonen, die mit der Zerstörung der Stadt beschäftigt war, schien Notiz von ihm zu nehmen. Es wirkte beinahe so, als würden sie ihn gar nicht wahrnehmen

»Das hat doch keinen Zweck. Wir müssen hier weg sein, bevor das verdammte Schiff landet.« fluchte Finn vor sich hin.

Als wenn er es heraufbeschworen hätte, begann das riesige Belagerungsgerät, sich über der Stadtmitte zu senken.

»Bei den Göttern! Das darf doch wohl nicht wahr sein!«

Er rannte weiter durch die rauchverhangenen Straßen, die Straßen die heute morgen noch so von Leben erfüllt waren. Irgendwie musste es ihm gelingen sich einen Überblick über das Dorf, das er erst seit zwei Tagen kannte, zu verschaffen und irgendwie einen Weg zurück zur Taverne und dem Rumlager zu finden.

Das immer weiter nach unten sinkende Luftschiff verdunkelte zunehmend den Himmel, was nicht zu Finns Orientierung beitrug. »Wo bin ich denn hergekommen? Kann doch nicht sein, dass ich mich in diesem Fischerdorf verlaufe.«, knurrte er.

Dann bog der Junge um eine Ecke und stolpert fast über einen Haufen verkohlter Balken. Der Rauch brannte in seinen Augen und Tränen liefen über seine Wangen, vermischt mit Schweiß und Ruß. Er wischte das Gemisch mit dem Ärmel ab um wieder klarer sehen zu können, als er plötzlich auf dem Marktplatz der Stadt stand, direkt vor dem Rathaus mit seinem weißen

Glockenturm. Vor ihm erstreckte sich ein grausames Schauspiel: Ein Mann mit blutigem Schwert in der Hand versuchte, eine dämonische Gestalt von einem auf dem Boden kauernden Kind zu vertreiben.

»Verschwinde, du Mistvieh!«, hörte Finn ihn brüllen. Klickende Laute brachen sich im tosenden Lärm, als würde das Konstrukt ihm eine Antwort geben. Entschlossen, diesmal etwas zu bewirken, ließ Finn das Seelenfeuer durch seine Adern strömen und rannte auf den Dämon los. Mit einem kräftigen Satz landete er vor dem Ungetüm und brüllte: »Lass sie in Ruhe!«

Der insektenartige Körper seines Gegners zuckte ruckartig, wie eine der Marionetten, die Hame, der Schiffskoch der *Perla*, oft zur Schau stellte. Das Feuer spiegelte sich auf den chitinhüllengeschützten Spinnenbeinen der Kreatur, die klackend über den Kopfsteinboden scharrten. Ohne zu zögern, schlug Finn mit der Faust nach dem Ungeheuer, das rasch zurückwich und grollend fauchte.

»Lauft zum Hafen!«, schrie Finn dem

verängstigten Mann und seinem Kind zu, die noch zögerten, bevor sie seinem Befehl folgten, ehe er sich wieder dem Kampf gegen die Bestie widmete.

Acht glühend blaue Augen starrten Finn entgegen, das Spinnenwesen bereit zum Angriff. Doch bevor der Dämon losschlagen konnte, verwandelte Finn seine Finger mühelos in Krallen – es war, als hätte er es unzählige Male getan. Mit einem Schrei stieß er sie vorwärts in Richtung des Ungetüms. Der Dämon wich klickend zur Seite aus, schwang jedoch gleichzeitig eines seiner acht Beine nach ihm. Finn duckte sich rasch, wurde aber trotzdem von einem haarigen, scharfen Bein an der Schulter gestreift. Schmerz erwartend, hielt er einen Moment inne, spürte jedoch nichts. Also rollte er sich unter den Bauch der Spinnenbestie, schob die Hand zwischen zwei Panzerplatten und spürte warmes, grünes Blut auf seiner Haut. Die Kreatur schrie auf, fast klagend und beinah menschlich.

Doch Finn ließ sich davon nicht

beeindrucken. Er sprang zurück, um den unkoordinierten Tritten zu entgehen. Ein rascher Blick zeigte ihm, dass der Mann mit seinem Kind in Sicherheit war. Dann entflammte er erneut sein Seelenfeuer, das nun in schwarzen Flammen um seine Hände loderte.

Panisch schreiend und vom Schmerz gepeinigt drehte sich der Dämon im Kreis, suchte fieberhaft nach Finn. Doch der Junge wich flink aus, tanzte geschickt zwischen den klackernden Beinen des Ungetüms hindurch, lauernd auf eine Gelegenheit. Als sich der Moment ergab, nutzte Finn die Chance und sprang mit einem kräftigen Satz auf den Rücken des Wesens, landete direkt hinter seinem Kopf. Die dichten, borstenartigen Härchen des Spinnenkörpers bohrten sich durch seine Hose und stachen in seine Haut, doch Finn ignorierte den Schmerz. Mit dem Bild von Darun vor Augen, der den Pfeil auf Mila angelegt hatte, konzentrierte er noch mehr von der dunklen Energie in seine Hände um dann, in einer fließenden, präzisen Bewegung, die Krallen durch die weiche Stelle am Hals des Dämons fahren zu lassen und das Ungetüm zu enthaupten. Das Wesen taumelte ein paar angespannte Sekunden, während sein Leben erlosch, bevor es schließlich schwer in sich zusammensackte.

Jubelnd sprang Finn von dem toten Körper, die Euphorie durchströmte ihn. Es war ein überwältigendes Gefühl, fast noch größer als der Moment vor wenigen Minuten, in dem er Ignatz' schlagendes Herz in seiner Hand gehalten hatte.

»Interessant. Ein Dämon in den Reihen des Feindes.« Eine Stimme mit einem fremdartigen, schneidenden Akzent drang durch den Lärm der Schlacht, ließ Finn herumwirbeln und augenblicklich erstarren. Das Flugschiff der korrumpierten Königin war soeben gelandet, und auf der massiven Rampe, die sich aus der Seite des Schiffs erstreckte, stand eine schlanke, furchteinflößende Gestalt.

Die Königin trug ein eng anliegendes Gewand aus schwarzem, metallisch schimmerndem Stoff, der das Licht nur in leichten Reflexen brach und an ihrer Haut wie ein zweiter Schatten klebte. Ihr langes, rabenschwarzes Haar fiel glatt und dicht über ihre Schultern, als ob es ein Eigenleben besaß und sich wie dunkle Seide in der Luft bewegte. Ihre Augen leuchteten in einem unnatürlich glühenden Orange, das in der Dunkelheit fast wie Feuer brannte und Finns Blick wie ein hypnotisches Lauffeuer einfing. Kleine, schimmernde Flügel, filigran und durchscheinend wie die einer Libelle, ragten aus ihrem Rücken und vibrierten leicht, als würden sie jeden Moment das Licht brechen und den Raum um sie herum in Farben flirren lassen.

Zu beiden Seiten standen ihre Wachen – zwei massive Dämonen mit klauenartigen Händen und Haut, die wie rissige, vernarbte Lava aussah.

»Sprich, Junge, wer bist du?« Die Stimme der Königin von Altenberg klang wie ein

Befehl und war direkt an den Jungen gerichtet. Doch bevor Finn antworten konnte, drang ein panisches Rufen durch das Getöse: »Finn! Wir müssen hier weg!«

Er drehte sich um und sah Mila vor sich stehen, erschöpft, das Gesicht rußverschmiert und die Haare verschwitzt. »Komm jetzt!«, drängte sie mit verzweifeltem Nachdruck. Finn wusste, dass sie recht hatte, doch der Anblick der Korrumpierten fesselte ihn; Faszination und Angst mischten sich in ihm, als er die brennenden Augen der Königin erneut fixierte.

»Finn!« Mila packte ihn fest am Arm und riss ihn mit sich, fort vom zerstörten Rathaus, fort von dem bedrohlich schwebenden Flugschiff. Sie rannten durch das Dorf – oder was davon noch übrig war. Glühende Trümmer und Flammen umgaben sie, das Knacken einstürzender Dächer und das erbarmungslose Knistern des Feuers machten die Schreie und das Stöhnen der Verletzten beinahe unhörbar. Überall lagen Splitter, Rauch trübte die Sicht, und der süßlich-beißende Geruch von Asche und Tod lag schwer in der Luft.

»Wo um alles in der Welt warst du?«, schrie Mila, während sie durch eine schmale Gasse wichen, um den Leichen und Trümmern auszuweichen. »Ich habe dich überall gesucht!«

»Ich... ich habe versucht, dich zu finden!«, keuchte Finn und versuchte, mit ihr Schritt zu halten. Ihr Gesicht war voll Schlamm und Blut, als hätte sie die Schlacht allein durchlebt. »Mila, was ist dir passiert?«, rief er keuchend.

»Wir sprechen auf dem Schiff!«, stieß sie hervor, noch immer halb laufend, halb stolpernd.

Schweigend hasteten sie weiter, bis sie den Hafen erreichten. Der dystopische Anblick, ließ ihnen den Atem stocken. Menschen drängten sich in wilder Panik aneinander, Eltern riefen nach ihren Kindern, die in der Masse verschwunden waren, während alte und gebrechliche Bewohner verzweifelt versuchten, nicht umgerannt zu werden.

Jeder wollte auf eines der wenigen Schiffe gelangen, die am Kai vertäut waren, doch der Platz war begrenzt, und die Besatzungen begannen, die Flüchtenden mit Stöcken und Rufen zurückzuhalten, um weitere Überladen zu verhindern.

Überall stießen Bewohner einander zur Seite, rissen an Kleidern und Armen, um voranzukommen. Manche, die es bis an den Rand der Planken geschafft hatten, wurden brutal ins Hafenbecken gestoßen, die kalten Wasser klatschten laut auf, als sie immer wieder versuchten, an den glitschigen Steinen Halt zu finden. Schreie füllten die Luft, ein ohrenbetäubender Sturm aus Angst und Verzweiflung, der Finns Ohren dröhnen und seinen Kopf förmlich bersten ließ.

»Mila, wir müssen irgendwie..« Er wollte sich bemerkbar machen, doch eine durchdringende Stimme erklang plötzlich über der Menge, schneidend wie ein Messer: »Bürger von Mondkap, die Stadt ist gefallen. Ergebt euch der Macht Altenbergs!«

Mila wirbelte herum, und Finn sah das blanke Entsetzen in ihren Augen. »Alina...«, flüsterte sie kaum hörbar, bevor ihr Blick sich verhärtete. »Wir können hier niemandem mehr helfen. Wir müssen weg.«

»Aber wir können doch nicht einfach...«, begann Finn, doch Mila ließ ihn gar nicht ausreden. Mit festem Griff packte sie sein Handgelenk und zog ihn durch das Getümmel, ohne auf sein Flehen zu achten, so musste er ihr folgen, stolperte über verstreute Habseligkeiten und weinende Kinder, während Mila sich mit rücksichtsloser Entschlossenheit einen Weg bahnte – getrieben von purer Panik. Sie schob Leute grob zur Seite, bahnte sich einen Pfad durch die verzweifelte Masse, die nun ihre letzte Hoffnung auf Rettung in der *Nela* sah.

Die Minuten zogen sich wie eine Ewigkeit, jeder Schritt mühsam und zäh, bis sie endlich das überfüllte Deck erreichten. Menschen drängten sich an der Reling, die Gesichter voller Angst, viele knieten erschöpft auf den Planken, den Blick ins

Leere gerichtet.

»Mila!«, er konnte endlich sein Handgelenk aus ihrem Schraubstockgriff lösen.

Als sie sich zu ihm umdrehte, war ihr Gesicht von Schrecken verzerrt : »Was?«, fauchte sie. »Du hast die Königin doch schon gesehen, als wir auf dem Rathausplatz waren. Warum bist du so panisch geworden, als du ihre Stimme gehört hast?«

»Ich weiß es nicht. Ich verstehe es auch nicht. Diese Stimme, diese kälte..«

Überlebende

Der Wind peitschte ihm unbarmherzig ins Gesicht, während er am Bug der *Nela* stand und auf das endlose Meer hinausblickte. Die salzige Gischt brannte ihm in den Augen, doch blinzelte er nicht. Sturr starrte er in die Ferne, doch sah er weder die Wellen, noch den Horizont. Er sah das brennende Mondkap, die verzweifelten Gesichter der Flüchtlinge, das Chaos im Hafen und die verängstigte Mila an seiner Seite.

»*Sie haben die Stadt einfach niedergebrannt. Einfach so. Alles.*«, dachte er bitter. Die Bilder der Zerstörung hatten die schmerzhaften Erinnerungen an die Nacht wachgerufen, die sein Leben für immer verändert hatte, die Nacht, in der Nebulosia in Flammen aufging. Der beißende Geruch von Rauch und verbranntem Fleisch, die Schreie der Sterbenden, all das kehrt mit erschreckender Klarheit zurück. »Warum diese sinnlose Grausamkeit? Warum immer wieder dasselbe Leid? Welcher grausame Gott lässt so etwas zu?«

Das sanfte Schaukeln des Schiffes, das ihm sonst immer beruhigt hatte, verstärkt heute nur seine innere Unruhe. Er spürte die Wut und den Hass in sich pulsieren, eine brodelnde Flut, die danach drängte, sich einen Weg zu bahnen. Sie flüsterte ihm zu, sich gegen diese Grausamkeit zu wehren, sie zu besiegen, zu vernichten. Er wusste, dass er Mächtig sein konnte, wenn er wollte, doch was nütze ihm rohe Kraft auf der offenen See?

Er schloss die Augen und ließ die Emotionen durch sich hindurchfließen. Das vertraute Brennen in seinen Muskeln, das Prickeln des Seelenfeuer, war stärker als je zuvor. Die Angst vor dieser Macht, die ihn nach Jakubs Tod in Silberhafen gelähmt und dann in Mondkap beinahe überwältigt hatte, war verflogen, weggebrannt mit den

Flammen, die die Stadt vernichtet hatten.

Finn öffnete die Augen und blickte auf das dunkle Meer hinaus, das sich endlos vor ihm erstreckt. Der kalte Wind fegt über das Deck und sorgte dafür, dass er unwillkürlich zitterte. Die dünne Kleidung bot kaum Schutz gegen die beißende Kälte, er zog den Kragen seiner Jacke höher und vergrub die Hände tief in den Taschen, bis eine laute, vertraute Stimme ihn aus seinen Gedanken riss : »Mondkap mag gefallen sein, doch wir haben überlebt! Ignatz mag gefallen sein, doch wir haben überlebt!«

Er drehte sich um und sah Deana, die auf der Brücke des Schiffes stand, wie auf einer Kanzel, und zu den Überlebenden sprach: »Kaelen hat euch erwählt, er hat euch eine zweite Chance gegeben!«

Das Raunen und Schluchzen der Menge verebbte langsam, und immer mehr Köpfe drehten sich in Richtung der Priesterin. »Er hat euch aus dem Inferno gerettet, vor den dämonischen Horden bewahrt. Kaelen war der, der am tiefsten Punkt für euch da war! Er hat euch nie verlassen, er war immer da!« Deana hobt die Arme zum Mond, der Hell auf die Menge strahlte, als sie fortfuhr: »Er hat euch geprüft. Er hat euch für würdig erachtet nach Orion zu reisen! Spürt seine Barmherzigkeit, spürt seine Güte!«

»Wirklich jetzt?«, Finn zuckte erschrocken zusammen, als Mila ihm ins Ohr flüsterte. »Wir überleben gerade so einen Angriff von Altenberg, und sie nutzt das, um zu predigen?«

»Könntest Du dich vielleicht nicht so anschleichen?«, zischte der Junge zurück. »Tut mir leid, aber ich kann nichts dazu, wenn du auf Deana starrst, wie ein Kappa auf einen Teller fliegen und nichts mitbekommst.«, feixte sie, ein spöttisches Lächeln auf den Lippen.

»Naja, Du hast aber nicht unrecht. Keine Ahnung was das jetzt soll. Sie soll sich lieber um die Verletzten kümmern und dafür sorgen, dass unsere Flotte zusammen bleibt.« Finns Blick schweifte über die anderen Schiffe, die wie verletzte Vögel neben der *Nela* her segeln, ihre Masten geknickt, die Segel zerfetzt.

Mila seufzte: »Manchmal frage ich mich, ob sie die Realität überhaupt noch sieht.«

Finn nickte zustimmend und sagte dann nachdenklich : »Vielleicht ist das ihre Art, mit all dem fertig zu; indem sie sich an ihren Gott klammert und den Glauben, dass alles einen Sinn hat.«

»Oder sie versucht einfach, ihre Macht zu festigen«, murmelte Mila, ihr Blick wandert zu Deana, die immer noch inbrünstig zu den Überlebenden sprach. »In Zeiten der Krise suchen die Menschen Halt, und sie bietet ihnen diesen Halt - in Form von Kaelen. Zumal sie dadurch leichtes Spiel hat, dass sie den Glauben bereits von Ignatz gepredigt bekommen haben.«

Finn schwieg, beobachtete das Spiel von Licht und Schatten auf Deanas Gesicht. »Vielleicht ist es von beidem etwas«, sagte er schließlich. »Glaube und Macht sind oft zwei Seiten derselben Medaille.«

Mila schaute in verwundert an : »Tiefgründige Worte für einen einfachen Piraten.« Amüsiert lächelte sie ihn an : »Wir müssen uns auf das konzentrieren, was wir tun können. Wir müssen den Verletzten helfen, die Flotte wieder in Ordnung bringen und sicher auf den fernen Inseln ankommen.«

»Vorher muss ich aber mit dir reden.« Sie griff Finns Hand und zog ihn hinter sich her, nicht so wie sie es ihn Mondkap getan hatte, so lies er es zu uns sie huschten durch die von der Predigt gebannten Massen, in Richtung des Frachtraumes, tiefer in das Innere des Schiffes. Erst als sie Finns Kajüte erreicht hatten und damit weit genug von Deana entfernt waren und ihre Worte nur noch gedämpft durch die Schiffswände drangen, ließ Mila seine Hand los und blieb stehen.

»Was hast du vor?«, fragte Finn verwirrt.

»Ich habe mich noch gar nicht richtig dafür bedankt, was du im Flüchtlingslager für mich getan hast«, flüsterte Mila. Ihre Stimme war leise, fast brüchig, und etwas daran blieb für Finn schwer greifbar, ein Gefühl, das ihm unter die Haut kroch.

»Ich… ich habe doch nichts getan. Ich wollte dir so unbeding helfen, aber… ich konnte es nicht«, murmelte Finn, verlegen. Seine Wangen glühten, und er spürte Hitze in sich aufsteigen, während er versuchte, im Halbdunkel der Kabine ihrem Blick auszuweichen. Doch das leise Rascheln von Stoff und ihre kaum hörbaren Schritte füllten die Dunkelheit, als sie sich ihm zuwandte.

»Weißt du, Finn«, murmelte sie mit einem Hauch eines Lächelns in ihrer Stimme, das ihn beunruhigte, »so wie ich mich mit dir fühle, so habe ich mich noch nie mit jemandem gefühlt. Es ist, als hätten wir uns schon immer gekannt.«

Dann schlang sie ihre Arme zögernd um ihn, und in der plötzlichen Nähe begriff Finn, was ihn zuvor an ihrer Stimme so berührt hatte, das Zittern von etwas Zerbrechlichem, eine Verwundbarkeit, die sie nie zeigte. Er erwiderte Milas Umarmung, ließ den Blick in ihre leuchtend grünen Augen gleiten. Sie funkelten wie Smaragde im dämmerlicht des Mondes, der durch das Bullauge viel. »Ich weiß, was du meinst«, murmelte er. »Wenn du bei mir bist, fühle ich mich so verletzlich wie..«, die Worte blieben ihm im Hals stecken. Vorsichtig stellte sich Mila auf Zehenspitzen, und seine Hände glitten wie von selbst an ihre Hüften. In dem Augenblick, als sich ihre Lippen das erste Mal berührten, spürte Finn ein Knistern in der Luft, eine Kraft die sich beinah anfühlte wie das Seelenfeuer, die sich in seinem Inneren ausbreitete und ihn packte. Milas Kuss war süß und zugleich brennend heiß, als wären darin tausend Flammen entfacht, die alles um ihn herum in ein flüchtiges, glühendes Licht tauchten.

Langsam glitten ihre Lippen auseinander, doch in Milas Augen schwelte noch immer ein verführerisches Glimmen, ein Feuer, das wie ungesprochene Worte in der Dunkelheit zwischen ihnen flackerte. Ein Drang, tiefer als jedes Verlangen, pulsierte in Finns Brust, und mit einer fast schon unbändigen Sehnsucht legte er seine Hände an ihren Nacken, zog sie noch näher heran, bis ihre Lippen erneut aufeinandertrafen. Ein brennendes Verlangen entzündete sich, flammte in ihnen auf wie ein Sturm und verwob ihre Seelen in einem stillen, doch unaufhaltsamen Strudel.

Mit geschlossenen Augen ließ sich Mila in diesen Kuss fallen, ihre Arme schlangen sich wie Ranken um seinen Hals, als wollten sie die Zeit selbst binden und in diesem einen, unendlichen Augenblick bewahren. Alles andere verlor sich, verblich zu Schatten – nichts blieb außer dem Rausch und dem Rhythmus ihrer Atemzüge, die eins wurden.

Nach einer Ewigkeit, in der sie keine Zeit gespürt hatten, löste sich Mila leise, ihre Wangen glühten im fahlen Licht, ihr rotes Haar fiel ungestüm über ihre Schultern. Sie warf ihm ein Lächeln zu, schmal und unergründlich, ein Lächeln, das etwas Verhängnisvolles hatte und ihn bis ins Mark erschütterte.Langsam glitten ihre Lippen auseinander, doch in Milas Augen schwelte noch immer ein verführerisches Glimmen, ein Feuer, das wie ungesprochene Worte in der Dunkelheit zwischen ihnen flackerte. Ein Drang, tiefer als jedes Verlangen, pulsierte in Finns Brust, und mit einer fast schon unbändigen Sehnsucht legte er seine Hände an ihren Nacken, zog sie noch näher heran, bis ihre Lippen erneut aufeinandertrafen. Ein brennendes Verlangen entzündete sich, flammte in ihnen auf wie ein Sturm und verwob ihre Seelen in einem stillen, doch unaufhaltsamen Strudel.

»Ich will dich«, flüsterte sie, ihre Lippen bebten im Schein des Mondes.

Finns Herz schlug heftig gegen seine Brust, während Milas Worte wie ein widerhallender Donner in ihm nachklangen. In seinem Inneren entfachte sich ein Inferno aus Sehnsucht, ein glühendes Feuer, das all seine Sinne in einen Strudel aus Verlangen und dunkler Leidenschaft zog. Es war, als wäre die Luft um sie herum dicht und schwer, geladen mit einem stummen, unausgesprochenen Versprechen, das nur darauf wartete, eingelöst zu werden.

Die Dunkelheit der Kabine schien mit ihnen zu atmen, pulsierend und lebendig, genährt von ihrer Nähe. Finn wusste, dass er diesem

Sog nicht widerstehen konnte – oder wollte.

Er blickte tief in Milas Augen und erkannte die Wahrhaftigkeit ihres Verlangens. Es bedurfte keiner Worte mehr – er machte einen Schritt auf sie zu, drückte sie mit einem weiteren, begierigen Kuss an die hölzerne Wand des Schiffes.

Ihre Hände brannten heiß auf seiner Haut, als sie sein Hemd aufriss, und ihre Lippen hinterließen eine glühende Spur auf seiner Brust, an seinem Hals. Finns Atem stockte, als ein bisher ungekannter Sturm in ihm entfacht wurde, heißer und fordernder mit jedem ihrer Berührungen. Als ihre Hand tiefer wanderte und in seinen Schritt glitt, spürte er das aufkeimende Verlangen in seinem Körper.

Das rothaarige Mädchen öffnete, während sich ihre Zungenspitzen sanft berührten, geschickt seinen Gürtel. Einen Moment später glitten ihre warmen Hände tiefer, und er fühlte, wie sie ihn langsam, fast genüsslich massierte, ihre Hand vor und zurück bewegte, als würde sie das Feuer in ihm bewusst anfachen.

Finn erwiderte ihre zärtlichen Reize, ließ seine Lippen über ihren Hals wandern und spürte, wie sich die Erregung in ihm steigerte. Mit einem sanften, aber fordernden Griff schob er seine Hände unter Milas Kleid und zog es ihr über den Kopf. Ihr blasser, nackter Körper schimmerte im schwachen Licht der Kabine und in diesem Augenblick war sie das Schönste, was Finn je gesehen hatte.

Während sie sich langsam rückwärts bewegte, brach der Augenkontakt der beiden keinen Moment ab. Mila ließ sich auf Finns Bett nieder, vollkommen nackt, und sah ihn mit einem Blick an, der ihn tief traf, wie ein stummer Ruf, dem er nicht widerstehen konnte.

Wieder lächelte sie ihn an : »Komm zu mir.« Gefangen im Augenblick setzten seine Füße sich von alleine in Bewegung und er ging auf sie zu, vollkommen unbekleidet. Sein Körper, der von den Jahren auf See und dem langen Training gezeichnet war, erregte sie so sehr, dass ihre Hand zwischen ihre eigenen Beine wanderte. Als Finn gerade den Fuß des Bettes erreichte, stöhnte die Elfe leicht auf, ließ ihre Hand aber weiter die kreisenden Bewegungen ausführen, die ihre Lust so sehr steigerte.

Finn steigt auf das Bett, zu ihr und schmiss sein Hemd, das er gerade noch in Händen gehalten hatte, achtlos in eine Ecke seiner Kajüte. Mila begutachtete seinen nackten Körper von oben bis unten an, blieb bei seinen Augen hängen und blick ihm Tief in diese.
Wieder stöhnte sie auf, etwas lauter als zuvor. Finn lehnte sich vor um sie wieder zu küssen. Während ihres Kusses, fühlte er, wie Mila seine Hand mit ihrer ergiff und zwischen ihre Beine führt.

Als er Mila berührte, spürte er die weiche, feuchte Haut und ein zittern durchfuhr sie. Er übernahm die kreisenden Bewegungen und massiert sie weiter, Mila's Beine begannen zu zittern und ihre leidenschaft intensivierte sich.

Seine Bewegungen wurden schneller, gemeinsam mit ihren Atemstößen. Finn fühlte die zunehmende Hitze und

Feuchtigkeit zwischen ihren Schenkeln. Am Höhepunkt ihrer Lust angekommen, drückte Mila ihre Lippen fest an die Finns, er spürte ihren Körper vibrieren und dann erschlaffen.

Beim Öffnen seiner Augen, sah er Mila vor sich liegen, lächelnd. Noch nie war sie so schön gewesen, wie in diesem Moment. »Ich liebe dich, Finn.«, haucht sie, leicht außer Atem.

Finn musste ihr eine Erwiederung vorerst schuldig bleiben, denn sie stürzte sich auf ihn und warf ihn auf den Rücken. Er fühlte ihre zarte, weiche Haut auf seiner. Das verlangen in seinem Körper schrie, er wollte sie - Nur sie. Sie küsste ihn auf die Brust und fuhr mit ihren Lippen immer weiter an seinem Körper herab. Ihre Finger spielten mit ihm und das brennende Gefühl in ihm steigerte sich, noch nie in seinem Leben war er so berührt worden, noch nie in seinem Leben hatte sich etwas so gut angefühlt.

»Gefällt dir das?«, Milas Stimme war nur ein zartes Flüstern. »Bitte hör nicht auf.«, stöhnte Finn. Er sah sie an, sah ihre Hand, mit den rot lackierten Fingernägel, fließende Bewegungen ausführen.

Sie lächelte, der Junge sah das glänzen ihrer roten Lippen, als sie diese öffnet. Er fühlt ihre Zunge, die wärme und die Feuchtigkeit, als sie den Kopf auf und ab bewegt. Wieder stöhnt er auf. »Bei Lirian, das fühlt sich so gut an. Mach weiter!«

Mila gehorchte und saugte noch kräftiger, sodass das brodeln der Erregung immer weiter in ihm aufstieg. Seine Hände griffen in Milas tief rotes Haar, doch kurz bevor er seinen Höhepunkt erreicht, hörte sie apprubt auf: »Noch nicht.«, flüstert sie ihm ins Ohr, während sie sich auf ihn setzte.

Ihr hüften führten rhytmische Bewegungen aus, bewegen sich in Kreisen, von oben nach unten. Die Atmung der der beiden beschleunigte sich in ihrer symbiotischen Extase. Finn spürt, wie Milas bewegungen Leidenschaftlicher und schneller wurden, spürt wie sie ihren Höhepunkt zu erreichen schien und als ihrer beider Lust am höchsten war, greift Finn Mila's Hals mit seinen Händen und küsst sie. Ihr Körper zittert heftig und sie schrie auf. Finn fühlte wie seine Lust sich in ihr lößt und dann, wie Mila, immer noch auf ihm sitzend, ihren Kopf auf seine Brust legte. Ihr Atem ging schwer, im gleichen Takt. Erst jetzt spürte er, wie verschwitzt sie waren.

Er wusste nicht, wie viel Zeit verging, bis sie sich von ihm herunter rollte und in seinen Arm kuschelte, doch egal wie lange es war, kam es ihm noch zu kurz vor.

Er gab Mila einen Kuss auf den Kopf, als sie dort so auf seiner Brust lag und murmelte : »Das war unglaublich.« Dann spürte er wie ihr Kopf sich bewegte und sie sich noch enger an ihn schmiegte.
»Finn, versprich mir bitte etwas.«, murmelt sie mit schläfriger Stimme.
»Alles was Du willst Mila.«, antwortete er.

»Schwöre bei den Göttern.«, verdeutlichte die Ernsthaftigkeit ihres Bittens.

»Ich schwöre bei Lirian und Kaelen.«, gab Finn zurück.

»Bitte Finn, tu mir nicht weh. Lass mich

nicht allein.«, während sie sprach hob sie den Kopf und schaut ihm so tief in die Augen, dass er das Gefühl hatte, ihre smaragdfarbenen Augen würden direkt in seine Seele sehen.

Hochsee

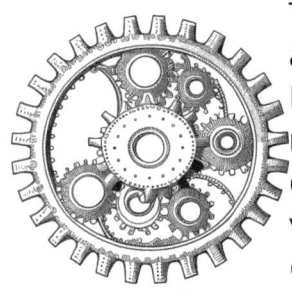

Tage auf See vergingen anders als Tage an Land. Diese Erfahrung mussten nach der Flucht besonders diejenigen machen, die vorher noch nie das Deck eines Schiffes betreten hatten. Schon am Morgen trieb Andrej die überlebenden Fischer an, die Nela an ihr Limit zu bringen, um auf schnellstem Wege die Fernen Inseln zu erreichen.

Die Stürme und der Seegang sorgten dafür, dass viele der Flüchtigen unter der Seekrankheit litten. Das Schlimmste jedoch war, dass sich jeder Tag wie eine Woche anfühlte. Finn wusste genau, wie schlimm das am Anfang sein konnte. »Landratten brauchen Zeit, bis sie keine mehr sind«, Finn dachte schmunzelnd an die Worte Urians zurück.

In den letzten Tagen hatte Deana kein Wort

mit ihm oder Mila gewechselt, zu sehr war sie darauf fokussiert, jeden Abend eine Ansprache über Kaelen und das Glück, welches er ihnen hatte zukommen lassen, zu halten. Finn war nicht böse darum, dass die Elfe ihn bisher in Ruhe ließ, so hatte er mehr Zeit, sich um Mila und das, was zwischen ihnen war, zu kümmern. Auch wenn er nicht ganz sagen konnte, was das war. Nachdem die beiden miteinander geschlafen hatten, war sie in Finns Armen eingeschlafen, doch er hatte noch lange wach gelegen.

Sie hatte ihn angefleht, ihr nicht weh zu tun. Finn wusste es in diesem Moment jedoch besser, irgendwann würde er ihr wehtun müssen, denn schließlich war er es gewesen der Bürgermeister Ignatz' getötet hatte. Wie lange würde es dauern, bis er nicht mehr mit der Lüge leben könnte, dass er in der Schlacht gefallen war? Würde er ihr erzählen, dass er derjenige gewesen war, der das Leben des Alten beendet hatte, sie würde ihm wohl nie verzeihen und Finn könnte es an ihrer Stelle auch nicht.

Geplagt von diesen bohrenden Gedanken, war Finn aufgestanden, als er sicher war, dass Mila schlief, und an Deck gegangen um durch die Meeresluft einen freien Kopf zu bekommen. Gelungen war ihm das nicht, denn dort wartete, im schillernden Mondlicht, schon jemand auf ihn : Andrej.

»Andrej, Du brauchst mir nicht ins Gewissen zu reden.«, hatte Finn das Gespräch begonnen. Der Kappa antwortete, in dem er seine Froschaugen rollte und dann wieder den Jungen fixierte.

»Ach, bin ich nicht mal mehr Meister Andrej?«, wollte er mit einem leichten Vorwurf in der Stimme wissen, »so weit ist es schon gekommen?«

»Nein, Meister Andrej. Aber ich bin nicht in Stimmung um zu reden, ich will einfach alleine sein.«, Finn hatte sich auf die Reling gesetzt und sich vom Werkmeister abgewendet.

Die Nela war über das mehr geglitten und das Glitzern und schauckeln der Wellen hatten angefangen Finn zu hypnotisieren, ihn in eine leichte Trance fallen lassen, als Andrej sich mit dem Rücken zu ihm an die Reling lehnt : »Was ist mit dir während des Angriffs passiert?«

»Nichts.«, murrte Finn knapp.

»Achso. Nichts also. Interessant.«

Eine unangenehme Stille hatte sich über die beiden gelegte, nur durchbrochen von dem sanften Brechen der Wellen am Bug des Schiffes.

»Du kannst mich nicht anlügen, Bursche!«, hatte Andrej, leise, aber bestimmt gesagt. »Als du und diese Göre zurück auf das Schiff gekommen seid, war irgendetwas anders. Irgendetwas war mit dir passiert.«

»Wir haben gegen einige von den Dämonen gekämpft und versucht, Ignatz das Leben zu retten. Hat nicht so gut funktioniert. Offensichtlich. Reicht das?«, hatte Finn sich zu erklären versucht.

Nach einigem Hin und Her waren sie zu dem Schluss gekommen, dass der Junge nicht darüber reden wollte und würde, was in Mondkap passiert war. Auch wenn Andrej nicht locker gelassen hatte, stand Finn irgendwann genervt auf und ging zurück in seine Kajüte.

Dort wartete Mila bereits auf ihn. »Wo warst du?«, hatte sie gefragt. »Ich brauchte etwas frische Luft«, hatte er geantwortet, als er sich neben sie setzte und ihr einen Kuss auf die Stirn gab. Wortlos kuschelte sie sich in seinen Arm. Einen Moment lang lagen sie einfach so da, umschlungen von der Stille der Kajüte, nur das leise Rauschen des Meeres im Hintergrund.

Milas Atem war kaum merklich schneller geworden, als sie mit leise Stimme die wohlige Stille zart durchbrochen hatte. »Habe ich etwas falsch gemacht?«, fragte sie, mit einer Stimme gedämpft von Finns Brust und belegt von einem Anflug nervöser Angst. Überrascht hatte Finn die Augen aufgerissen und sich leicht aus ihrer Umarmung gelößt, um ihr in die Augen sehen zu können. »Nein«, war seine sanfte Antwort gewesen. »Warum denkst du sowas? Mich beschäftigte nur, dass ich Ignatz nicht helfen konnte.«

»Der arme, alte Mann«, flüsterte sie. »Ich mochte ihn wirklich. Immerhin hat er mir ein Zuhause gegeben, nachdem ich aus Schattenruh weg bin.«

»Was ist passiert, dass du fortgegangen bist?«, fragte Finn schließlich, seine anfängliche Sorge verwandelte sich in ein neugieriges Interesse an dem, was sie erlebt hatte.

Nervös strich sie eine Strähne ihres roten Haares hinter das spitze Ohr, ihre Finger glitten dabei nachdenklich über die seidigen Spitzen. Finn beobachtete sie, wie sie dort auf seiner Brust lag, zerbrechlich und doch wunderschön, als läge etwas magisches über ihrer Stille. Ein vertrautes Kribbeln breitete sich in ihm aus, und er spürte, wie sein Blut heftig und unaufhaltsam durch seine Adern pochte. Doch dieses Mal war es nicht das Seelenfeuer, das ihn durchströmte – es war ein anderes, seltsames Gefühl, das ihn jedes Mal erfasste, wenn Mila ihm nah war. Es sammelte sich tief in seiner Magengegend, heiß und intensiv, bis es beinahe brannte.

Mila hatte ihn mit ihren großen, grünen Augen durchdringend von unten angesehen und leise gesagt: »Ignatz meinte heute Morgen, ich wäre eine Waldläuferin. Das stimmt so aber nicht ganz. Ich wollte Waldläuferin werden und habe mich in Schattenruh ausbilden lassen.«

»Deshalb wusstest du genau, wie viel Prodobeerensaft du in mein Bier mischen musstest, damit ich die Wahrheit sage«, erwiderte Finn mit einem Schmunzeln.

»Genau«, sagte sie und lächelte schwach. »Unsere Waldläufer sind nach Sternenfall aufgebrochen, um die Paladine dort zu unterstützen und die Stadt zum Fallen zu bringen. Aber man hat mir gesagt, ich dürfte nicht mitgehen, weil meine Ausbildung noch nicht abgeschlossen sei.« Eine einzelne Träne schimmerte in ihren Augen, und bevor sie ihr entglitt, wischte Finn sie sanft mit dem Daumen fort. Er sah sie an, bevor er flüsterte: »Und dann?«

Wieder schmiegte sie sich fest an ihn, bevor sie mit ihrer Geschichte fortfuhr: »Ich war wütend – ich wollte unbedingt mit. Also schlich ich mich an Bord des Flugschiffs, mit dem die Waldläufer und eine kleine Gruppe von fünf Fremden Richtung Sternenfall aufbrechen wollten. Kurz nach dem Start wurde ich jedoch entdeckt, während ich schlief. Der Idiot, der mich fand, konnte einfach nicht die Klappe halten, egal was ich ihm anbot...«

Finn spürte ein leichtes, verschmitztes Lächeln auf ihren Lippen, bevor sie weiter sprach: »Natürlich hat der Verräter alles an Wipfelstürmer Loran weitergegeben, und Loran ließ mich sofort zu sich zitieren. Er brüllte mich an, fragte, was mir einfiele, und drohte mir eine Strafe an, bei der ich noch darum betteln würde, einfach aus der Ausbildung geworfen zu werden, sobald wir zurückkämen.«

Sie hatte Finn losgelassen und sich ihm im Schneidersitzt gegenüber gesetzt.

»Im Lager der Paladine angekommen, hatte Loran mir gleich befohlen, auf dem Schiff zu bleiben, bis er vom Kriegsrat zurückkam.« Mila schmunzelte und ließ den Blick kurz in die Ferne schweifen. »Aber beim Warten –

und das kann ich wirklich nicht ab – wurde mir so furchtbar langweilig, dass ich beschloss, mich einfach ein bisschen umzusehen. Vom Deck des Flugschiffes aus konnte ich dann die Kuppel über der Stadt sehen.« Ihre Stimme klang plötzlich ehrfürchtig. »Es war, als wäre eine riesige, leuchtende Kugel über Sternenfall gespannt worden, die sich langsam, unheimlich veränderte. Schwarze Schatten zogen darüber hinweg wie riesige Rabenflügel.« Sie schluckte hörbar. »Beeindruckend, auf jeden fall, aber auch ziemlich beängstigend. Es überkam mich das Verlangen, das mich fast dazu gebracht hätte weg zu laufen – und dennoch konnte ich mich diesmal nicht überwinden, Lorans Befehle zu ignorieren.«

»Also bist du auf dem Schiff geblieben?« Finns Augen blieben aufmerksam auf ihrem Gesicht.

Verschmitzt lächelte sie und zuckte die Schultern. »Natürlich nicht. Ich wollte warten, bis es dunkel wird, dachte, vielleicht würde ich dann den Mut aufbringen. Aber das war gar nicht nötig. Gegen Abend kam

Loran zurück und hielt eine Ansprache, dass man um Mitternacht in die Stadt einfallen würde.« Ihre Stimme wurde ruhiger, ihr Blick ernst. »Danach kam er zu mir und schimpfte mit mir – ich wäre verantwortungslos und hätte alle in Gefahr gebracht, nur weil ich unbedingt mitgekommen war. Das Schiff, sagte er, würde mich nach Schattenruh zurückbringen, sobald die anderen Waldläufer versammelt wären. Bis dahin sollte ich mich um die Pferdeställe kümmern und Pfeile herstellen.«

»Aber... ich dachte, du wärst trotzdem vom Schiff geschlichen?« Finns runzelte leicht die Stirn in gespieltem Misstrauen.

Mila gähnte, kuschelte sich wieder in seinen Arm und zog die Decke eng über die Schulter. »Ist es in Ordnung, wenn ich dir den Rest morgen erzähle?« murmelte sie leise, die Müdigkeit schon in der Stimme spürbar. »Ich schlaf gleich ein.«

Finn nickte, etwas irritiert, aber verständnisvoll und strich ihr sanft über die Haare. »Natürlich. Schlaf gut.«

Am nächsten Morgen war Finn alleine in seinem Bett wach geworden. Er hatte sich angezogen und war durch das überfüllte Schiff an Deck gegangen. Dort stand Newi, umringt von einigen Kindern, und führte ihnen einige Tritte und Schläge vor. Töne der Bewunderung waren den Kindern entwichen, viel »Oh« und »Ah« war zu hören.

Was genau Finn dazu bewogen hatte, sich den Ausführungen des Halbdrachen anzuschließen, wusste er später selbst nicht mehr zu sagen. Vielleicht war es bloße Langeweile, vielleicht aber auch das Bedürfnis, seine Gedanken klarer zu ordnen.

Entschlossen schob er sich durch die Reihen der staunenden Kinder und rief laut: »Hey, Meister! Lust auf eine kleine Kraftprobe?« Ein zustimmendes, kehliges Schnaufen von Newi genügte Finn, und er nahm sofort eine breitbeinige Kampfhaltung ein, die Hände fest und leicht versetzt vor dem Körper.

Kaum hatte er seine Position eingenommen, fegte Newi mit einer Wucht auf ihn zu, die Finn zwar erwartet hatte, ihn aber trotzdem überraschte. Ohne recht zu wissen, wie, ließ er sich nach hinten fallen, doch bevor er den Boden berührte, traf ein Tritt von Newi seinen Rücken wie ein Stahlhammer. Der Schmerz schoss heiß in seinen Brustkorb, trieb ihm Tränen in die Augen und verschlug ihm den Atem. Er prallte hart auf den Boden, überschlug sich mehrere Male, ehe er schließlich liegen blieb – erschöpft, den Blick starr nach oben Gerichtet, wo das blau sich über ihm erstreckte. Dann war er keuchend aufgestanden, hatte sich erneut in die Kampfhaltung begeben und schwer atmend gerufen: »War das alles?«

Dieses Mal hatte sich Finn auf den Halbdrachen gestürzt, doch die Faustschläge, die er versuchte zu landen, wurden ohne Probleme von dem Mönch pariert, was zu noch mehr »Oh« und »Ah« führte. Jubel brach aus, als er mit einem reflexartigen Sprung dem Fußfeger Newi ausgewichen war und sich seines Falls mit einem beherzten Tritt den schuppigen Körper des Gegners traf. Schmerzen zogen sich durch seinen Körper, und es fiel ihm schwer, Gewicht auf das Bein zu legen. Ihm war klar, dass er den Übungskampf in diesem Moment verloren hatte, und er wartete auf den vernichtenden, letzten Schlag des Halbdrachen. Doch es folgte kein Tritt, kein Hieb und kein Wurf. Newi stand ihm gegenüber, abwartend.

»Na los!«, presste er durch seine aufeinander gedrückten Zähne, »mach mich fertig, du hast gewonnen – Meister.«

Entgegen seiner Erwartung folgte immer noch keine Reaktion seitens des Meisters. Stattdessen mischte sich jemand anderes ein: »Bursche, nimm das hier!«, gefolgt von einem Klappern. Finn drehte sich, so schnell es die Verletzung zuließ, in die Richtung aus Stimme und des Klappern gekommen waren : Andrej hatte ihm sein hölzernes Bastardschwert zugeworfen. Der Junge unterdrückte den Impuls, sofort zu seinem Schwert zu hechten, denn er kannte Newi gut genug, um zu wissen, dass sofort ein Angriff folgen würde.

»Ich muss ihn ablenken und mir dann die

Waffe schnappen!«, durchzuckte es ihn. Ein Lächeln stahl sich auf seine Lippen, was der Mönch als Signal nahm, erneut zuzuschlagen. Finn gelang es, mehrere der Schläge mit seinen Armen ab zu blocken und sich unter einem Hieb wegzuducken, der den Kampf beendet hätte. Während er sich duckte, griff er neben sich – ins Leere. »Verdammt!«, fluchte er laut, bevor ihn ein schuppiger Fuß direkt im Gesicht traf.

***

Finn saß mit blutender, gebrochener Nase an die Reling gelehnt, eine Frau drückte ihm einen nassen Lappen, der stark nach Abwasser stank, auf die Wunde. Neben ihm stand Andrej und schaute auf ihn herab: »Du bist aus der Übung, Bursche.«

»Offensichtlich« nuschelte Finn »vielleicht sollten wir wieder mehr trainieren. Die Hexe spricht ja sowieso nicht mehr mit mir.«

»Und dann sind wir wieder gut genug? So nicht, Bursche. Erzähl mir, was in Mondkap passiert ist, und ich überlege mir, ob wir dir nochmal etwas beibringen.«

»Warum willst du das so unbedingt wissen – Meister?« Finn rollte genervt mit den Augen.

»Weil ich mir Sorgen um dich mache. Du magst vielleicht wütend auf die Hexe sein, aber deshalb hast du dich doch nicht von ihren Lehren abgewendet, oder liege ich da falsch?« Der Kappa wartete die Antwort nicht ab : »Bevor du nicht begreifst, dass diese Frau dich auf einen dunklen Pfad führt, von dem du irgendwann nicht mehr herunterkommen wirst...« Er signalisierte der Helferin, dass sie die beiden allein lassen solle. Wortlos stand sie auf und verschwand in Richtung des Frachtraums.

»Das Seelenfeuer ist gefährlich, Finn. Du hast Kalayci gesehen, er sitzt nicht nur im Rollstuhl, weil er verwundet wurde. Du weißt wie dieser verrückte Zwerg im Sumpf gekämpft und sich gleichzeitig mit mehreren Waldläufern und Druiden angelegt, weil ihn der Wahnsinn übermannt hatte.« Andrej schaute Finn direkt in die

343

Augen, als wüsste er genau, was in dem Moment, als Finn das Leben des Bürgermeisters von Mondkap beendete, in ihm vorgegangen war.

»An dem Tag, als du in Silberhafen die Kontrolle verloren hast...«
»Lass das!«, fauchte Finn ihn an.
»Nein. An dem Tag ist die Magie mit dir durchgegangen, und das nur wenige Tage, nachdem du gelernt hast, dass du die Fähigkeit besitzt, sie zu nutzen. Was soll also passieren, wenn du die Kraft bewusst einsetzen kannst...«
»Hör auf!«, brüllte Finn und versuchte sich hochzurappeln. Doch sein Bein gab sofort nach, und er landete wieder auf seinem Hintern.

»Schrei mich noch einmal an, Junge!«, drohte Andrej. »Ich versuche, dir dein verdammtes Leben zu retten und dich vor einem Fehler zu bewahren! Aber du bist blind vor Arroganz, weil du glaubst, dir wird schon nichts passieren. Du wirst schon nicht die Kontrolle verlieren. Du wirst die Magie schon meistern. Dabei hast du bisher genau das Gegenteil von alledem gemacht!« Je länger Andrej sprach, desto lauter wurde er.

»Ich bin nicht arrogant!«, schrie Finn zurück, bevor er sich eine saftige, vierfingrigen Ohrfeige einfing.

Tränen der Wut schossen ihm in die Augen, und instinktiv ließ Finn die Seelenfeuer in seinem Körper frei, bis das dunkle Wirbeln um seine Hände erschien.

»Genau das meine ich! Du kannst es nicht kontrollieren! Was willst du machen? Mich töten? Na los, versuch es doch!«, provozierte Andrej ihn weiter und traf damit genau ins Schwarze. Finn sprang auf, die Finger zu Krallen geformt, bereit, dem Werkmeister das Leben zu nehmen.

»Finn!«, brüllte eine vertraute Stimme. »Reiß dich zusammen!«
Sofort hielt er inne und das dunkle Wirbeln um seine Hände begann langsam zu verschwinden, während Milas Stimme in seinem Kopf nachhallte. Sein Atem ging stoßweise, und er senkte den Blick, unfähig,

in die bohrenden, verurteilenden Augen des Kappa zu schauen.

»Du gibst ihm recht mit dem, was du tust!« in ihrer Stimme lag kein Vorwurf. Finn ballte die Fäuste, während er damit kämpfte, die aufkochenden Emotionen zu bändigen. Hektisch wischte er sich Tränen aus den Augen.

»Es tut mir leid, Meister,« murmelte er, gefolgt von einer tiefen Verbeugung. »Ich habe die Kontrolle verloren.«

»Deine Entschuldigung kannst du dir in den verfluchten Arsch stecken, Bursche. Geh mir aus den Augen!« Die Abscheu in Andrejs Worten traf Finn so hart, wie es nicht einmal die Schläge des Bootsmannes gekonnt hatten.

Das kleine Mädchen

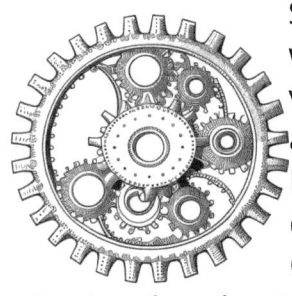

Seit dem Streit mit Andrej waren einige Tage vergangen und Finn saß an seinem gewohnten Platz auf der Reling um auf den offenen, tiefblauen Ozean, der von der hochstehenden Sonne beleuchtet wurde zu starren. Nachdem sie Mondkap verlassen hatten, war am Horizont kein Land mehr zu sehen; vor den Reisenden erstreckte sich nur die endlose See.

Weder der Kappa noch Deana hatten seither ein Wort mit ihm gewechselt. Der Werkmeister ging ihm permanent aus dem Weg und schenkte ihm keinen Blick, während Deana seit Beginn ihrer Reise damit beschäftigt war, den Flüchtlingen zu suggerieren, dass sie die von Kaelen gesandte Retterin sei.

Die einzige, die seine Anwesenheit ertrug,

war Mila. Sie schlief jede Nacht in seinem Bett und versuchte, ihn auf andere Gedanken zu bringen, doch Finn konnte seine Gedanken nicht abschütteln. Der Streit mit Andrej hallte in seinem Kopf nach; seine Worte rotierten immer wieder umher. Die Spannung an Bord der Nela war greifbar und schien mit zunehmender Distanz zum Festland zu wachsen. Finn spürte, wie sich ein Kloß in seinem Hals bildete, als er daran dachte, dass er möglicherweise schon wieder jemanden verloren haben könnte.

Nachts wurde er oft schweißgebadet und panisch wach, mit dem lachenden Gesicht des Bootsmannes auf seiner Netzhaut eingebrannt. Mila musste ihn dann erst einmal beruhigen, und es dauerte lange, bis er wieder einschlafen konnte. Der Junge schüttelte kräftig den Kopf, als die Stimme des Bootsmannes in seinem Kopf pulsierte: »*Du bist nichts. Niemand wird dich jemals vermissen!*« Wieder und wieder schüttelte Finn seinen Kopf und murmelte wie ein Mantra: »Er kann mir nichts mehr tun. Er ist tot«

So bemerkte er nicht, wie sich jemand neben ihn hockte und zuckte erschrocken zusammen, als dieser Jemand zu sprechen begann: »Hast du auch deine Familie verloren?« Die Stimme war hoch und kindlich. Suchend drehte er sich um und sah ein kleines Ork-Mädchen neben sich sitzen: »Meine Mama und mein Papa warten in Sternenfall auf mich, weißt du? Aber meine Tante Jez'zi hat mich nach Mondkap mitgenommen, damit Mama und Papa sich keine Sorgen machen müssen. Wo sind deine Mama und dein Papa?«

»Ich habe keine Eltern mehr«, entgegnete er zögerlich, denn der Name der Rebellenanführerin ließ ihm einen Schauer über den Rücken laufen.

»Oh, das ist aber traurig. Vielleicht kannst du ja mit zu meiner Mama und meinem Papa kommen, wenn wir wieder zurück in Sternenfall sind.« Ihr grünes Gesicht verzog sich zu einem breiten Grinsen, das ihre kleinen Hauer entblößt.

»Danke, das ist lieb von dir, aber ich kann leider nicht mit in die Stadt kommen, weißt du?«, entgegnete Finn und versucht zu lächeln, doch dem Ausdruck des Mädchens nach zu urteilen, gelang ihm das nicht sonderlich gut.

»Bist du deshalb so traurig, weil du keine Mama und keinen Papa hast?«, wollte sie wissen.

»Nein, ich bin gar nicht traurig. Mir geht es gut«, log er.

»Meine Tante sagt immer: Lügen darf man nicht sagen«, tadelte ihn die Kleine.

»Aber ich lüge nicht!«, Finn spürte Wut in sich aufbrodeln – was wusste dieses kleine Mädchen schon über ihn? »Verrat mir doch erstmal deinen Namen«, sagte er, eine Spur aggressiver, als er gewollt hatte.

»Sei nicht fies zu mir, ich bin doch lieb zu dir!" Ihre Unterlippe schob sich zu einem Schmollmund, der ihre Hauer nun wieder vollständig bedeckt. »Mein Name ist Jo'ha. Mein Papa ist Pe'lin, aber alle nennen ihn Humhum, weil er nicht sprechen kann. Und meine Mama ist Ne'sa. Mein Papa ist ein großer Krieger, deswegen ist er in Sternenfall geblieben. Verstehst du? Deswegen leg dich besser nicht mit mir an!«

»Humhum?« Der Name weckte etwas in Finn, irgendwo hatte er ihn schon einmal gehört.

»Ja, alle nennen ihn Humhum, hab ich doch gerade gesagt!«, warf sie ihm zornig vor.

»Und wie heißt du?«

»Ich bin Finn, ich komme aus Nebulosia, und ich bin Pirat.« seine Stimme zitterte etwas als er sich korrigieren musste : »Nein, ich war Pirat.«

»Oh, wie toll! Meine Mama hat mir immer Piratengeschichten erzählt! Von Kapitän Flavian und seinen Leuten. Kennst du die auch?«

»Die Geschichten oder Kapitän Flavian?« Finn zog eine Augenbraue hoch.

»Natürlich Kapitän Flavian!«, ihre schwarzen Augen funkelten ihn an. »Mama hat immer gesagt, dass es den wirklich gibt. Sie hat sogar bei Lirian geschworen.«

»Flavian, der Name kommt mir auf jeden Fall bekannt vor, das kann ich dir sagen. Ich bin mir nur nicht sicher, ob er Kapitän ist«, rätselte er.

»Und du? Bist du ein Kapitän?«

Der Junge lachte laut auf: »Nein, schön wäre

es. Ich war Schiffsjunge auf der *Perla*, dem Schiff von Kapitän Dumond.«

»Kapitän Tüment? Das habe ich ja noch nie gehört«, nun war es die Kleine die lachte.

»Dumond. Das ist der großartigste Kapitän, der jemals die Meere Rudinias befahren hat. Er ist der Allerbeste!« Finn unterbrach ruppig das Lachen des Mädchens. »Wenn's dich nicht interessiert, dann brauche ich dir ja auch nichts von ihm zu erzählen.«

»Oh doch, tut mir leid. Erzähl mir bitte Geschichten von deinen Seefahrten, bitte, bitte!« Ihre großen Augen starrten flehend in seine: »Bitte, ich liebe Piratengeschichten!«

»Na gut, aber nur wenn du mir versprichst, dass Du nicht darüber lachst!«

»Nein, ganz fest versprochen!«, sie nickte überschwänglich.

»Also einmal sind wir mit der Perla zu den fernen Inseln gesegelt, weil der Kapitän..«, auf Jo'has Gesicht machte sich wieder ein Grinsen breit, das sie offensichtlich mit aller Kraft zu unterdrücken versuchte. ».. einen Schatz finden wollte. Er hatte nämlich beim

Kartenspielen in der Taverne von Nebulosia eine Karte gewonnen.«

»Und dann?«, fragte sie wissbegierig.

»Als wir dort angekommen sind, war das eine Insel die auf den ersten Blick nur aus Sand bestand. Sie war riesig, aber nur Sand und dichte Palmen, die sich im inneren zu einem Wald verdichteten. Ich fragte Urian, meinen besten Freund..« er schluckte ».. ob wir sicher hier einen Schatz finden würden und er lachte mich nur aus.«, beim Gedanken an Urian hatte sich ein Kloß in Finns Hals gebildet, der es im schwer machte die Geschichte fort zu setzen, doch wollte etwas in ihm das kleine Mädchen nicht enttäuschen.

»Urian lachte mich also aus, aber ich ließ nicht locker. Schließlich waren wir den ganzen weiten Weg gekommen, um einen Schatz zu finden. Ich wollte dem Kapitän beweisen, dass ich mehr seiin konnte als nur Schiffsjunge. Nachdem wir das Lager aufgeschlagen hatten, schlich ich mich heimlich los, um die Insel auf eigene Faust zu erkunden.«

Jo'ha blickte ihn gespannt an. »Ganz alleine? Hattest du gar keine Angst?«

»Vielleicht ein wenig.«, gab Finn zu, während ein schiefes Lächeln seine Lippen umspielte. »Aber ich habe mir gesagt, dass echte Piraten sich nicht fürchten dürfen. Also ging ich weiter, immer tiefer in den Dschungel hinein. Die Palmen wurden dichter, und es war so still, dass ich nur das Rauschen des Windes in den Blättern und das knistern des Sandes unter meinen Füßen hören konnte. Es wurde fast wieder hell, als ich endlich etwas fand..«

Jo'ha beugt sich aufgeregt vor, ihre Augen weit aufgerissen. »Was denn?«

»Ein altes, verfallenes Steintor, mitten im Dschungel. Es wirkte, als wäre in den letzten hundert Jahren von niemandem mehr gefunden worden. Ranken und Moos bedeckten alles, und davor lag ein Steinweg, der tief in den Wald führte. Meine Neugier wurde größer als meine Angst, also folgte ich dem Weg. Schließlich stieß ich auf etwas Unglaubliches.«

Jo'ha hielt den Atem an. »Was? Erzähl schon!«

»Eine riesige Höhle, und darin eine Piratenschatztruhe. Sie war verziert mit Edelsteinen und Symbolen, die ich nicht kannte. Ich wusste sofort, dass ich den Schatz gefunden hatte, von dem die Karte sprach. Aber in dem Moment, als ich die Truhe berühren wollte, hörte ich ein Geräusch.«

Finn ließ eine kurze Pause, um die Spannung zu steigern. »Es war ein Knurren. Ein tiefes, bedrohliches Knurren.«

»War es ein Monster?«, flüsterte Jo'ha erfürchtig.

»Fast«, antwortete Finn mit einem Lächeln. »Es war ein riesiger Wolf, der in der Höhle lebte. Sein Fell war vernarbt, und seine Augen glühten wie Fackeln. Er war wohl der Wächter des Schatzes, und es war klar, dass er nicht vorhatte, mich mit der Truhe gehen zu lassen.«

Jo'ha starrte Finn ungläubig an. »Und was hast du gemacht?«

»Ich wollte Pirat sein, also blieb mir nichts anderes übrig, als mit dem Ungeheuer zu kämpfen«, sagte Finn, in der Hoffnung, dass sie, in ihrer kindlichen Begeisterung, seine Lüge glaubte. »Ich war unbewaffnet, aber ich schnappte mir einen alten Knochen, der neben der Höhle lag, und stellte mich dem Kampf. Es sprang auf mich zu, doch im letzten Moment konnte ich noch weg springen. Es ging eine Weile so weiter, bis mir schließlich eine Idee kam, wie ich die Bestie vielleicht austricksen könnte«

»Wie?«, fragt Jo'ha atemlos.

»Ich lockte ihn unter eine lockere Steinsäule in der Höhle. Mit einem kräftigen Schlag brachte ich die Säule zum Einsturz, und der Wolf wurde unter den Trümmern gefangen. Ich schnappte mir die Schatztruhe und rannte so schnell ich konnte zurück zum Schiff.«

Jo'ha klatschte begeistert. »Was war in der Truhe? Gold und Juwelen?«

Finn lachte leise. »Leider nicht. Als wir die Truhe öffneten, war sie leer. Nur ein einzelnes Stück Papier war darin. Es war ein gekritzelte Nachricht auf der Stand 'Ich war schon vor euch hier, grüßt mir den Wolf!' . Der Kapitän war zuerst wütend, aber dann lachte er und sagte: 'Dieser alte Betrüger!' Aber so wie der Kapitän eben war, sind wir zurück in die Höhle und haben den Wolf befreit, danach lebte er als unser Haustier auf dem Schiff, wir nannten ihn Seneh. Als Schiffsjunge musste ich mich natürlich um ihn kümmern, aber das ist eine ganz andere Geschichte.«

Jo'ha kicherte. »So ein Abenteuer will ich auch mal erleben«

Finn lächelte, Jo'ha muss ja nicht wissen, dass die Geschichte vielleicht etwas spektakulärer erzählt wurde, als sie sich tatsächlich zugetragen hat.

»Und das hast du wirklich erlebt? Was wurde aus dem Wolf? Na komm schon, erzähl!«, die Augen des Mädchens glänzten.

»Der Wolf war bis zu letzt unser Begleiter, nach der Sache in Nebulosia habe ich ihn aber nicht mehr gesehen.«, antwortet er traurig.

»Erzählst Du mir noch eine Geschichte?«, sie klammerte sich mit ihren starken, kleinen Händen an seinem Oberarm fest.

»Kann das bis morgen warten? Ich wollte jetzt mal nach meiner Freundin gucken, weißt du?«, beim Gedanken an Mila fuhr wieder dieses Gefühl durch seinen Körper, das nur sie ihm gab.

»Uh, du hast eine Freundin?«, schnurrt das Ork-Mädchen, »So richtig mit Küssen und so?«

Finn spürte, wie ihm das Blut in die Wangen stieg : »Ja, ich habe eine Freundin..« begann er zögerlich, während er nervös auf den Boden starrte. »..sie ist etwas Besonderes. Ihre roten Haare, ihre Sommersprossen, die über ihre Wangen tanzen, wenn sie lacht. Ihre Augen... so grün wie der tiefste Wald. Sie sagt immer was sie denkt und vorallem sagt sie mir die Dinge, die ich hören muss, selbst wenn ich es nicht will. Sie hat mir sogar schon mal das Leben gerettet.« Finns Stimme wird mit jedem Wort fester und sicherer, als er das erste Mal aussprach, was Mila ihm wirklich bedeutete.

Verlegen rieb er sich über den Nacken »Sie wirkt oft kühl und hart, aber darunter ist sie... Nur das lässt sie niemanden sehen. Und sie kann so stur sein, so unglaublich stur. Wenn sie sich etwas in den Kopf setzt, muss es genau so passieren. Aber genau das bewundere ich an ihr. Sie lässt sich von niemandem einschüchtern. Sie ist einfach...«

Jo'ha grinste breit und stelle fest : »Du magst sie wirklich.«

Finns Gesicht wurde nun noch heißer. »Ja, ich denke schon...«

Jo'ha kicherte und warf ihm einen verschmitzten Blick zu, während sie an ihm vorbeischaut. »Meinst du das Mädchen, das gerade hinter dir steht?«

Finns Herz setzte einen Schlag aus. Was hatte sie gehört? Langsam dreht er sich um und tatsächlich, dort stand Mila. In ihren grünen Augen funkelten feuch, ihrem Gesichtsausdruck nach zu urteilen nicht vor

Freude.

Bevor er etwas sagen konnte, wirbelte sie herum und lief davon. Finns Magen zog sich schmerzhaft zusammen. »Mila, warte!«, rief er ihr hinter her, doch sie blieb nicht stehen. Er sprang auf und versucht, ihr hinterherzulaufen, nur hielt ihn die Menge der Leute, sodass er sie aus den Augen verlor. »Mila!«, brüllt er erneut. – Wo war sie hin? In seinem Kopf raste es. Was hatte er falsch gemacht?

Es verging fast ein halber Tag, bis er Mila endlich fand. Sie saß weinend im Frachtraum des Schiffes, versteckt hinter einigen Kisten.
Keuchend erreichte er sie : »Da bist Du ja!«
»Verschwinde!«, fauchte sie.
»Warum?« »Ich will dich nicht sehen, geh einfach!«, schluchzt sie.

»Was ist denn los?«e, fragte er, langsam verzweifelnd. »Nichts.«, kam die knappe Antwort.

»Was habe ich denn falsch gemacht?«,

erneut erhielt er nur ein : »Nichts.« Nach und nach schienen ihre Tränen zu trocknen. »Lass mich einfach in Ruhe und geh weg.«

»Nein! Ich gehe nicht, bevor du mir nicht sagst, was los ist.« Schon wieder fühlt er unbändige Wut in sich aufkochen, warum sagte sie ihm nicht einfach, was los war? »Ich sage doch: nichts!«

»Offensichtlich ist ja doch was. Was habe ich gesagt, dass dir nicht passt?«, Finn musste seine bebende Stimme kontrollieren um sie nicht anzuschreien.

»Hör auf mich anzuschreien!«, fuhr sie ihn an.

»Ich schreie dich nicht an, ich versuche mit dir zu reden«, er versucht seine Stimme noch ruhiger zu halten.

»Wenn du mich so anbrüllst, dann rede ich sowieso nicht mit dir. Lass mich einfach.«, flink wie ein Wiesel sprang sie auf und machte einen großen Satz über die Kisten. »Du begreifst es einfach nicht, Finn.«

Er griff ihr Handgelenk und zog sie wieder zu sich : »Was begreife ich nicht?« Das

Mädchen ließ sich von ihm zurück ziehen, dreht sich in seinen Arme und drückt ihre Lippen auf sein.

Der Junge macht erschrocken einen Schritt zurück : »Was soll das? Gerade bist du noch wütend auf mich und jetzt küsst du mich?«

»Willst du das etwa nicht?« fragt sie mit ihren leuchtend grünen Augen.

»Doch natürlich, aber ich verstehe..«, wieder küsst sie ihn, dieses mal intensiver. Kurz erwiedert er sie, doch schob sie dann vorsichtig, aber bestimmt von sich weg. »Mila, warum bist Du gerade weg gelaufen?« »Ist doch jetzt egal, oder?«, sie fummelte am Gürtel seiner Hose rum. »Nein, mir ist das nicht egal. Ich hab mir sorgen gemacht und als ich dich weinend auf dem Boden finde, sagst du, dass nichts los ist, dass ich nicht verstehen würde und als ich dich aufhalten will weg zu rennen, küsst du mich. Das verstehe ich nicht!«

»Du willst mich als nicht?«, zischte sie, als hätte sie ihm überhaupt nicht zugehört.

»Natürlich, wenn ich an dich denke, dann

habe ich das Gefühl, dass mein Körper in Flammen steht, wenn Du mich küsst, glaube ich mein Herz springt mir aus der Brust. Eins der wenigen Dinge die in meinem Leben gerade sich weiß ist, dass ich dich will. Immer und zu jeder Zeit!«, seine Stimme brach immer wieder, als er ihr seine Gefühle gestand.

Mila wischt sich mit dem Finger über die Augen und sagte : »Deshalb bin ich weg, du hast jemand besseren als mich verdient.«

Völlig perplex starrte er sie an : »Was?«

»Du hast jemand besseren als mich verdient, Finn. Ich will nicht, dass du..« »Halt die Klappe!«, fauchte er »Ich gestehe dir meine Gefühle und du willst mir erzählen, dass du schlecht für mich bist? Du bist der Grund das ich hier noch stehe, du hast mich aus Mondkap gerettet!«

»Natürlich. Ich habe dich gerne. Deswegen habe ich dir geholfe. Ich fühle auch so für dich, aber ich weiß, dass ich dir am Ende weh tun werde und das hast du nicht verdient!«, Mila stellte sich auf die

Zehnspitzen und gibt ihm einen Kuss auf die Wange. »Danke, dass ich dich kennenlernen durfte.«, hauchte sie ihm ins Ohr.

Er drückte sie fest an sich, als er sagte: »Du brauchst dich nicht zu verabschieden, ich bin immer für dich da; versprochen. Jetzt hör auf, lass uns an Deck gehen und uns gemeinsam den Mist anhören, den die alte Hexe heute wieder predigt.« Dieses Mal gab er ihr einen sanften Kuss auf die Stirn.

Mila versank in seinen Augen. Tief und warm, ein sicherer Hafen inmitten ihrer Unsicherheit. Augen, die all ihre Zweifel wegzuschmelzen schienen. Augen, in denen sie sich verlieren könnte, sich vielleicht sogar verlieben. In diesen braunen Augen, die schon so viel gesehen hatten, fand sie nichts als ehrliche Zuneigung.

»Sicher?«, fragte sie, ihre Stimme kaum mehr als ein zartes Flüstern. »Sicher.«, antwortete er, als er ihre Hand nahm und sie vorsichtig hinter sich her zog.

Gewissenskonflikt

»Knirps, mach dein Maul auf, na los«, schreit ihn der Bootsmann lallend an, seine blonden, verfilzten Haare hängen ihm lang ins Gesicht, Finn glaubt Läuse darauf krabbeln zu sehen.

»Nein. Ich will nicht, lassen sie mich in Ruhe Bootsmann. Bitte, heute nicht!«

»Was fällt dir ein, du mieser kleiner...«, das Schnalzen des Gürtels den der Mann von seiner verdreckten, weißen Hose lößt, lässt den Jungen zusammen kauern. Ein eisiger Schauer läuft seinen Rücken herunter, als er das Klappern der Metallschnalle hört und auf den Schmerz der dem Schnalzen unwiederuflich folgen wird und wie ein Brandeisen in sein Fleisch schneiden wird, wartet.

»Finn! Finn! Alles ist gut, hörst du? Beruhig dich!« Milas Stimme zitterte vor Besorgnis, als Finn schweißgebadet und keuchend die Augen aufriss. Sein Blick war leer, panisch, und das Erste, was er sah, waren Milas weit aufgerissene, besorgte Augen, die ihn suchend ansahen.

»Hey, was ist los? Was hast du?« Ihre Stimme klang warm, aber verletzlich.

»Er kann mir nichts mehr tun… er kann mir nichts mehr tun…« Finns Stimme war nur ein heiseres Wimmern, während er sich hin und her wiegte, die Arme um den Körper geschlungen. Er war hier, und doch nicht – seine Worte klangen wie ein hilfloser Zauber, der ihn zu schützen suchte.

Mila hob die Hand, wollte ihn sanft an der Schulter berühren, doch er zuckte zurück, drehte sich panisch von ihr weg und sah sie mit weit aufgerissenen Augen an. »Niemand darf mich anfassen! Niemand! Nicht wenn ich es nicht will!« Sein Atem ging immer schneller.

»Finn, ich bin's. Es ist in Ordnung, dir kann

nichts passieren.« Ihre Stimme verlor an Festigkeit, bebte nun vor aufsteigender Angst. »Bitte, beruhig dich, Finn. Bitte.« Doch er schien ihre Worte nicht zu hören, starrte durch sie hindurch, gefangen in seiner Panik, und wiederholte immer wieder sein Mantra, das ihn vor einer unsichtbaren Bedrohung schützen sollte.

Mit einem Mal spürte sie seine Angst in sich hinaufsteigen wie ein wütendes Feuer. Sie sprang auf, drückte sich instinktiv an die Holzwand der Kajüte und rang verzweifelt nach Luft.

Minuten vergingen, bevor Mila die Kontrolle über sich selbst zurückfand, ihre Hände zitterten. Schließlich setzte sie sich vorsichtig wieder an seine Seite, wo Finn zusammengerollt und schluchzend lag, die Decke fest um sich geschlungen.

»Möchtest du jetzt mit mir sprechen?« Ihre Stimme war leise, fast ein Flüstern, und sie musste sich zwingen, ruhig zu bleiben, damit die Worte nicht von ihrer eigenen Angst zerrissen wurden.

»Ich habe von ihm geträumt.« schluchzte Finn »Ich träume immer von ihm… wie er mich anschreit, wie er mich schlägt… wie er…« Seine Worte versiegten, bis nur noch das leise Zittern seines Körpers verriet, wie tief die Erinnerungen ihn quälten.

Sie legte sich vorsichtig neben ihn und zog in an seine Brust, ihre Nähe schien den verängstigten Jungen zu beruhigen und er sagte gedämpft durch die Nähe : »Der Bootsmann, er hat mich in Nebulosia mitgenommen. Er hat mich auf das Schiff der Admiralität geholt und dann..«, Finns Stimme brach. »Er kann dir nichts mehr tun, du bist hier auf der *Nela*. Du bist bei mir und bei Andrej und bei Newi. Alle passen auf dich auf. Niemand wird dir weh tun, versprochen.«, zögerlich schob sie seine langen braunen Haare zur Seite und küsste ihn hauchzart auf die Stirn.

»Das kannst du nicht versprechen!«, wimmerte er. »Außerdem hasst Andrej mich. Alle hassen mich. Ich bin ganz alleine.«

»Du bist nicht alleine, ich bin doch bei dir

und auch mit Andrej wird alles wieder gut. Er ist vielleicht jetzt wütend auf dich, aber er wird sich schon wieder beruhigen«, sie streichelt ihm zärtlich über den Rücken.

Finn drückte sich noch fester an sie, als er sagte : »Und wenn nicht? Was ist, wenn alle wütend auf mich sind und keiner mehr da ist? Ich habe alles verloren, meine Freunde, meine Gefährten und du wirst mich auch irgendwann verlassen."

»Warum sollte ich dich verlassen? Ich bin jetzt bei dir. Wenn ich hätte gehen wollen, dann wäre ich nach unserem Gespräch im Frachtraum nicht hier geblieben. Glaub mir, Finn, du bedeutest mir mehr, als du dir vorstellen kannst.«

»Niemand ist je bei mir geblieben. Nicht mal meine Mutter. Sie hat mich einem Perversen überlassen, der mich mein Leben lang gefoltert hat. Als ich dachte, es könnte besser werden, haben mich auch Urian und Dumond verlassen. Jetzt bin ich hier, auf einem Schiff, in einem Krieg, der vor ein paar Monaten noch nichts mit mir zu tun hatte. Und die Leute, die mich für einen

Magier halten – selbst die wollen jetzt nichts mehr mit mir zu tun haben.« Finns Kopf lag schwer auf Milas Brust, als er wieder zu weinen begann. Sie streichelte ihm sanft über den Kopf und ließ ihn gewähren. Erst als er sich nach einiger Zeit wieder beruhigt hatte, sprach sie leise: »Wenn wir auf den fernen Inseln angekommen sind, verschwinden wir von hier. Wir klauen uns ein Schiff und retten deine Freunde aus Nebulosia. Wir brauchen Deana und ihre Pläne nicht. Vielleicht glauben uns der Halbdrache und der Kappa dann, dass du dich von ihr abgewandt hast.«

Das Mädchen erhielt keine Antwort, schweigend lag Finn auf ihrer Brust, ihre Berührungen, das sanfte Kribbeln gaben ihm dieses mal nicht die erhoffte Erlösung. »Ich würde dir so gerne glauben" Seine Stimme war leise und gedämpft, kaum mehr als ein heiseres Flüstern, doch die Schwere seiner Worte lag wie ein Schatten zwischen ihnen. »Warum sollte es diesmal anders sein? Jeder hat mich irgendwann verlassen. Meine Mutter, Urian, Dumond... selbst du wirst mich irgendwann verlassen,

wenn du es nicht schon längst getan hast.«
Er sah sie an, suchte in ihren Augen nach
einer Antwort, die ihm seine Zweifel
nehmen würde, doch vor seinem inneren
Auge breitet sich das Bild des sterbenden
Ignatz aus, wenn sie erfahren würde, was er
getan hatte..

Es war nicht nur die Furcht vor dem alleine
sein, die ihn quälte. Es war die Tatsache,
dass er sie nicht verlieren wollte, die
Tatsache, dass er selbst daran Schuld wäre,
wenn sie ginge. Sie durfte nicht gehen.
Nicht Mila. Nicht nach allem, was zwischen
ihnen passiert war, sie war der Anker der
ihn davon abhielt in die Dunkelheit zu
sinken.

Finn presste sich wieder fest an sie und
sagte dann: »Aber ich werde versuchen dir
zu glauben. Wir werden das schaffen und
diese ganze Scheiße hinter uns lassen.«

Sie spürte die Verzweiflung in seinem Ton,
die Angst, die ihn wie ein treuer Hund
begleitet hatte. Sie wollte ihn beruhigen,
ihm versichern, dass sie bleiben würde.
Aber wie konnte sie das, wenn er selbst

nicht in der Lage war ihr zu vertrauen? Seine Worte schnitten wie ein Messer in ihr Herz. Sie wusste, wie sehr ihn die Vergangenheit belastete, wie sehr er unter seinen Ängsten litt und sie wollte ihn vor allem bösen in der Welt beschützen, ihn vor sich selbst bewahren. »Finn«, flüsterte sie, ihre Stimme sanft wie eine Sommerbrise. »Ich bin hier. Ich bleibe bei dir.« Sie strich ihm über das Haar, versuchte weiter, ihn zu beruhigen. »Ich verspreche es dir.« »Wie willst Du denn nach Nebulosia kommen? Mit welcher Armee wollen wir die Stadt zurück erobern?«, fragte Finn, um seine ehrlichen Absichten zu verdeutlichen. »Das sehen wir auf den fernen Inseln, ich habe den Kappa belauscht, wir sollen in ein paar Tagen in Orion ankommen. Dort werden wir bestimmt Leute treffen, die sich unserer Mission anschließen wollen. Aber bis dahin haben wir noch etwas Zeit..«, sagte sie und hob Finns Kopf leicht an, um ihn zu küssen. Ihre Lippen schmeckten so süß wie beim ersten Mal, als er sie berührt hatte.

Er erwiderte ihren Kuss und griff in ihre zerzausten, roten Haare, um sie noch näher an sich zu drücken. Als er sich von ihr löste, atmete er tief aus und flüsterte: »Es würde mir gefallen, wenn wir uns davon schleichen. Nur bevor wir das können, muss ich noch von Deana lernen.« Ein bitteres, schiefes Lächeln erschien auf seinem Gesicht.

»Warum? Du hast Andrej gehört, diese Kraft ist gefährlich, sie ist unkontrollierbar und sie verändert dich. Bitte, Finn, ich kann dir auch Techniken beibringen.«

»Das kannst du mit Sicherheit, und auch ich kann dir einiges aus meiner Zeit auf der *Perla* zeigen, aber das wird alles nicht reichen, um das zu besiegen, was Nebulosia vernichtet hat. Wenn es stark genug war, alle Piraten der Stadt zu besiegen oder zu töten, dann werden unsere Kampffähigkeiten nie und nimmer ausreichen.« Zärtlich strich er über ihre blasse Wange und küsste sie erneut.

Kurz ließ sie sich auf ihn ein, doch nach einem Moment schob sie ihn schon wieder von sich.

»Vielleicht können wir Andrej und Newi mitnehmen, wenn die beiden uns...«

»Nein!«, unterbrach Finn sie barsch. »Mit dir würde ich bis an den Grund des Abyssariums gehen, den anderen vertraue ich nicht. Sie wollen mich immer nur zurückhalten.«

»Was meinst du damit? Niemand hält dich zurück, der Kappa versucht dich zu beschützen!« sie schaute Finn vorwurfsvoll in die Augen : »Begreifst du es nicht? Er macht sich Sorgen um dich und will dich in Sicherheit wissen, warum glaubst du sonst hätte er uns vor diesem verrückten Zwerg gerettet?«

»Weil er Angst vor den Konsequenzen hatte...« wollte er gerade ansetzen, um weiterzuschimpfen, als ihm plötzlich wieder einfällt, dass Deana ihn dafür bestraft hatte, dass der Werkmeister und der Halbdrache sie gerettet hatten. »Bei den Göttern! Du hast völlig recht, Deana wollte die beiden sogar bestrafen, nachdem sie uns da rausgeholt haben!« Er schlug die Hand vor den Mund, als es ihm wie Schuppen von den Augen viel und ihm bewusst was, was Andrej und Newi für ihn und Mila riskiert hatten.

»Ich muss Andrej finden und mich bei ihm entschuldigen!« Finn sprang aus dem Bett und schaut sich hektisch um. »Wo ist meine Hose?«

Mila lächelte sanft, als ihre Augen kurz auf die Kleidung am Boden neben ihrer Seite des Bettes fielen. Er hetzte über das Bett, gab ihr im Vorbeispringen einen flüchtigen Kuss und zog sich dann hektisch die Hose hoch. Ein Kribbeln breitet sich in Milas Körper aus, als sie ihn dort stehen sah, nur in seiner braunen Hose, ohne Hemd. Sein muskulöser, narbiger Oberkörper, die breiten Schultern, die kräftigen Oberarme und die ausgeprägten Adern auf seinen Unterarmen ließen ihren Körper nach seinen Berührungen verlangen.

»Wo könnte er sein?«, fragte Finn leicht überdreht und riss sie aus den Gedanken, die ihre Hände hatten kribbeln lassen.

»Vielleicht solltest du dich eher fragen, wo

dein Hemd ist, oder willst du nackt zu ihm? Muss ich mir da etwa Sorgen machen?«, neckte sie ihn und zeigte auf das weiße Hemd, das ihren Körper bedeckt.

»Oh. Du hast es ja an. Gibst du es mir?«

»Gerne, aber ich dachte, du wolltest dein Hemd haben.« Sie grinst verschmitzt und streckte ihm die Zunge raus.

»Mila!«, lachte er.

»Was denn?«, flötete sie unschuldig. »Du kannst es mir ja vom Körper reißen, wenn du es haben willst...«

Sie sah einen Hauch von bedauern über seine Augen flimmern, als er sagte : »Würde ich gerne, aber zu erst muss ich Andrej finden und mich entschuldigen. Gibst du mir also bitte mein Hemd?«

Ihre leicht vorgeschobene Unterlippe und ihre leuchtenden Augen zerrissen Finn innerlich, doch wenn er jetzt nicht zum Werkmeister ging würde er sich wohlmöglich nie entschuldigen. »Bitte Mila..«, seufzte er.

Sie rollt die Augen zog sich dann aber das Hemd über den Kopf und warf es ihm zu : »Wir sehen uns später, dann mache ich das wieder gut. Versprochen!«, rief er, während er aus der Tür stürmte.

Suche nach Andrej

Finn hatte das Gefühl, dass das Schiff über Nacht um einiges größer geworden war. Es konnte doch nicht sein, dass er Andrej nicht fand. Normalerweise stand er immer an Deck und steuerte das Schiff – sein Schiff. Doch heute? Heute konnte Finn suchen wo er wollte, es gab keine Spur vom Kappa oder seinem Halbdrachen.

Statt einen der beiden traff er wieder auf Jo'ha, das Orkmädchen kam ihm auf dem überfüllten Deck der *Nela* entgegen und rief: »Finn, wo bist Du denn gestern hin? Du bist plötzlich weg gelaufen und dann warst du weg!«, sie drückte ihn fest, so dass sein Rücken ungesund knackt.

»Ich war bei Mila, wir mussten gestern was klären und eigentlich auch heute, deswegen muss ich weiter. Hast du vielleicht Andrej gesehen?«, er sprach so schnell, dass er sich sicher war, die kleine würde ihn nicht verstehen, doch antwortete sie : »Andrej? Du meinst den Froschmann?« »Genau den!«, sagte er erleichtert.

»Den habe ich nicht gesehen, aber ich helfe dir ihn zu suchen, hier ist sowieso alles so langweilig.«, den letzten Teil des Satzes zog sie in die länge.

Er nickte : »Na gut, kommt mit. Vier Augen sehen mehr als zwei.«

»Vier Augen? Wer hat denn vier Augen?«, grunzte Jo'Ha
»Ach, das sagt man nur so, weil wir beide mit zwei Augen gucken, suchen jetzt insgesamt vier Augen. Verstehst du?«, erklärte er, immer noch leicht gehetzt.

»Nein, aber das ist nicht schlimm. Meine Mama hat immer gesagt: 'Du musst nicht alles verstehen, aber alles essen'«, sagte sie stolz und schlug sich dabei mit der Faust auf die Brust. Ein breites Grinsen breitete sich auf ihrem Gesicht aus und gab ihre kleinen Hauer frei, als ob diese einfache

Lebensweisheit gerade all ihre Probleme gelößt hatte.

Finn lachte laut auf, winkte dann mit der Hand, zum Zeichen ihm zu folgen. Gemeinsam liefen die beiden über die Nela, die, da ist er sich mittlerweile sicher, wirklich gewachsen sein musste.

Unter Deck war die Luft heiß und stickig, erfüllt von einem Gemisch aus Schweiß, Angst und der dumpfen Hitze, die sich mangelns frischer Luft staute. Überall, wo Finn hinsah, waren Leute. Manche saßen zusammengekauert an den Wänden, andere lagen auf Decken oder in improvisierten Schlaflagern. Ein Durcheinander aus Taschen, Kisten und Habseligkeiten, die hastig mitgenommen worden waren, als die Bewohner aus ihrer Heimat geflohen waren.

Finn drückte sich vorsichtig an einer Gruppe Elfen vorbei, die um einen kleinen, flackernden Feuerkorb saßen. Ein seltsamer Geruch stieg aus dem Korb, und Finn betete stumm, dass es keine Ratten waren, die sie darin zubereiteten.

Ein kleines Kind, die Augen voller Angst, klammerte sich verzweifelt an den Rocksaum seiner Mutter, die versuchte, es zu beruhigen, obwohl auch ihr die Angst ins Gesicht geschrieben stand – so viele hatten alles verloren.

»Entschuldigung, hat jemand einen Kappa gesehen?« fragte er, als er an einer Gruppe von Flüchtlingen vorbeiging. Ein paar Köpfe hoben sich träge, doch es war klar, dass niemand gewillt oder in der Lage war, ihm zu helfen. Ein oder zwei nickten höflich, bevor sie ihre eingefallenen Augen wieder auf das Feuer oder den Boden richteten.

Immer weiter schoben sie sich er durch das Gedränge, stießen hier und da ungewollt mit Schultern an andere oder stolperten über Taschen und Bündel, die überall im Gang verteilt lagen. Das Geräusch vieler Stimmen, das Rauschen des Meeres und das Knarzen des alten Holzes der *Nela* vermischten sich zu einem dumpfen, dröhnenden Hintergrund. Es schien, als würde das Schiff unter der Last der Flüchtlinge stöhnen.

Als die beiden wieder das Deck erreichten, schlug ihnen eine wohltuende Brise entgegen und kühlte ihre von der stickigen Enge erhitzte Haut. Doch Planken waren genauso überfüllt wie der Frachtraum. Einige Geflüchtete hatten sich in Tücher gehüllt, um ihre zerrissene Kleidung zu verbergen und sich vor der Kälte zu schützen. Zwischen den Erwachsenen spielten Kinder, deren Lachen Finn fast zur Weißglut trieb. Wie sollte er sich so auf die Suche konzentrieren?

»Und? Hast du ihn schon gesehen?« fragte Jo'ha neugierig.

»Wenn ich ihn gesehen hätte, dann hätte ich schon... Andrej!« Doch die Geräuschkulisse verschluckte seine Stimme. Einige Leute drehten sich irritiert zu ihm um oder hoben die Brauen, nur um sich dann wieder dem zuzuwenden, womit sie gerade beschäftigt waren.

Immer weiter drängte er sich voran, das kleine Mädchen im Schlepptau. Wieder und wieder hielt er inne und rief Andrejs Namen, doch keines der fremden, verzweifelten Gesichter, die ihn anstarrten, sah dem des Werkmeisters auch nur annähernd ähnlich. Langsam wuchs die Verzweiflung in Finn. Was, wenn der Kappa nicht mehr an Bord war? Was, wenn er auf eines der anderen Schiffe übergesetzt hatte? Würde er wirklich sein Schiff verlassen, nur um ihm aus dem Weg zu gehen?

»Finn, das macht gar keinen Spaß«, quengelte das Mädchen. »Ich gehe was anderes machen.« Und noch bevor Finn sich umdrehen konnte, hörte er, wie Jo'ha sich entfernte – Schritte, die bei jedem anderen wohl federnd gewesen wären. Er schaute ihr nach, wie sie in der Menge verschwand und sich frei bewegte, ohne von Gedanken gequält zu werden.

Er setzte sich wieder in Bewegung, tauchte erneut in die Menge ein, und als er schließlich auf ein vertrautes Gesicht traf, war es Harrus. Der Barde stand mit seinem breiten Grinsen und den langen, lockigen Haaren mitten in einer Gruppe und spielte eine fröhliche Melodie auf seiner Flöte, zu der einige Kinder um ihn herum tanzten.

»Harrus?« rief Finn, doch der Elf reagierte nicht, völlig in sein Spiel vertieft. Erst als Finn direkt vor ihm stand und ihm gerade auf die Schulter tippen wollte, drehte sich Harrus langsam um und warf ihm einen genervten Blick zu. »Was?«

»Hast du Andrej oder Newi gesehen?« fragte Finn, doch das Murren des Elfen verriet ihm die Antwort schon, bevor die Worte kamen.

»Nein. Aber ich bin auch beschäftigt.«

Der eben noch aufkeimende Mut, Andrej zu finden, wich aus Finns Brust, als hätte jemand das Licht darin ausgeblasen. Niemand schien den Kappa gesehen zu haben, und Finn spürte, wie seine Zuversicht schwand. Vielleicht sollte er einfach zu Mila zurückgehen und morgen erneut nach Andrej suchen. Doch dann flackerte ein Gedanke in ihm auf, den er am liebsten verdrängt hätte: Vielleicht wusste Deana etwas.

Allein die Vorstellung erfüllte ihn mit einem

tiefen Widerwillen. Er wusste, wie schwer es ihm fallen würde, vor ihr zu stehen und sie um Rat zu bitten, aber wenn er Andrej wirklich finden und sich entschuldigen wollte, blieb ihm vielleicht keine andere Wahl.

Seine Füße hatten sich den ganzen Weg zu ihrer Kajüte angefühlt, als wären sie aus den Felsen Altenbergs gehauen und jetzt, da er vor der dunklen Holztür stand, fragte er sich, wie gut die Idee wirklich gewesen war die Priesterin, mit der er vor einigen Tagen beinah auf Leben und Tod gekämpft hätte, um Rat zu fragen. Entgegen des beklemmenden Gefühls kloppfte er zwei mal fest und hoffte dann inständig, dass Deana ihm verziehen hatte.

Quitschend öffnete sich die Tür und gab den Blick auf einen dunkelhäutigen, glatzköpfigen Mann der ihn von oben herab ansah frei : »Finn«, stellte Edward fest, seine Stimme nüchtern und unerbittlich. »Was willst du?«

Überrascht, dass Edward ihm geöffnet hatte, brachte Finn nur ein Stottern hervor: »Ich... ich wollte zu Deana.«

Edward zog eine Augenbraue hoch, ein kaltes Lächeln umspielte seine Lippen. »Und was lässt dich glauben, dass sie nach dem, was in Mondkap passiert ist, mit dir reden will?«

Finn schluckte schwer. »Ich... ich will mich bei ihr entschuldigen«, sagte er schließlich, überrascht, dass er es ernst meinte.

Edward musterte ihn lange, als würde er in Finns Augen nach der geringsten Spur von Zweifel suchen. Die Stille zwischen ihnen zog sich, drückend und fast greifbar. Schließlich nickte Edward langsam, öffnete die Tür ein wenig weiter und trat zur Seite.

»Na schön«, sagte er mit einem Ton, ehr warnend als einladen klang. »Ich hoffe für dich, dass du genau weißt, was du ihr sagen willst.«

Finn atmete tief durch und trat in die Kajüte. Die Luft war schwer von einer Mischung aus Kräutern und etwas wie dem kalten Rauch der immer in den Tavernen hing. Deana saß an ihrem Schreibtisch, ihre Augen geschlossen, die Hände locker auf dem Tisch ineinander verschränkt, ruhend, als hätte sie schon auf ihn gewartet.

Langsam öffnete sie die Augen, und ihr Blick traf ihn mit der Kälte eines Sturms. Finn fühlte einen Druck in der Brust, ein Gefühl, dass er sonst nur beim Anblick des Bootsmannes gehabt hatte.

»Finn«, sagte sie nur, leise und doch wie ein Stich. Sie lehnte sich etwas vor, und ihr Blick wurde schärfer. »Was suchst du hier?«

Finn spürte, wie die Worte ihm fast im Hals stecken blieben. »Ich... wollte mich entschuldigen«, sagte er schließlich, seine Stimme leiser, als er es geplant hatte. »Für das, was in Mondkap passiert ist.«

Deana ließ ihn nicht aus den Augen. »Entschuldigen?« Ihre Stimme war ruhig, doch in ihren Augen blitzte etwas Unergründliches auf. »Für was genau möchtest du dich entschuldigen? Dafür, dass du mich eine 'herzlose Hexe' genannt hast oder dafür, dass du mich beinah dazu gebracht hättest dich zu töten?«

Finn schluckte. »Für beides. Ich war verwirrt, durcheinander nach dem wir im Flüchtlingslager auf uns gestellt waren.«

Deana lehnte sich zurück und verschränkte die Arme vor der Brust. »Und warum kommst du jetzt damit zu dir und nicht schon vor ein paar Tagen?«

Finn spürte, wie seine Stimme fester wurde. » Weil ich es erst vor einigen Stunden begriffen habe. Mila hat mich darauf gebracht, dass du immer nur gutes für mich im Sinn hattest.«

»Lüg mich nicht an Finn, wir wissen beide, dass das nicht Stimmt.«, sagte sie kalt.

»Doch, es stimmt. Ich habe einige Zeit gebraucht um zu begreifen, dass deine Lehre des Seelenfeuers genau das ist, was ich brauche um endlich stärker zu werden und mich nicht mehr fürchten zu müssen.«

»Den Teil glaube ich dir sogar.« meinte sie »doch das Mädchen hat nichts damit zu tun.«

»Deana, sie hat mit all dem zu tun. Sie ist das für mich was Edward für dich ist, sie ist mein Gegenstück!«, die Worte kamen ihm über die Lippen ohne, dass er darüber nachdenken konnte. Warum erzählte er ihr das alles?

Die Priesterin funkelte ihn mit ihren grauen Augen an, als sie sprach: »Sie ist dein Gegenstück? Interessant.« Sie warf Edward einen knappen Blick zu, und ohne ein Wort verschwand er durch die Tür in die Tiefen des Schiffs.

Finn spürte ein mulmiges Gefühl in der Magengrube. »Was hat er vor?«

»Das wirst du gleich sehen.« Ihre Worte ließen ihn frösteln.

Deana musterte ihn mit durchdringender Kälte. »Finn, ich frage dich: Was ist in Mondkap passiert? Du und Mila – ihr wart verschwunden, sobald der Angriff begann, und seid erst zurückgekommen, als wir beinahe abgelegt hatten.«

Was wusste sie? Hatte sie eine Ahnung? Finn wählte seine Worte mit Bedacht. »Wir haben versucht, so viele Bürger wie möglich zu retten. Dabei sind wir einigen Konstrukten der korrumpierten Königin begegnet und mussten zusehen, wie Ignatz von einem riesigen Spinnendämon getötet wurde.«

»Wie genau wurde Ignatz getötet?« Deanas Blick war eiskalt, durchbohrte ihn förmlich, und Finn hatte das Gefühl, als würde ihm mit jeder Sekunde die sie in ansah kalter Stahl direkt in die Augen getrieben.

»Der Dämon hat ihn mit einem seiner Spinnenbeine durchbohrt, als er einen Moment unaufmerksam war. Es... war meine Schuld.« Finn hielt den Atem an, in der Hoffnung, dass seine Worte nah genug an der Wahrheit lagen, damit sie den Unterschied nicht erkannte.

»Warum war es deine Schuld?« Ihre Stimme war immer noch kalt und scharf, kein Hauch der vertrauten Wärme darin.

»Weil ich ihn abgelenkt habe«, entgegnete er zögernd. »Er wollte mir klarmachen, dass Mondkap verloren ist, dass wir nur noch fliehen können, und dann...« Finn biss sich auf die Zunge, um den unausgesprochenen Satz, »...habe ich ihn getötet«, zurückzuhalten.

»Interessant«, murmelte sie, ihre Augen ließen ihn nicht los. »Hast du gegen Dämonen gekämpft?«

»Ja«, antwortete er wahrheitsgemäß. »Ich habe ihn mit Hilfe meines Seelenfeuers besiegt. Auch im Flüchtlingslager habe ich gegen den Ork Taruk gekämpft – er hatte keine Chance.«

Die Priesterin zog eine Augenbraue hoch. »Also bist du doch in der Lage, es im Kampf zu nutzen?« Sie legte den Kopf leicht schief, ihr Blick durchbohrte ihn, als wolle sie ihn ausloten. »War meine Vermutung also doch richtig – dass ich euch hätte allein aus dem Lager fliehen lassen sollen?«

»Vielleicht«, erwiderte Finn. »Hätte Darun mir keinen vergifteten Pfeil ins Bein gejagt, hätte ich uns vielleicht retten können.« Er spürte tief in seinem Inneren, dass dies nichts als die Wahrheit war.

Deana sah ihn einen Moment schweigend an, bevor sie sagte: »Wusstest du, dass man Gifte aus dem Körper brennen kann – wenn man das Seelenfeuer beherrscht?«

Gerade als Finn begeistert erwidern wollte, dass er diese Fähigkeit unbedingt lernen müsse, öffnete sich die Tür, und Edward trat ein, gefolgt von einem rothaarigen Mädchen. Ohne zu zögern setzte sie sich auf sein Zeichen neben Finn und fauchte: »Warum lässt du mich von deinem Hündchen hierherbringen, Hexe?«

Deana hob einen ihrer schlanken, blassen Finger und deutete auf Finn. »Finn und ich«, sagte sie kühl, »haben uns gerade über dich unterhalten.«

Mila warf Finn einen Blick zu, der vor Zorn beinah funken sprühte. »Du hast mit ihr über mich gesprochen?«, zischte sie, ihre grünen Augen schmal und voller Vorwurf. Finn wollte etwas erwidern, eine Erklärung, die ihren Ärger besänftigen könnte, doch Deana schnitt ihm das Wort ab : »Beruhige dich, Mila«, sagte sie in einem Ton, der keinen Widerspruch duldete. »Ob es dir gefällt oder nicht, du bist Finns Gegenstück und das bedeutet, dass du nun ebenfalls lernen musst, mit Seelenfeuer umzugehen.«

Mila starrte die Priesterin ungläubig an. »Ich bin sein... was? Und das rechtfertigt es, dass ihr über mich redet, als wäre ich irgendein Objekt?«

Deana lächelte dünn, fast unmerklich. »Das Seelenfeuer ist eine Macht, die beide von euch betrifft, ob es dir nun gefällt oder nicht. Finn ist in der Lage, es zu nutzen, doch allein wird es ihn zerstören. Nur durch dich kann er die Balance finden und wenn du nicht willst, dass unser kleiner Freund einen sehr dunklen Pfad beschreitet, solltest du bereit sein zu lernen.«

Angewiedert schaute sie Deana an : »Weder er, noch ich brauchen dein verfluchtes Seelenfeuer!«
»Ist das so?«, sie schürzte die Lippen »das klang vor ein paar Minuten noch ganz anders, oder Finn?«
Unschlüssig in welche glühen Augen er sehen sollte, wandt er sich nervös hin und her. Er wollte Mila nicht enttäuschen, aber

er wollte auch die Kraft nutzen könne, die es im möglich machen würde seine Freunde zu retten.

Mila sprang auf, und der Stuhl kippte mit einem lauten Krachen auf den Boden. »Ich werde nichts von deiner Magie lernen, Deana! Und Finn auch nicht! Komm mit!« Sie packte Finn am Arm, und bevor er den Impuls unterdrücken konnte, sich zu widersetzen, zog sie ihn mit sich. Deanas kalter Blick brannte in seinem Rücken, als Mila ihn mit erhobenem Kopf und festen Schritten aus dem Raum führte.

In der Dunkelheit des Schiffsinneren zog sie ihn entschlossen durch die engen Gänge, ohne Umwege, bis sie schließlich ihre Kajüte erreichten. Kaum angekommen, ließ Mila seine Hand los und wirbelte herum, ihre Augen funkelten wütend.

»Du wolltest doch nur Andrej suchen! Was hast du bei dieser Hexe gemacht?«

»Ich dachte, sie könnte mir helfen, ihn zu finden«, murmelte Finn unsicher.

Mila schnaubte verächtlich. »Du dachtest?

Denk mal eine Sekunde länger nach, Finn! Es war doch wohl klar, dass sie nichts anderes tun würde, als dich wieder zu manipulieren – so wie sie es immer tut, wenn du in ihrer Nähe bist!«

Er fühlte sich ertappt, als wäre er ein Kind, das bei seiner Mutter für ein kleines Vergehen um Verzeihung bat. Kaum war er in ihrer Gegenwart gewesen, hatte er die unmissverständliche Kraft ihrer Worte gespürt, die ihn wie ein warmes Licht umhüllten. Deana hatte ihm erneut von den Vorzügen des Seelenfeuers erzählt, und in ihrem Blick lag eine Überzeugung, die ihn magisch anzog.

»Das war dumm. Du hast recht«, murmelte er und ließ seine Schultern schwer auf seine Brust sinken.

»Ich weiß, dass das dumm war«, entgegnete sie mit fester Stimme. »Aber ich bin überzeugt, dass es sinnvoll sein könnte, wenn du lernst das Seelenfeuer zu bändigen.«

Finns Kinn fiel nach unten. Hatte sie gerade tatsächlich gesagt, dass es sinnvoll wäre, wenn er sich weiter mit seinem Seelenfeuer zu beschäftigen?

»Mach den Mund zu«, knurrte sie, ein Funkeln in ihren Augen. »Wir werden es gemeinsam lernen, ganz ohne, dass Deana uns belehrt.«

»Wie soll das funktionieren? Wir haben doch keine Ahnung davon!«, fragte Finn, die Besorgnis in seiner Stimme deutlich hörbar. »Du kennst die Grundlagen. Und ich bin sicher, du kannst es mir beibringen«, erwiderte sie und das leuchten in ihren Augen nahm zu.

Kaz Seneh

Mila schlief tief. Ihr Atem ging ruhig und gleichmäßig, während Finn im Dunkel ihrer Kajüte lag und über die Ereignisse der letzten Tage nachdachte. Es war ihr bemerkenswert leicht gefallen, ein Symbol zu manifestieren. Anders als bei ihm selbst war es jedoch kein Schwert, das vor ihr in den Boden eingebrannt erschien, sondern ein Schild.

Beeindruckt von ihrer Fähigkeit hatte Finn sie gefragt, was die Stimme ihres Herzens ihr gezeigt hatte. Ihre Antwort war ebenso überraschend wie ihre Fähigkeiten: »Sie hat mir nichts gezeigt, sie hat mir nur das Gefühl gegeben, das ich habe, wenn wir zusammen sind.«
Überwältigt hatte er sie nur stumm

angelächelt, unfähig, etwas zu sagen. Wie es Milas Art war, schien sie von seiner Reaktion enttäuscht und schmollte ein wenig.

Jetzt, da Finn wach neben ihr lag, wurde ihm sein Fehler klar, und er nahm sich fest vor, ihn morgen wieder gutzumachen. Dennoch hielt ihn eine innere Unruhe davon ab, Schlaf zu finden. Er fragte sich, ob es wirklich die richtige Entscheidung gewesen war, sich endgültig von Deana abzuwenden, schließlich war sie es gewesen, die ihm gezeigt hatte, wie er mit seiner inneren Dunkelheit umgehen konnte.

»*Hat sie das wirklich?*«, fragte eine kalte Stimme.

Finns Herz setzte einen Schlag aus, als er sich erschrocken umsah, doch er war allein mit Mila. Woher kam diese Stimme?

»Wer ist da?«, flüsterte er, bemüht, Mila nicht zu wecken. »Wo bist du?« Sein Herz begann schneller zu schlagen.

»*Wir sind eins*«, antwortete die Stimme, eisig und ruhig.

Eine Welle der Angst kroch durch Finns Glieder. Was war das für eine Stimme? Er war es gewohnt, dass die Erinnerungen an den Bootsmann ihn quälten, dass dessen Worte in seinem Kopf spukten. Doch das hier war etwas anderes.

»Fürchte dich nicht. Ich bin keine Gefahr für dich. Ich bin Kaz Seneh.« Die Stimme war ruhig, ohne jegliche Emotion.

»Kaz...«, murmelte Finn leise. Der Name klang fremd und doch seltsame vertraut.

»Ich habe dich dein Leben lang begleitet, Finn. Ich war es, der dich vor dem Bootsmann rettete. Ich war es, der Jakub getötet hat. Ich war es, der Ignatz vernichtete.«

»Was?«, Finn fühlte sich überfordert, als würde ihm die Situation entgleiten – verlor er nun den Verstand?

»Keine Sorge, du wirst nicht verrückt.« Kaz' Stimme klang, als könnte er Finns Gedanken lesen. »Durch deine Fähigkeit, das Seelenfeuer zu nutzen, kann ich, nach all den Jahren, endlich zu dir sprechen.«

»Warum?«, dachte Finn nun zu der Stimme.

»Ich bin die Manifestation deines inneren Feuers. Zusammen können wir dafür sorgen, dass die Opfer deiner Freunde nicht vergeblich

waren.«

»Was meinst du damit, Kaz?«
Merkwürdigerweise spürte Finn die Angst
abebben. Langsam breitete sich in ihm ein
seltsames Gefühl der Vertrautheit aus – als
hätte er immer gewusst, dass da etwas oder
jemand in ihm war, das nur darauf wartete,
zu erwachen.
*»Wir sind zwei Seiten einer Medaillie, du und
ich haben schon so viel gemeinsam erlebt. In
dem Moment, als du vor zehn Jahren den
Bootsmann getötet hast, war ich es, der die
Kontrolle übernahm um seiner Folter endlich
ein Ende zu bereiten.«*
»Ich habe den Bootsmann getötet? Wieso
erinnere ich mich nicht daran?«, die
Gedanken in seinem Kopf rasten wie eine
Horde wilder Pferde. Er erinnerte sich, wie
Urian vor ihm stand und ihn mit sich nahm,
er konnte sich daran erinnern, dass die
Leiche seines Peinigers vor ihm auf dem
Boden lag, er konnte sich daran erinnern,
dass seine Hände blutig waren.
»Bei den Göttern.« *»Du hast es erfasst. Wir
haben den Bootsmann getötet.«*
Er hatte erwartet, dass die Erkenntnis ihn

schockieren würde, doch so wie er irgendwie gewusst hatte, dass da etwas in ihm war, hatte er auch gewusst, dass er damals der jenige gewesen war.

»Wie haben wir es getan?«, fragte Finn. »*Du hast mir die Kontrolle gegeben, du hast mich machen lassen und so haben wir das Scheusal getötet. Doch du warst noch zu Jung um zu begreifen was geschehen war und so spaltete dein Geist uns, bis zu dem Tag, an dem Deana dir zeigte, wie du dein Seelenfeuer entachen kannst.*«

»Deshalb konnte ich nicht anders als Ignatz zu töten, du hast es getan.«

»*Er war schwach. Schwäche hat keinen Platz im Chaos Finn.*«

»Schwäche hat keinen Platz im Chaos?«, wiederholte Finn und fand seltsamerweise Wahrheit in den Kaz Worten

»*Chaos benötigt Kontrolle, es kann niemals Harmonie herrschen.*«, es klang fast wie aus einer Predigt von Deana.

»Ist das nicht wiedersprüchlich? Wie kann das Chaos denn kontrolliert werden?«, wollte Finn wissen.

»*Das Chaos wird kontrolliert, wenn wir es als

Teil unserer Selbst annehmen.«

»Das verstehe ich nicht.«

»Du wirst noch verstehen. Wir werden gemeinsam dafür sorgen, dass die Welt versteht was es bedeutet das Chaos zu begreifen. Wir werden gemeinsam das Chaos kontrollieren.«

Es war als hätte ihm jemand ein Kissen aufs Gesicht gedrückt, denn die Dunkelheit nahm urplötzlich zu und raubte ihm die Luft zum Atmen.

Im Herzen der Dunkelheit glomm etwas, das Finns Aufmerksamkeit wie ein unausgesprochenes Versprechen in seinen Bann zog. Es war ein Licht – aber kein warmes, beruhigendes Licht. Dieses hier war kalt und fremd, ein pulsierendes, lebendiges oranges Glimmen, das ihn auf unbehagliche weise an das Glühen von Deanas Augen erinnerte. Der Stein – oder was auch immer es war – hing festverankert in der Krone eines riesigen, toten Baumes, den es in ein gedämpftes Leuchten hüllte, als würde er im Inneren brennen, ohne zu verglühen.

Das Glimmen war nicht gleichmäßig. Es

pulsierte in einem Rhythmus, der unnatürlich und seltsam unregelmäßig war, wie der Herzschlag einer Kreatur. Je länger Finn das Ding betrachtete, desto mehr hatte er das Gefühl, dass es ihn ebenso anstarrte, als ob es mit einem eigenen, finsteren Bewusstsein auf ihn reagierte. Über die Oberfläche zogen sich feine Risse, und das Licht sickert förmlich aus ihnen heraus, als würde das Ding an den Grenzen seiner eigenen Existenz zerbrechen. In der Tiefe des Steins konnte Finn vage Bewegungen erkennen, als ob Nebelströme in ihm verwirbelt würden – Muster, die auftauchten und sich verformten, nie lange genug, dass er sie hätte begreifen können, diese Schatten zuckten über die Oberfläche und blieben an den brechenden Stellen hängen, als würden sie nach einem Ausweg suchen.

Er trat unwillkürlich näher, unfähig, sich von dem pulsierenden Stein abzuwenden, der so fremd und doch so unbeschreiblich vertraut schien. Es war, als ob das Ding – was immer es war – einen Teil von ihm selbst rief, einen Teil, den er nie zuvor gespürt hatte. Die Luft um ihn herum vibrierte vor einer unheimlichen Energie, die seine Haut prickeln ließ und seine Gedanken benebelte.

Kaz' Stimme drang wie ein Flüstern durch die Düsternis, schneidend und kalt: »*Spürst du es, Finn? Es ist ein Teil von dir, so wie du ein Teil von ihm bist. Das Seelenfeuer hat hier seinen Ursprung...*«

»Was ist das?«, staunte Finn und er klang sich selbst hohl in den Ohren.

»*Das Finn, ist das Seelensiegel am Grunde des Abyssariums. Das ist unser Ziel, hier müssen wir hin und eins mit seiner Macht werden. Nur dann können wir das Chaos endgültig Kontrollieren.*«

Überwältigt von den Eindrücken war Finn unfähig zu antworten und Kaz sprach weiter : »*Doch bis hier ist es ein weiter weg. Lehre deine Gefährtin den Weg der Aschenwanderer.*«

Bei der Erwähnung von Mila wurde Finn sofort hellhörig : »Den Weg der Aschenwanderer?«

Statt einer Antwort von Kaz in seinem Kopf, halte seine Stimme aus dem glimmenden Stein, als sie wisperte :

»Jede Entscheidung definiert meine Bestimmung.
Harmonie ist eine Illusion, die Wahrheit ist das
Chaos.
Das Chaos ist in mir und ich kontrolliere es.«

Um ihn herum wurde es wieder hell und
das Sonnenlicht blendete ihm in den Augen,
was war gerade passiert?
Er horchte in sich, doch die Stimme von Kaz
Seneh sprach nicht mehr zu ihm.

***

Als er sich zu Mila umdrehte, schlief sie
immer noch tief und fest. Hatte das
Mädchen von all dem nichts mitbekommen?
Während er sie beim Schlafen beobachtete
war sein Kopf wie leer gefegt, so wie sie
dort lag mit ihrem roten Haar, völlig
unbekleidet wuchs ein unerklärliches
verlangen in ihm und er konnte nicht
anders, als sich zu nehmen was nur sie ihm
geben konnte.
Er hob die Decke sanft an und entdeckte,
wonach es ihn gierte. Mit einer Hand schob
er behutsam ihr Bein zur Seite und ließ sich

zwischen ihren Schenkeln nieder, um sie dort zu küssen. Zunächst berührten seine Lippen die weiche Innenseite ihrer Oberschenkel, und er wanderte langsam weiter hinauf, bis er schließlich an ihrem innersten Ort ankam und die Wärme und Feuchtigkeit spürte, die nur ihm gehörte.

Als er sie sanft mit den Lippen berührte, spürte er das heißes Verlangen weiter in sich aufsteigen, es wurde stärker, je mehr er ihren Geschmack aufnahm. Ihre verschlafenen Bewegungen gaben ihm das erste Signal, bis ihre zarten Hände schließlich in sein Haar griffen. Sie krallten sich darin fest, zogen und hielten ihn sanft an Ort und Stelle, als Zeichen dafür, dass sie diesen Moment nicht enden lassen wollte. Sie seufzte gedämpft, als er sein Zungenspiel intensivierte und drückte ihre Hüften fester an seine Lippen, bis sie plötzlich Laut auf stöhnte und ein Zittern durch ihren Körper fuhr.
Finn lächelte, genau so hatte er es sich gewünscht. Sie rutschte etwas von ihm Weg und hob die Decke an : »Guten Morgen«, hauchte sie, leicht außer Atem.

»Guten Morgen«, gab Finn zurück, bevor er sich auf sie stürzte und sie küsste. Sie erwiederte seinen Kuss leidenschaftlich und begann ihn mit ihrer Hand zu massieren, wie sie es auch in jener Nacht getan hatte. Das Verlangen in ihm steigerte sich mit jeder ihrer Bewegungen und er konnte nicht anders als seine Hand um ihren Hals zu legen um sie voller Lust gegen das Ende des Bettes zu drücken. Es schien ihr nichts auszumachen, im gegenteil ihr Griff um ihn wurde fester und der druck mit dem sie massierte nam zu, sodass er sich von ihr lösen musste um seine Höhepunkt hinauszuzögern.

Nun war sie es, die das Heft in die Hand nam und sich ihm zu wand, er hatte sich gerade neben sie gesetzte, als sie ihren Mund um in legte und kräftig zu saugen begann. Gepackt von dem Gefühl, dass nur sie ihm geben konnte, zog er an ihren Haaren und sie stöhnt lustvoll auf.

Als sie ihren Kopf so weit nach unten bewegte, dass Finn ein gurgelndes Geräusch aus ihrer Kehle hörte und sich nicht mehr wehren konnte. Seine

Leidenschaft lößte sich in ihrem Mund,
doch sie ließ nicht von ihm ab.

Erst als er sie aufhielt, küsste sie ihn und er
spürte die Feuchtigkeit der er sonst nur
zwischen ihren Schenkel kannte nun
während sich ihre Zungen berührten.

»Das wars schon?«, sagte sie und klang
dabei fast traurig, als sich ihre Lippen von
seinen lößten.

»Wer hat das gesagt?«, antwortete er mit
einem schiefen Grinsen und drehte sie so,
dass sie nun auf allen vieren vor ihm
hockte. Er konnte ihr Lächeln zwar nicht
sehen, doch wusste er genau das es da war.
Als er in sie eindrang, atmete sie hörbar aus
und als er in einen stehten Rhytmus von
stößen verfiel dauerte es nicht lange, bis sie
vor Euphorie seinen Namen schrie. Er
spürte wie sie sich um ihn zusammen zog,
als würde sich ihre Leidenschaft bald
endladen. Finn wollte nicht, dass es endete
und so nahm er sich zurück, damit es noch
länger dauerte. »Hör nicht auf!«, wimmerte
Mila, wurde aber von einem tiefen Stoß
unterbrochen.

Er zog sich leicht von ihr zurück und wusste

nicht was ihn dazu gebracht hatte, doch als sie stöhnend vor ihm kniete massierte er sie anders als sonst, führte ihr erst einen Finger ein, der von einer warmen enge umschloßen wurde. Vorsichtig bewegte er ihn vor und zurück, bis sie zitternd : »Mach weiter« hauchte. Langsam nahm er einen zweiten Finger dazu, es gelang ihm nun nicht so leicht und so griff er ihr mit der anderen Hand zwischen die Beine um mit hilfe ihrer Feuchtigkeit besser in sie eindringen zu können. Als er sie dort berühren wollte, spürte er, dass ihre Hand bereits dort war und sie sich selbst berührte. Mit ihrer Hilfe gelang es ihm mit dem zweiten Finger und dann auch dem dritten in sie einzudringen. So stöhnte lauter als Finn es je von ihr gehört hatte und als er schließlich selbst in sie Glitt, wimmerte sie Lustvoll auf.

Er drehte sie so, dass er nun hinter hier lag und ihr Bein über seinem Lag. Fest stieß er immer wieder hin sie hinein, bis er wusste, dass er es nicht länger hinaus zögern konnte. Er seufzte als er sich erneut in ihr entlud und wurde von ihrem schreienden

Höhepunkt begleitet.

Verschwitzt und außer atem drehte er sich auf den Rücken und spürte sofort, wie Mila sich an ihn kuschelte. »Bei den Göttern, Wo kam das denn her? Das war...«

Er küsste ihre Stirn bevor er antwortete : »Ja, das war es. Du kannst dir gar nicht vorstellen, wie sehr ich dich liebe.«

Sie streckte sich um ihre Lippen noch einmal auf seine zu drücken und dann zu antworteten : »Glaub mir, das kann ich.«

Ankunft in Orion

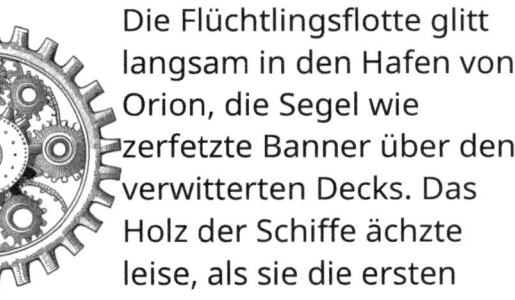 Die Flüchtlingsflotte glitt langsam in den Hafen von Orion, die Segel wie zerfetzte Banner über den verwitterten Decks. Das Holz der Schiffe ächzte leise, als sie die ersten Ausläufer des Hafens erreichten, wo das Wasser von unzähligen Ankern durchzogen war, als hätte man sie zur Ruhe gezwungen. Finn und Mila standen nebeneinander an der Reling, ihre Augen groß und staunend, als die Stadt sich vor ihnen entfaltete – eine Stadt, die mit nichts zu vergleichen war, das sie je zuvor gesehen hatten. Vor ihnen lag ein steinernes Labyrinth aus Mauern und Türmen, das sich bis zum Himmel reckte. Die Türme waren mit steinernen Figuren geschmückt, deren Augen wie düstere Wachen auf die Schiffe herabblickten. Zwischen den Gebäuden stieg der Rauch unzähliger Maschinen auf, und das stetige

Brummen und Pochen schien vom Herz der Stadt selbst auszugehen. Finn konnte sich kaum losreißen von dem Anblick. Es war, als hätte man den Traum eines Wahnsinnigen Werkmeisters in Stein gehauen und dann ein ganzes Volk dazu gezwungen, darin zu leben.

»Das ist… « flüsterte Mila, ihre Stimme kaum hörbar über das Wasser hinweg, das in der Stille des Morgens gegen die Rümpfe der Schiffe schlug. »Unglaublich.« beendete Finn ihr Staunen. Ihre Augen folgten dem massiven Bau der Arena, die in der Mitte der Stadt thronte wie eine Krone, umgeben von zackigen Mauern, die aus der Ferne wie die Zähne einer Bestie wirkten. Sie hatte davon gehört, Gerüchte, die von Seemann zu Seemann weitergetragen wurden – eine Arena, in der Menschen und Bestien gleichermaßen gegeneinander antraten, ein Ort, an dem Leben und Tod verhandelt wurden wie Waren auf einem Markt.

Finn war unfähig zu sprechen, er konnte den Blick nicht abwenden. Die Arena war nicht nur ein Bauwerk, sie war ein steinernes Versprechen, dass in Orion nur die Stärke zählte und dass alles andere hier keinen Platz finden würde. Bei diesem Gedanken fröstelte er, aber etwas in ihm regte sich auch: Ein Gefühl, das er nicht benennen konnte, eine Mischung aus Furcht und Bewunderung, aus Unbehagen und einer seltsamen Faszination.

Die Schiffe legten an, und mit einem dumpfen Stoß schaukelte das Holz unter ihren Füßen. Ein kalter Wind zog durch den Hafen, und die Menge an Deck verstummte, als Deana, gemeinsam mit Edward das Schiff als erste verließ. Am Kai stand bereits eine Delegation von drei Personen in Roben, die aussahen als wäre jede einzelne Faser mehr wert als die gesamte Flotte.

Sie traten vor, als Deana mit dem Fuß den Boden der Stadt berührte, umringt von einer Garde aus Wachen in düsteren, metallverzierten Rüstungen, die das Licht verschluckten, statt es zu spiegeln.

Eine der Gestallten, in einer petrolfarbenden Robe mit goldenen Mustern daran, die so verschlungen waren, dass Finn bei ihrem Anblick Kopfschmerzen bekam, sprach Deana an : »Schülerin

Deana, willkommen zurück. Wie ich sehe hast du deinen Auftrag vortrefflich ausgeführt.«

Die Elfe verneigte sich erfürchtig vor ihr, trotz ihrer tiefen und mächtigen Stimme war Finn sich sicher, dass es sich bei ihr um eine Frau handeln musste. Als die Elfe sprach, war ihre Stimme so heiser und respektvoll, dass er beinah erschrack – wer waren diese Gestallten, die sogar der mächtigen Deana respekt einflößten?

»Meister des Flüsterns, vielen dank.«

Auch Edward verneigte sich zögerlich und murmelte etwas, dass weder Finn noch Mila aus der Entfernung verstehen konnten. Dann Sprach die Person in der tief blauen Robe, die rechts neben dem Meister des Flüsterns stand : »Verehrter Meister des Flüsterns, es ist gut, dass eure Schülerin zurück gekehrt ist, doch wisst ihr genau so gut wie ich, dass sie nicht diejenige ist, die wir erwartet haben.«, es lag nichts außer schneidender kälte in den Worten, des Mannes unter der Kaputze.

Finns Atem stockte, und auch Mila schien den Blick nicht abwenden zu können. Diese drei, sie strahlten eine Art von Macht aus, die nicht durch Schreien oder Gebärden kam, sondern in der Art, wie sie den Raum um sich kontrollierten. Eine Macht, die jedem von ihnen einen Schauer über den Rücken jagten.

»Wenn habt ihr erwartet, Meister des Meeres?«, fragte Deana zögerlich.

»Das, Schülerin, ist nicht von eurem interesse. Begib dich in die Ratshalle, wir erwarten heute Mittag deinen Bericht.«, wieder lag nichts mehr als Befehl in der hohen Stimme.

»Natürlich, Meister. Doch vorher muss ich wissen, wohin mein Gefährte«, sie zeigte auf Edward »die Neuankömmlinge führen darf.«

Nun mischte sich die dritte Gestallt ein, in einer blutroten Robe auf der mit silbernem Faden ein Symbol genäht war, das wohl das Wappen der Stadt sein musste, er sprach so tief, dass Finn ein unangenehmes Gefühl in der Magengrube bekam. »Edward, führe sie in die Garnison der Krieger im westlichen Teil der Stadt. Gehe auf das Kollosseum zu, du kannst es nicht verfehlen.«

Der Paladin nickte knapp und drehte sich auf dem Absatz um, schritt die Planke nach oben und blieb vor der versammelten Menge stehen. Als er zu sprechen begann, erkannten Finn und Mila ihn kaum wieder »Willkommen in Orion, Flüchtlinge. Eure neue Heimat erwartet euch.« Es raunte durch die Menge und jemand fragte laut : »Was meinte er mit Garnison der Krieger? Ich dachte wir wären endlich weg von diesem verdammten Krieg.« Es folgte zustimmendes brummen durch die Menge, dass barsch von Edward unterbrochen wurde : »Es bleibt genug Zeit später darüber zu sprechen. Nun folgt mir.« Zögerlich setzen die ersten sich in Bewegung und ganz vorne, an der Spitze erkannte Finn die kleine Joha, die um Edward herumturnte und ein Lied in der Sprache der Orks trällerte.

»Was um Lirians willen ist gerade passiert?«, hauchte Mila ihm schockiert ins Ohr. »Ich weiß nicht. Aber es bestätigt, was du gesagt hast, Deana hat uns alle belogen.«, ein

Bitterkeit lag in seinen Worten, die ihn selbst überraschte und er glaubte, ein düsteres Lachen in seinem inneren zu hören: Kaz Seneh.

»Wir gehen auf jedenfall nicht in die Garnison, ich will wissen, was in der Ratshalle besprochen wird. Ich will wissen, was Deana vor hat!«, flüsterte Finn.

»Und wie willst du das anstellen? Einfach durch die Vordertür rein und sagen : Ich will mit kommen?«, fragte Mila verächtlich.

»Ganz bestimmt.« fauchte er, triefend vor Sarkasmus »Wir schleichen uns rein und belauschen die Sitzung.«

»Das ist maximal Verrückt.«, gab Mila zurück, doch veriet ihm etwas, dass sie genau so begierig darauf war zu wissen, was der Plan der Elfe war.

Langsam leerten sich die Decks der Flotte und auch Finn und Mila machten sich auf den Weg. Der beißende Geruch von verbranntem Fisch und faulem Algen vermischte sich mit dem salzigen Hauch der Brandung und schlug ihnen in die Nase. Ein Meer aus Gesichtern umgab sie, als sie durch den riesigen Hafen schritten. Die

Bevölkerung war noch bunter gemischt als alles, was sie bisher erlebt hatten: Menschen mit dunkler Haut und geflochtenen Haaren, zierliche Elfen mit funkelnden Augen und bärtige Zwerge mit breiten Schultern. Das Stimmengewirr war so ohrenbetäubend, dass sie sich gegenseitig anschreien mussten, um sich zu verstehen. Niemals hätten sie gedacht, dass die Hauptstadt der fernen Inseln so kolossal sein würde. Ein titanisches Gewirr aus Gebäuden, das sich über den Horizont erstreckte und eine überwältigende Größe ausstrahlte.

Immer weiter drangen sie ins innere der Metropole vor, Finn wollte so sehr wissen, was hinter Deanas Plan steckte, dass er völlig vergaß, dass er sich in der Stadt fremd war, bis Mila irgendwann sagte : »Weißt du eigentlich, wo wir hin müssen?« Aus seinen Gedanken gerissen zuckte er zusammen : »Was?«

»Wo willst du hin? Ich dachte wir würden die Ratshalle suchen.«, antwortete Mila. »Ich...«

»Du hast keine Ahnung, wo wir hin müssen.« Sie musterte ihn kritisch. »Eine

Ratshalle befindet sich vermutlich im Zentrum der Stadt. Wir sollten uns Richtung Arena bewegen, oder?«

»Oder wir gehen einfach in eine der Tavernen und fragen nach dem Weg.« Finn zuckte die Schultern.

»Klar, toller Plan.« Sie verdrehte die Augen. »Zwei Fremde marschieren in eine Taverne und fragen ganz locker: Wo ist hier die Ratshalle?«

Noch bevor Finn etwas entgegnen konnte, nahm sie seine Hand und zog ihn mit sich. Zielstrebig bahnte sie sich einen Weg durch die verwinkelten Gassen, immer tiefer ins Labyrinth von Orion hinein.

Um sie herum ragten die Gebäude nicht bloß in den Himmel – sie türmten sich wie gewaltige Steinkolosse übereinander, verdreht und verzerrt, als hätte jemand die Grundgesetze des Bauens vergessen. Massive Blöcke schienen zufällig gestapelt, mit filigranen Balkonen, Brücken und schmalen Stegen verbunden, die in schwindelerregender Höhe in die Leere starrten. Zwischen den engen Gassen und den hoch aufragenden Türmen spannten sich Bögen aus glimmendem Stahl, die ein schwaches, unirdisches Licht verströmten und alles in einen Dunst tauchten, der fast wie ein flimmernder Traum wirkte.

Von der Sonne war hier unten nichts zu spüren. Sie schien bloß in den spiegelnden Fenstern und den Metallstreben der Häuser wider, als wolle sie sie vergeblich durchdringen. Orion lebte und atmete; die Stadt pulsierte wie eine Kreatur aus Stein und Stahl, eine Welt, die ihre eigenen Regeln machte und die Dunkelheit selbst in einen geheimnisvollen Glanz verwandelte.

Die Pflastersteine unter Finns Füßen waren kalt und glitschig, als wäre die Stadt von einer stillen, zähen Feuchtigkeit durchzogen. Eine feine Schicht aus Algen lag auf dem Pflaster, und das Licht, das sich darin brach, warf ein flüchtiges Farbspiel über die Straßen. Leuchtende, doch gedämpfte Schimmer, die die Düsternis für einen Herzschlag in allen Farben aufflackern ließen, bevor sie wieder verloschen.

Die Stadt bestand aus Stein und Schatten, kein Stein glich dem anderen, und die Menschen, die hier lebten, waren Überlebende aus zerrissenen Welten: Vagabunden mit vernarbten Gesichtern, heimatlose Flüchtlinge, die in der Dunkelheit verschwanden, und Sklaven, die die Ringe ihrer Ketten noch als stumme Zeugen am Hals trugen. Die Stadt schien sie alle auf zu nehmen, zu schützten und gleichzeitig verschlang sie jeden einzelnen, wie ein Raubtier, das sie nie wieder loslassen würde.

»Es ist unheimlich«, murmelte Finn, als ein abgemagerter Kappa unter seiner Kapuze hervorlugte und ihn mit düsteren Augen im Vorbeigehen musterte. »Der Hafen wirkte so hell, als hätte die Stadt uns erwartet. Doch hier drinnen... sieht es aus wie im Orkviertel von Sternenfall.«

Mila nickte stumm und zog ihn wortlos weiter, ihre Schritte schneller, als könnte sie so der erdrückenden Dunkelheit der Stadt entkommen. Auch sie schien von der tiefen Finsternis um sie herum bedrückt, einer Finsternis, die wie ein lebender Schleier in

den schmalen Gassen hing und den Atem
der Stadt zu ersticken schien.

Eine Zeit lang kämpften sie sich schweigend
durch das enge Labyrinth, vorbei an
schweigsamen Gestalten, die wie Schatten
an den Wänden lehnten, bis sie plötzlich,
wie auf das Öffnen eines unsichtbaren
Vorhangs, auf einen gewaltigen,
lichterfüllten Platz traten.

***

Die plötzliche Helligkeit des Arena Platzes
war überwältigend gewesen, doch die
Gebäude die sich vor ihnen erstreckt
hatten, nach dem sich ihre Augen an das
Licht gewöhnt hatten, waren noch
beeindruckender.

Es war nicht nur die Arena, die alles
überragte, es war die Wand aus Häusern,
die neben den engen Gassen standen wie
Wächter. »Wir müssen weiter.«, drängte
Mila, doch ließ sie mit offenem Mund Finns
Hand los.

Jeder Schritt auf dem Pflaster des Platzes

hallte leise wider, ein dumpfer Klang, der sich mit dem Raunen der Menge mischte, die sich um die Arena versammelte.

Finns Magen zog sich zusammen. Er hatte keine Ahnung, was sie hier erwartete, doch Mila wirkte entschlossen. Sie musterte die Straßen, die von hier aus ins Zentrum führten, mit einer Anspannung in den Augen, als wäre sie sich sicher, dass sie nur den richtigen Weg finden müssten.

Dann sahen sie eine Gestalt, die in der Menge auftauchte – ein bekanntes Gesicht, von dem sie gehofft hatten, es heute noch einmal nicht zu sehen – zumindest nicht hier. Ihr Haar fiel in wirren Strähnen über ihre Schultern, und ihr Gesicht wirkte angespannt, beinahe gehetzt, als sie über den Platz schritt und sich suchend, fast hektisch umsah. Finn und Mila wichen instinktiv zurück, versteckten sich hinter einer der breiten Säulen, die die Arena flankierten. Doch es war zu spät. Deanas Blick blieb, während er so durch die Menge wanderte schließlich an ihnen hängen.

Sie trat auf sie zu, und in ihren Augen lag etwas, das Finn sofort auffiel: Die Wut, die vor einigen Tagen in ihrem Blick gebrannt hatte, war einem Schatten von Furcht gewichen. Ihre Stimme war gedämpft, fast bittend, als sie sprach : »Kommt mit. Die Ratssitzung beginnt gleich... Ich will euch dabei haben.«

Er war überrascht vom Ton der Elfe. Keine Vorwürfe, kein drohender Unterton. Stattdessen schien etwas Unsichtbares auf ihr zu lasten, etwas, das ihre gewohnte Strenge durchbrochen hatte. Mila ballte ihre Hände zu Fäusten, offenbar war auch sie irritiert. Sie zögerte, und das reichte aus, um Deana Zustimmung zu signalisieren. »Los kommt mit meine Kinder, die Stadträte müssen Erfahren, dass..«, der rest des Satzes war unverständliches gebrabbel, das von den Proklamationen eines Herolds unterbrochen wurde : » Der Kaiser kommt nach Orion! Zu seinen Ehren wird es spiele in der Arena geben! Kommt zu mir, wenn ihr Teilnehmen wollt!«

»Der Kaiser?« murmelte Finn, während er Deana schweigend folgte.

»Was hast du gesagt, mein tapferer Pirat?« fragte die Elfe und strich sich durch ihr wirres Haar, das ihr wie ein zerzauster Schleier ins Gesicht fiel.

»Nichts. Nur laut gedacht«, antwortete er und versank zugleich in seinen Erinnerungen, auf der Suche nach dem Grund, warum dieser Titel etwas in ihm aufwühlte, wie ein Echo aus der Vergangenheit.

Doch es blieb keine Zeit, diesen Gedanken nachzugehen, denn die Gruppe trat in ein Gebäude ein, das im Vergleich zu den titanischen Strukturen, die sie bislang gesehen hatten, beinahe winzig wirkte. Deana führte sie durch die Flure, deren kalte Steine jeden Schritt wie ein leises, bedrückendes Echo zurückwarfen. Die Wände waren rau und schmutzig, Risse zogen sich durch den Stein wie die Linien einer verborgenen Karte, die zu dunklen Geheimnissen führte. Hin und wieder flackerte das Licht einer Fackel auf und spiegelte sich in den Augen der Elfe, die sie durch das Labyrinth lotste, wie eine Schlafwandlerin, die ihre eigene Geschichte verfolgte.

»Es ist… eine Ewigkeit her«, murmelte

Deana, mehr zu sich selbst als zu ihnen, und strich mit ihren Fingern über eine der Türen, als könnte sie längst vergangene Stimmen aus dem Holz hervorlocken. Ihre Worte verloren sich im gedämpften Licht, und einen Augenblick lang schien sie ganz in Gedanken gefangen.

Finn und Mila tauschten einen kurzen Blick, und Finn bemerkte, dass Mila, vor Anspannung, die Lippen zusammenpresste. Sie hatten Deana nie so gesehen – sie sah so verloren, fast hilflos aus. Es wirkte, als würde sie sich vor dem Fürchten, was sie alle erwarten würde.

Sie erreichten schließlich den eigentlichen Ratssaal, einen kargen, hohen Raum, der ebenso schlicht war wie die Gänge, die sie durchquert hatten. Ein runder Tisch aus dunklem Holz dominierten den Raum, der ansonsten bis auf einige abgenutzte Stühle, die um den Tisch aufgestellt waren, komplett leer war. Über allem lag eine Stille, als wäre der Raum selbst in Erwartung dessen, was hier geschehen würde. Staub tanzte im matten Licht der trüben Fenster, die an den hohen Decken ein wenig Helligkeit spendeten, und warf Schatten, die sich über die glatten Steinflächen ausbreiteten.

»Setzt euch«, murmelte Deana, und ihre Stimme zitterte. Sie wirkte fahrig, fast wirr, wie sie ihnen dort gegenübersaß, mit ihren Händen unruhig ineinander verschlungen. Ihre Augen wanderten über die Wände, als könnte sie die Schatten der Furcht in ihrem Blick damit besänftigen, doch diese Unsicherheit, die er an ihr noch nie gesehen hatte. Es war, als hätte sie eine Vorahnung von dem, was sie zu erwarten hätte.

Die Herren von Orion

Finn wusste nicht, wie lange sie dort in der Stille gesessen hatten, doch als die schwere Tür mit einem dumpfen Knall aufschlug und die drei Gestalten, die sie bereits im Hafen gesehen hatten, in den Raum traten, war es, als würde ihm die Luft aus den Lungen gepresst.

Obwohl die drei nichts an sich hatten, das einschüchternd wirken würde, ihr Gang federnd war wie der eines spielenden Kindes und keine Regung in ihren Gesichtern zu erkennen war, strahlten sie eine Präsenz aus, die Finn selten erlebt hatte. Milas ohnehin schon blasses Gesicht verriet, dass es ihr ähnlich ging.

Deana sprang auf, ihre Bewegungen hastig, während sie versuchte, ihr zerzaustes Haar mit fahrigen Händen zu ordnen. Tief verbeugte sie sich vor den drei Stadträten, deren Präsenz den Raum zu beherrschen schien.

»Schülerin Deana, was machen diese beiden Kinder hier?« Die Gestalt in der dunkelblauen Robe sprach mit einer Stimme, die schneidend und voller Vorwurf war.

»Meister des Meeres, sie... sie sind meine Schüler. Ich wollte nur...«, begann sie, ihre Worte unsicher und brüchig, als ob sie jeden Moment im Hals stecken bleiben könnten. Finn spürte, wie ihm ein eisiger Schauer über den Rücken lief.

»Was du willst, ist nicht von Belang«, donnerte die hohe Stimme, scharf und unerbittlich. »Wer hat dir das Recht zugesprochen, eigene Schüler auszubilden, wenn deine Ausbildung noch nicht einmal abgeschlossen ist?«

»Niemand, ich dachte nur...«, setzte Deana an, doch die Worte kamen kaum über ihre Lippen, bevor sie erneut unterbrochen wurde.

»Du hast nicht zu denken, Schülerin! Du hast nur zu gehorchen!« Die Worte hallten durch den Raum, schwer und unnachgiebig wie Hammerschläge.

Deana senkte den Blick, ihre Schultern sanken wie unter einer Last, die sie kaum tragen konnte. Finn starrte die Szene ungläubig an. War das dieselbe Deana, die große, mächtige Priesterin, die ihn und Mila wie Schachfiguren in einem Spiel behandelt hatte, das nur sie zu durchschauen schien? Jetzt stand sie vor den Meistern, eingeschüchtert und zurechtgewiesen wie ein ungehorsames Kind.

Finns Gedanken rasten. Vielleicht war sie doch nicht unantastbar.

»Meister des Meeres, beruhigt euch. Sie ist nicht eure Schülerin, sondern meine«, erklang eine ruhige, kalte Stimme, die wie ein messerscharfer Schnitt durch die angespannte Luft des Raumes glitt. Das Gesicht des Ratsherrn, der gesprochen hatte, blieb im Schatten seiner petrolfarbenen Robe verborgen.

»Danke, Herrin«, antwortete Deana mit immer noch zittriger Stimme, während sie sich leicht verneigte.

»Dankt mir nicht. Erzählt mir von eurem

Auftrag. Beginnt, nachdem ihr der Zerstörung von Nebulosia beigewohnt habt.« Kein Hauch von Emotion lag in der Stimme der Ratsherrin, nur kalte, gnadenlose Autorität. Doch bei der Erwähnung von Nebulosia zuckte Finn zusammen. Ein vertrautes Schaudern kroch seinen Rücken hinab, schwer und drückend, gemeinsam mit der Erinnerung an den Tag, an dem alles zerbrach.

»Nachdem ihr mich auf eines der Schiffe des Kaisers gebracht habt, brauchte ich einige Stunden, um mich in der Stadt zurechtzufinden«, begann Deana. Ihre Stimme war leise, unsicher, doch mit jedem weiteren Wort kehrte ihre gewohnte Sicherheit zurück. »Was soll man auch in einer Stadt von Barbaren erwarten? Bevor der Angriff begann, habe ich mich darum gekümmert, dass der nördliche Teil dieser zu groß geratenen Spelunke unbewacht war. So hatte der Kaiser keine Probleme, mit seinen Männern in die Stadt einzudringen.« Finn spürte, wie seine Willenskraft bis zum Zerreißen gespannt wurde. Wut flackerte in ihm auf, bereit, sich in Flammen zu verwandeln. Alles in ihm schrie danach, aufzuspringen, die Elfe anzuschreien, sie für ihre Worte zur Rechenschaft zu ziehen.

Doch dann gruben sich Milas Finger tief in seinen Oberschenkel, fest und eindringlich, wie eine unsichtbare Fessel, die ihn davor bewahrte, etwas Unüberlegtes zu tun.

»Auf meinem Weg aus diesem Nest traf ich auf den Jungen.« Mit einem ihrer langen, knochigen Finger zeigte sie auf Finn. »Ich heilte seine Wunden und nahm ihn mit auf das Schiff der Schmuggler, die bereit waren, mich mitzunehmen.«

Finn biss sich kräftig auf die Zunge, um nicht herauszuschreien, dass all das gegen seinen Willen geschehen war.

»Als wir unterwegs nach Silberhafen waren, um dort einen alten Bekannten von mir zu treffen, brachte ich ihm bei, sein Seelenfeuer zu kanalisieren.«

»Du hast was getan?« Die Gestalt in der matschfarbenen Robe fauchte auf, doch eine einzige Geste der Meisterin des Flüsterns brachte ihn augenblicklich zum Schweigen.

»In Silberhafen traf er dann auf jemanden,

der ihn wohl an seine Vergangenheit erinnerte, und er brachte ihn um.« Ihre Stimme war ruhig, beinahe beiläufig, als würde sie über ein triviales Missgeschick sprechen, während sie den Mord an Jakub beschrieb.

»Schülerin, wir müssen nicht wissen, was du mit dem Jungen gemacht hast. Halte dich kurz«, sagte die Meisterin, ihre Stimme kalt wie eine Eiswand, das keinen Widerspruch duldete.

»Natürlich.« Deana senkte kurz den Kopf, bevor sie fortfuhr: »In Mondkap wollte ich versuchen, meinen Onkel davon zu überzeugen, die Stadt mit den Flüchtlingen zu verlassen und mit mir nach Orion zu reisen, um unsere Truppen zu verstärken. Doch bevor wir dazu kamen, wurden die beiden«, sie nickte in Richtung von Mila und Finn. »im Lager vor der Stadt entführt. Ich ging davon aus, dass sie in der Lage wären, sich selbstständig zu befreien. Doch ich musste letztlich die Schmuggler entsenden, um sicherzustellen, dass sie lebend zurückkehren.«

Zorn begann in Finn zu brodeln, heiß und

unaufhaltsam wie ein Feuer, das von innen nach außen fraß. Eine vertraute Stimme flüsterte in seinem Inneren: »*Du weißt, dass sie lügt.*«

Er biss die Zähne zusammen, die Muskeln in seinem Kiefer verkrampften sich. Irgendwie gelang es ihm, dem Verlangen zu widerstehen, Kaz Seneh nachzugeben. Doch mit jedem weiteren Wort, das über die Lippen der Priesterin glitt, wurde es schwieriger.

»Wir mussten die Stadt verlassen. Gerade als wir ablegen wollten, um nach Sternenfall zu segeln und dort den Auftrag zu erfüllen, wurde Mondkap von der korrumpierten Königin angegriffen.« Ihre Stimme blieb ruhig, fast beherrscht, als ob die Worte nichts weiter als Fakten wären, keine Schicksalsschläge. »Uns blieb nichts anderes übrig als die Flucht. Kaelen war uns gnädig, und durch diese Umstände erhielten wir doch noch die Verstärkung, die meine Aufgabe war.«

Mit einem hörbaren Atemzug durch die Nase schloss sie ihren Bericht, ihre Haltung war eine Mischung aus Erleichterung und

Genugtuung.

Finn spürte, wie seine Nägel sich in seine Handflächen gruben.

»Das haben wir gesehen. Es ist nicht ganz das, was wir von euch erwartet haben, aber es ist zumindest ein Anfang.« Die Stimme des Meisters des Meeres war kalt, unerbittlich wie der Ozean bei Nacht.

»Schülerin Deana, warum sind diese beiden nun hier? Doch nicht nur, weil du sie als Schüler ausbilden wolltest.« Der Meister des Landes stützte sich auf seine Ellenbogen, sein Blick schien durchdringend, obwohl sein Gesicht unter der Kapuze verborgen blieb.

»Sie sind hier, weil der Junge das Potenzial hat, stark genug zu werden, um ins Abyssarium hinabzusteigen und im Namen des Herrn die verfluchten Dämonen und ihre Königin zu bezwingen.«

Finn konnte nicht anders. Sein Kiefer klappte nach unten, und er starrte Deana fassungslos an. «Was?»

Doch sie ignorierte ihn, richtete ihre Worte weiterhin an den Ratsherrn, der ihr gegenüber saß: »Er hat innerhalb weniger

Stunden gelernt, das Seelenfeuer so zu bändigen, dass er sein Symbol in den Boden brennen konnte. Er verstand die Notwendigkeit des Gegenstücks, und er war in der Lage, die Dämonen der Königin zu bekämpfen – und sie zu überleben.«

Ein Funkeln in ihren Augen verriet, dass sie jedes Wort, das sie sagte, wirklich glaubte. Doch für Finn ergab nun nichts mehr einen Sinn.

Vor wenigen Minuten hatte Deana noch wie ein verängstigtes Tier gewirkt, das dem Urteil der Ratsherren entgegenblickte.

»Und du, Junge?« Die Stimme der Meisterin war ein zischendes Geräusch, das sich wie eine Schlange durch die Stille wand.

Finns Kehle fühlte sich trocken an. »Ich weiß nicht, wovon hier gesprochen wird. Dass ich mein Seelenfeuer kanalisieren kann, ist richtig«, begann er, bevor Milas Ferse unnachgiebig auf seinen Fuß drückte. Er knirschte mit den Zähnen, bevor er weitersprach: »Aber ich verstehe nicht, warum ich euch helfen sollte.« Ein Hauch von Trotz schwang in seiner Stimme mit, eine Spur der Wut, in ihm brodelte.

»Was du verstehst und was du willst, ist irrelevant«, erwiderte die Gestalt in der matschfarbenen Robe, ihre Worte kühl und unnachgiebig wie Stahl.

In seinem Inneren meldete sich die dunkle, vertraute Stimme erneut: »*Wir müssen ohnehin ins Abyssarium!*«

Die Präsenz von Kaz Seneh kreiste in Finns Innerem, unruhig, lauernd, nicht zu greifen und doch immer da, wie ein Raubvogel, der hoch oben seine Bahnen zog, die Beute im Blick, geduldig wartend, bis der richtige Moment gekommen war. Jede Bewegung, jeder Atemzug schien sie näher an die Oberfläche zu treiben, ließ seine Haut kribbeln, als würde etwas unter ihr erwachen, bereit, sich aus ihm herauszuwühlen.

Dann zerschnitt Milas Stimme die gespannte Stille wie eine Klinge: »Hexe, du hast uns belogen!« Hasserfüllt, scharf, voller Zorn, der sich über Wochen angestaut hatte und jetzt mit aller Gewalt aus ihr herausbrach. »Du hast allen erzählt, dass du helfen würdest, weil du eine Mission von deinem Gott hättest!«

Deana hob langsam den Kopf, ihre Augen schimmerten im Halbdunkel, kühl, reglos, abschätzend.

»Schweig, Mädchen.«

Kein Schrei, keine Drohung, doch ihre Stimme peitschte durch den Raum, traf mit einer Kälte, die jede Hitze in Milas Worten im Keim erstickte.

»Es hatte alles seine Richtigkeit«, fügte sie nach einem kurzen Moment hinzu, so ruhig, so beherrscht, dass Finns Nacken sich verspannte.

Er wusste nicht, was ihn mehr beunruhigte. Die Worte selbst oder die völlige Gleichgültigkeit, mit der sie ausgesprochen wurden.

Bevor jemand noch etwas erwidern konnte, durchbrach eine neue Stimme die Stille.

Monoton, emotionslos. »Genug.«

Die Meisterin des Flüsterns sprach nicht lauter als nötig, doch ihre Worte legten sich auf den Raum wie schweres Tuch.

»Ihr sollt in meinem Haus ein Bett und

etwas zu essen erhalten.«

»Ich will nichts zu essen von euch, und Finn auch nicht. Wir sind nur hier, um wieder zu verschwinden!« Mila polterte die Worte heraus, als könnte sie mit Lautstärke das verhindern, was auf sie zu kommen würde.